rororo

rororo

Friedrich Christian Delius: Werkausgabe in Einzelbänden

Bildnis der Mutter als junge Frau. *Erzählung*
Der Sonntag, an dem ich Weltmeister wurde. *Erzählung*
Amerikahaus und der Tanz um die Frauen. *Erzählung*
Als die Bücher noch geholfen haben. *Biografische Skizzen*

Mein Jahr als Mörder. *Roman*
Ein Held der inneren Sicherheit. *Roman*
Mogadischu Fensterplatz. *Roman*
Himmelfahrt eines Staatsfeindes. *Roman*
Adenauerplatz. *Roman*

Der Spaziergang von Rostock nach Syrakus. *Erzählung*
Die Birnen von Ribbeck. *Erzählung*
Die Flatterzunge. *Erzählung*
Die Frau, für die ich den Computer erfand. *Roman*
Der Königsmacher. *Roman*

Wir Unternehmer/Unsere Siemens-Welt/Einige Argumente zur Verteidigung der Gemüseesser. *Satiren*
Die Minuten mit Paul McCartney. *Memo-Arien*
Unsichtbare Blitze. *Ausgewählte Gedichte*

Friedrich Christian Delius

Adenauerplatz

Roman

Rowohlt Taschenbuch Verlag

Die Arbeit des Autors an diesem Roman wurde durch den Deutschen Literaturfonds e. V. gefördert.

Neuausgabe August 2013
Veröffentlicht im Rowohlt Taschenbuch Verlag,
Reinbek bei Hamburg, März 1987

Umschlaggestaltung any.way, Walter Hellmann
Satz Adobe Garamond Pro OTF (InDesign) bei
Pinkuin Satz und Datentechnik, Berlin
Druck und Bindung Druckerei C. H. Beck, Nördlingen
Printed in Germany
ISBN 978 3 499 26684 3

Leo acht

Es schlug neun, als Felipe Gerlach verkleidet war. In einer schweren, nachtblauen Jacke mit Uniformknöpfen, eine Krawatte an der Gurgel, auf dem Kopf eine Schirmmütze, so stand er für seine Rolle bereit. Er trug nicht die Mütze der Soldaten, der Polizisten, der Rotkreuzhelfer. Zivil gekreuzte Schlüssel kündeten von bester Absicht. An seinem Hosenbein war ein Stück Gummiknüppel zu sehen. Ein Funksprechgerät hing wie eine Waffe im Futteral. Alles da. Alle Knochen geordnet. Alles klar. Zwei Handgriffe auf die Jackentaschen, ein Gruß zum Kollegen in der Zentrale, dann verließ ein gut getarnter Mann die Etage der Wachgesellschaft Secura und begann seine erste Runde.

Das Abendlicht war von den Straßenlaternen schon fortgeschoben, der Himmel mit schwarzen Wolken gefleckt, und die dunklere Dämmerung rückte Schritt um Schritt näher. Gegen die Härte der Bürgersteigplatten wehrte sich der Körper mit ruhigen Bewegungen und fand allmählich zum gewohnten lockeren, achtunggebietenden Gang. Felipe Gerlach lief ohne Heftigkeit vorwärts, als habe er nur den einen Wunsch, federnd und leicht und wie von allein seine Strecke zurückzulegen. Ein Wettkampf gegen sich selbst oder gegen die Uhr. Ohne Zuschauer, ohne Schrittmacher, ohne Gegner.

Beim ersten Blick zur Seite in ein Gardinengeschäft sah er

durch stramm gefaltete Mustertextilien sein Abbild gespiegelt huschen. Eine Vogelscheuche, eine Verbrecherscheuche. Eine Vogelscheuche, der es nicht gelang, das Gesicht der Uniform anzupassen. Die Unfähigkeit, eine ernste, ordnungswütige Miene aufzusetzen, erheiterte ihn. Die Kleider zu tauschen war er imstande, aber nicht das Gesicht zu wechseln wie ein Schauspieler. Ja, einen einzigen Vorsatz hatte er gefasst, als er sein Kostüm zum ersten Mal anprobieren musste. Beim geringsten Anzeichen, eins zu werden mit der Figur, die er darzustellen hatte, eins zu werden mit Uniform und Mütze und Knüppel, bei der ersten Einfühlung in seine Rolle wollte er sofort kündigen. An diesem Abend sah er keine Kündigungsgefahr.

Er bog in die Friedrichstraße ein. Hier fing das City-Revier an. Die Arbeit, Augen offen halten, Verdächtiges melden, einzelne Geschäfte kontrollieren. Von nun an hatte er dem Revierbuch zu folgen und hieß für die Zentrale Leo acht. Leo acht gab seine Position durch, Ebert / Ecke Friedrich.

Die Ampel sprang auf Rot, und Felipe bremste den schon begonnenen Schritt. Er hatte es nicht eilig, er grüßte hinauf zum freundlichen Warterot. Er übte Geduld. Alles Training, sagte er sich, alles Training. Warten, die Sekunden abschmeckend warten. Wenn er in Stimmung war, konnte er seinen Job als Übungsprogramm betrachten, Warten ohne nervös zu werden für Fortgeschrittene. Die Trainingsstunden kosteten nichts. Er hatte Glück, er verdiente sogar Geld damit. Fast zehn Mark für die Stunde Warten, Laufen, Beobachten, Laufen. Warten und denken: Dies ist nicht die Wirklichkeit, dies ist nicht mein wahres Leben, alles nur ein Trainingsprogramm, eine Übung für später, es ist gleichgültig, was du jetzt tust, ob du wartest vor dieser Ampel oder in einer anderen Steinlandschaft, ob im Wald oder im Buch, in der Musik oder im Bett, in der eigenen

Haut oder in einer fremden. Das Ampelrot sprach: Lass dir Zeit, lass dich nicht überfahren, lass dir Zeit. Felipe bildete sich ein, wenigstens das gelernt zu haben in den achteinhalb Jahren, Zeit haben, gelassen bleiben. Aber er opponierte zugleich gegen das erzwungen Gelernte. Er war kein Meditationskünstler. Es gab immer noch etwas in ihm, das vorwärtsdrängte, das sich nervös wehrte gegen den Stillstand. Das grüne Männchen erschien, das mit starrem Schritt aufforderte zu gehen. Ein eiliger Angestellter, der Angst hat, eine halbe Minute zu spät ins Büro zu kommen.

Vor dem ersten Geschäft, dessen Sicherheit der Firma Secura anvertraut war, blieb Leo acht stehen, ein Fotogeschäft. Die Eisengitter waren heruntergelassen, die Türen zweifach verschlossen. Keine Unregelmäßigkeiten. Er bediente die Kontrolluhr und meldete der Zentrale sein Okay. Er sah gern in die vollgeladenen Schaufenster mit Fotogeräten und entdeckte sofort die Leicas, die wunderbaren, die heiß ersehnten, die unerreichbaren Maschinchen, von denen er früher geträumt hatte. Die Leicas waren nicht allein. Fünfzig, sechzig Kameras blickten ihn durch die Gittermaschen an. Sie sahen kleinen, metallischen Zootieren ähnlich, mit übergroßen Augen. Sie lagerten träge und traurig im Scheinwerferlicht, aber Felipe ließ sich nicht täuschen, er kannte sich aus. Die Kameras lagen auf der Lauer, die schwarzen, hungrigen Reptilien spähten nach Futter. Sie suchten ein Objekt. Brennweiten, Belichtungszeit, Entfernung, alles war elektronisch gemessen, gespeichert, geregelt und bereit für den kleinen, gefährlichen Biss. Das einzige Objekt war Gerlach. Die Auslöser schnappten nach ihm, sechzig Blenden gingen auf und bissen los. Die Filme schluckten die Bilder und rückten automatisch weiter, bereit für die nächste Attacke. Das Phantombild von Felipe

Ramón Gerlach Hernandez war rasch fertig. Es fehlte nur noch die Tat.

Der Fotografierte zog eine Fratze. Nicht getroffen. Er ging weiter, schlenderte die Friedrichstraße entlang, verwandelte sich wieder in Leo acht und steuerte den Adenauer an, den zentralen Platz der Stadt. Gegen Viertel nach neun sollte er zum ersten Mal dort auftauchen und seine Uniform zeigen. Abschrecken, beobachten, melden. In dieser Nacht war mehr zu tun als das übliche Programm. Das Herz schlug schneller, Krimibilder flimmerten vorüber. Nicht getroffen. Felipes winzige Aufregung missfiel Leo acht. Die Kameras im Nacken. Klick, Biss, getroffen. Nicht blinzeln, nicht grinsen, nicht wackeln. Die Kameras im Rücken, alle Auslöser bereit, sechzig Blenden gingen auf.

Am anderen Ende

Gestern oder heute oder wann, ein Postbote reißt Felipe aus dem Vormittagsschlaf und streckt ihm ein Telegramm hin. Felipe, als Langschläfer verdächtigt, mag den anzüglichen Blick des Boten nicht und murmelt etwas von Nachtschicht. Aber er ist schon verwirrt von der Klarheit seiner Ahnung. Wer überrascht einen Fremden schon mit Telegrammen, das kann nur der Tod sein. Seine Ahnung ist banal und trifft zu. Der Tod meldet, in einem spanischen Satz mit mehreren Rechtschreibfehlern, Mutter gestorben, Montag Beerdigung, Gruß Carlos. Auf dem Bett liegend, hingestreckt und die Hände auf der Brust, ist sein erster deutlicher Gedanke: Nun sind sie alle tot.

Er meint alle, die einmal älter waren als er. Er vergisst für einen Moment, dass die meisten seiner Onkel und Tanten noch leben. Er spürt eine wirre Erleichterung. Von nun an, denkt er, bist du kein Sohn mehr.

Erst allmählich beginnt ihn die Nachricht aufzustören. Es ist Montag. Selbst wenn das Telegramm rechtzeitig gekommen wäre, um eine Flugreise bis in den äußersten Süden Amerikas zu buchen, fortzufliegen und vierundzwanzig Stunden auf schmalen Polstern abzusitzen – bis nach Osorno zur Beerdigung wäre er auf keinen Fall gelangt. Einreiseverbot. Wie ein Fallbeil hängt über allen Grenzstationen seines Landes das Einreiseverbot. Der Name Felipe Ramón Gerlach Hernandez steht auf der viele tausend Namen langen Liste der Ausgesperrten. Ausgesperrt, weil es den Mördern nicht gelungen ist, ihn zu ermorden. Ausgesperrt aus seinem Land, weil er vor vielen Jahren für sein Land gearbeitet hat. Weil er nicht aufgehört hat, die Mörder Mörder zu nennen. Es ist ihm verboten, zu Hause Freunde zu haben und Verwandte zu besuchen, einen einzigen Menschen zu umarmen. Verboten, die vertrauten Straßen entlangzuschlendern und Haustüren zu öffnen. Das Sitzen im Café oder das Anfassen eines Telefonhörers könnte mit dem Tod bestraft werden. Unerlaubtes Landen auf einem Flugplatz wird im günstigen Fall mit Abschiebung geahndet. Nicht einmal den Friedhöfen darf er sich nähern.

Carlos, der Bruder, weiß das genau. Felipe wird wütend auf ihn, den Älteren, den Schlaufuchs, den Anpasser. Der hat das Telegramm mit Absicht verspätet geschickt. Der rücksichtsvolle Schurke, wahrscheinlich bildet er sich ein, seinem kleinen Bruder zu helfen und ihm das Nachdenken über eine weite Trauerreise zu ersparen. Selber über die seltsamen Pflichten zur letzten Ehre, über die Risiken und Kosten einer solchen

Reise zu entscheiden, nicht einmal das erlaubten sie ihm. Es ist wieder mal klar, die Verwandten brauchen ihn nicht. Sie bleiben rachsüchtig, immer noch. Das Einreiseverbot hilft, den Verräter fernzuhalten. Das Telegramm ist sachlich, kein Wort zu viel. Es hätte von Militärs abgefasst sein können.

Später, gegen Mittag, als er ans Frühstücken geht, stellen sich die ersten Bilder ein. Am anderen Ende der Welt wird sie beerdigt. Am anderen Ende der Welt, wie viel Protzerei liegt in diesem Satz! Auf dem anderen Kontinent ist noch Morgen, Zeit der Begräbnisse. Von ferne hört er ein süßliches Heulen. Die Szene malt sich von selbst aus, je mehr er sich dagegen sträubt. Die Gemeinde der Pietisten von Osorno betrauert die Schwester im Glauben, Elena Lisa Hernandez Ladewig, die Frommen bewegen sich schleppend im Takt ihrer wimmernden, schrillen Gesänge. Die Lieder, die Bilder wehen heran und liefern ihn einer gespenstischen Erinnerung aus, mit der er in diesen Augenblicken nichts zu tun haben will.

Er versucht, das Gesäusel und den langsam schreitenden Leichenzug mit Musik zu bekämpfen, doch er wagt nicht, sich auf eine Schallplatte festzulegen. Lieber Zufälliges aus dem Radio. Die klassischen Tempi tragen eine falsche, schwermütige Feierlichkeit ins Zimmer. Die Rockmusik dagegen mit dröhnenden Bässen rückt an mit stumpfem Gleichmut, walzt platt, schiebt weg. Nichts passt. Ein Knopfdruck, weg mit den schmerzenden Tönen!

Er greift zur Zeitung. Es herrscht Aufregung in Deutschland. Eine Regierung ist auseinandergebrochen, die Korrespondenten spekulieren über eine neue und beobachten jeden Schritt und jede Grimasse der Politiker. Das Publikum kann der Verteilung von Gunst und Macht zusehen, aufgeregt, aber stumm. Die neuesten Nachrichten haben für Felipe etwas Vertrautes. Irgendjemand zieht im Hintergrund die Fäden, die Puppen tanzen aufgeregt, kippen und stehen in neuer Konstellation wieder auf. Immerhin, es geht ohne Schüsse ab. Felipe meint Bescheid zu wissen und liest doch alles zu diesem Thema wie ein Völkerkundler, der seine Forschungsergebnisse über einen wunderlichen Stamm ergänzt und bestätigt findet. Dann räumt er das Geschirr weg, ohne die Tasse oder das Messer fallen zu lassen. Er staunt darüber, denn er hat die ganze Zeit ein kleines Unglück erhofft, wenigstens ein paar Scherben, vielleicht ein Schnitt in der Hand. Das Telegramm bleibt neben der Zeitung liegen, er hätte es gern unter den Schlagzeilen versteckt. Er liest es noch einmal, Buchstabe für Buchstabe.

Dann ruft er seine Freundin an, Anke im Stadtarchiv. Ihr Apparat ist besetzt, und er zufrieden. Eine Anstrengung weniger.

Doch er weiß nicht, wohin mit der Todesnachricht. Ein Hubschrauber knattert über die Dächer. Felipe hat den Wunsch, sich in Bewegung zu setzen. Aber schon wieder laufen, nein. Die ganze Nacht gelaufen, die nächste Nacht wieder laufen, nein. Er braucht einen ruhigen Nachmittag. Aber er kann nicht in der Wohnung hocken, als sei nichts geschehen. Er spürt noch kein Zucken der Trauer. Als Randfigur der Familie hat er nicht einmal den Vorteil, seine Verlegenheit mit Aktivitäten zu verbergen, wie es Angehörige sonst tun, die ihre neu geweckte Angst vor dem Tod mit den technischen Einzelheiten des Ablaufs des Begräbnisses in Schach halten, mit Behördengängen, Telefonaten, Anzeigen, Absprachen mit Pfarrern und Beerdigungsunternehmern, mit Umsicht für Gästelisten, Speisefolgen. Felipe ist kein Angehöriger. Er hat nicht einmal eine Reise zu planen, weder den Arbeitgeber zu verständigen noch Urlaub zu beantragen. Wären noch vier, fünf

Tage Zeit, er hätte vielleicht das Konsulat aufsuchen und mutig nach einer Ausnahmegenehmigung fragen können, neuerdings wurde nicht jeder Antrag auf einen Kurzbesuch in Familienangelegenheiten abgelehnt. Auch für diesen Test war es zu spät.

Ein heller Mantel

Ein milder Septemberabend, aber die Bürgersteige waren so wenig belebt wie immer. Warum den Deutschen der Wunsch abgestorben war, sich abends auf Straßen und Plätzen promenierend zu treffen, hatte Gerlach nie verstanden. An der Kälte konnte es nicht liegen, denn auch in der warmen Jahreszeit mieden die Bewohner nach Geschäftsschluss ihre Kaufstraßen, als seien sie ein Herd der Gefahr. Die Stadt hatte wenig schöne Seiten, aber allein das konnte kein Grund sein. Schließlich hatten die Bewohner den Programmen der Verhässlichung zugestimmt. Es musste mit der allgemeinen Angst vor Begegnungen und Berührungen zu tun haben. Vielleicht waren die Leute viel zu erschöpft, sammelten sich müde in den Wohnzimmern und saßen den Abend ab. Sie wollten keine Anstrengungen mehr. Sie starrten die Ausrufer auf den Bildschirmen an und warteten nicht einmal auf Erklärungen. Vielfarbige Filmbilder bewiesen jeden Abend aufs Neue, wie gefährlich die Welt außerhalb der eigenen Wände war. Die Gefahr, immer sprungbereit, lauerte überall, vor der Haustür, auf der Straße, erst recht in der Stadt. Die Zuschauer waren gefasst auf Vergeltung, sie fühlten sich schuldig, sie blieben lieber in ihrem Bau. Die wenigen Menschen, die noch die Kraft aufbrachten, an einem Abend in der

Woche ein Vereinslokal, ein Restaurant oder ein Filmtheater der Innenstadt aufzusuchen, den Opernsängerinnen oder den Lautsprechern der Diskotheken zuzuhören, die parkten ihre Autos möglichst nah am angesteuerten Ziel. So blieben nur einzelne oder paarweise verstreute Passanten, die auf der Suche nach Abwechslung und Gesellschaft abends zu Fuß die City durchstreiften. Die wenigen galten, weil sie wenige waren, als Risikopersonen. Als gefährdet oder gefährlich. Als potenzielle Opfer oder Täter. Für sie war die Polizei da und die Wachleute in den Funkwagen. Und weil das nicht genug schien, hatten einige Männer wie Felipe Gerlach zusätzlich Ordnungshüter zu spielen, Streifengänger in verschiedenen Bezirken der Stadt.

Wie aus dem Hinterhalt drängten plötzlich Leute schubsend vorbei. Felipe hasste es, angerempelt zu werden. Er sah einen Angriff darin. Er mochte die Eiligen nicht, die Gehetzten, die Galoppmenschen, die Blitzmädels, die Terminboys, die Windhunde, die nichts verpassen wollten.

Herausgefordert, hielt er sich zurück und ging hinter den Remplern her, zwei junge Frauen und zwei Männer, auch sie schienen den Adenauerplatz anzusteuern. Er folgte ihnen und blickte nach vorn, vier Rücken, die ganze Breite des Bürgersteigs. Die Falten auf dem hellen Mantel der außen gehenden Frau. Die schwarzen Haare über dem strengen, eiligen Körper. Der Rücken der Mutter. Sie dreht sich nicht um, sie läuft weg, sie dreht sich zu spät um. Felipe, vier oder fünf, ein vergessenes Kind, soll einige Tage bei den Großeltern Gerlach bleiben. Die Mutter hat das Kind abgeliefert und will sich verabschieden. Das Kind will keinen Abschied, es spielt oben im Haus mit einer Cousine, die einige Jahre älter ist, ein geheimnisvoll großes Mädchen. Die Mutter steht unten im Hausflur und ruft das Kind herunter, ungeduldig, herrisch. Sie will den

Schwiegereltern zeigen, dass ihr Kind gehorchen kann. Das Kind spielt, es ist mit dem großen Mädchen verbündet. Die Mutter will los, sie muss den Bus erreichen. Das Kind weigert sich, das Spiel aufzugeben und die Treppe hinunterzusteigen. Es sagt: Komm du doch rauf! Kampf im Treppenhaus, immer heftigere Befehle, Schreie kreuzen sich, immer schärferes Nein. Die Mutter droht, sofort zu gehen, ihre Drohung bestärkt das Kind. Dann die schrille, gebrochene Stimme von unten: Ich geh jetzt! Die Haustür knallt. Das Kind spielt eine Weile mit der Cousine. Dann reißt auf einmal eine entsetzliche Angst in ihm auf, die Angst, die Mutter verloren zu haben, die Schuld, sie verstoßen zu haben, jetzt, für immer. Der Junge hastet die Treppe hinunter und rennt hinaus und hinter ihr her, eine endlose Allee entlang zur Straße hin, wo er sie weit vor sich laufend sieht, den Rücken unterm hellen Mantel, den immer näheren Rücken, der sich nicht umdreht, den strengen, eiligen Körper, den triumphierend abgewandten Kopf, bis endlich sie den brüllenden Jungen erhört und stehen bleibt und auf ihn zukommt. Aber es ist zu spät, die Trennung war schon vollzogen.

Er lief den vorgeschriebenen Weg. Bevor eine alte Traurigkeit sich ausbreiten konnte, steuerte er auf das Schuhgeschäft zu, das er zu inspizieren hatte. Er prüfte die Türen und Gitter. Auch die Schuhe waren für Eilige gemacht, die schnellen Sohlen, die Turnschuhstreifen, die neuen Stromlinienformen, alles trieb zur Schnelligkeit an. Der Hilfswachmann tat seine Arbeit und gab sich gelassen.

– Leo acht an Zentrale.

– Zentrale an Leo acht?

– Objekt Drei Drei Fünf, alles okay.

– Objekt Drei Drei Fünf?

– Ja.

– Da war doch vorgestern das Schachtgitter locker. Siehst du mal nach?

– Moment. Ja, alles fest verankert.

– Okay, Leo acht.

Er merkte wieder, wie nützlich ihm die Uniform war, die er seit drei Monaten trug. Man streifte eine dicke Jacke über, und schon war man weniger verletzlich, weniger nervös. Die Uniform bewahrte vor Selbstmitleid, vor weinerlichen Gefühlen. Da er so bekleidet war, als erwarte er nur Feinde auf der Welt oder als habe er mehr als sich selbst zu verteidigen, vermochte er leichter Distanz zu gewinnen zu allem. Die Uniform passte ihm nicht, sie gefiel ihm nicht, sie stand ihm nicht, aber sie ermöglichte ihm zu leben in diesem exotischen Deutschland, ein Land, das gut zu ertragen war, wenn man sich verkleiden konnte.

Serenade

Die Rekruten standen aufrecht, sie waren nicht verletzt. Gesund, tauglich, wehrbereit, die Augen geradeaus. Sie hatten die ersten Geländeübungen hinter sich, ihr Kreislauf hatte schon einen Marsch mit Sturmgepäck ausgehalten. Sie hatten allen Schlamm abgeduscht, sie hatten Gehorsam bewiesen, sie ließen sich vorzeigen. Sie hatten Handschuhe an, sie waren feine Herren jetzt. Die feinen Herren schossen nicht, sie standen still, sie standen stramm, Paradeaufstellung im Flutlicht. Die Stiefel drückten den Stadionrasen platt. Sie rissen keine

Löcher wie die Fußballstollen oder die Speere der Leichtathleten. Die feinen Herren schonten das Gelände, sie hatten keine bösen Absichten. Eine Feierstunde war zu überstehen, ein Eid nachzusprechen. Das Heeresmusikcorps spielte eine Serenade, die Blechbläser waren gut besetzt. Die Zuschauer klatschten Beifall, und die Soldaten rührten sich nicht. Ein Offizier in leuchtendem Grau trat vor, stolzierte aber nicht wie ein Ordensgockel, sondern suchte mit Schlichtheit zu überzeugen, noch ehe er ins Mikrophon sprach.

Anke Hennig sah der Schau abschätzig zu. Sie suchte das Gesicht ihres Bruders, den man zum Rekruten gemacht hatte. Unter den Baskenmützen waren die Köpfe alle ähnlich, nur durch die Schnurrbärte und die Farbe der Haare unterschieden. Sie konnte den Bruder nicht finden unter den Vorderleuten. So viele Soldaten hatte sie noch nie auf einem Haufen gesehen, und wie waren sie starr, steif, käsig! Durch das Stadion bellte die Lautsprecherstimme des Kompaniechefs. Anke war freiwillig gekommen. Sie war nicht scheu, sie wollte das Spektakel einmal aus der Nähe betrachten, die letzte Reihe der Tribüne war ihr nahe genug.

Was stellte man mit diesen Jungens an, die das Strammstehen so bescheuert fanden wie ihr Bruder? Auch Wolf Hennig wollte kein Soldat werden. Er war Jugendvertreter in seinem Betrieb, Metaller, er kannte genug Argumente gegen Rüstung und Soldaten, aber er weigerte sich, den Wehrdienst zu verweigern. Zuerst hatte er gesagt, die Demokratie müsse verteidigt werden trotz allem. Ja, aber ausgerechnet in der Kaserne? Daraufhin hatte er behauptet, er wolle nicht kneifen, er sei kein Feigling, er gehe mit seinen Kollegen. Okay, der Arbeiter tut, was man von ihm erwartet, und zwar solidarisch. Du hast gut reden, Schwester. Schließlich hatte sie herausgefunden, dass Wolf auf keinen Fall den toten Opas die Scheiße wegwischen wollte, wie er sagte, die Spastis füttern oder Kindermädchen spielen. Die Angst vor den Kranken und Alten, die war es, die Angst der Achtzehnjährigen vor dem Tod war das stärkste Motiv, Soldat zu werden trotz allem. So kamen die Kompanien zusammen. Aber es fehlte etwas. Der Kompaniechef musste sich anstrengen, er hob die Stimme. Eben nicht Kadavergehorsam ist gefragt, sondern Treue, die letzten Endes Treue zu sich selbst bedeutet. Was für Worte! Kadavergehorsam, was dachten sich diese Männer dabei, wenn sie solche Wörter ins Mikrophon brüllten, dachten sie an Kadaver? Und Treue? Als ginge es hier um einen Ehevertrag. Mit welchem Staat sollten diese Burschen schon fremdgehen? Sich dem Staat verpflichten irgendwie, das ließ sich noch einsehen. Aber Treue zu sich selbst, letzten Endes? Der Kompaniechef, zwischen Ziersträuchern in Kübeln, hatte gut reden. Er bestimmte, was Treue sein sollte im Ernstfall, und wenn die Vorgesetzten des Vorgesetzten entschieden, dann wurde nicht mehr von Treue geschwafelt.

Sie wusste, auch ihr Bruder konnte bei solchen Sätzen nur wütend werden. Unruhig war er bestimmt schon. Er war Fußballer, Stürmer, er brauchte Bewegung, er hasste das Strammstehen. Eine Tortur, jemanden wie ihn ausgerechnet auf einem Fußballplatz stillstehen zu lassen, länger als eine Stunde, zwei Halbzeiten lang. Ein milder Septemberabend, die schönsten Stunden für Trainingsspiele unterm Flutlicht. Felipe hatte es besser, er konnte sich wenigstens bewegen wie ein normaler Spaziergänger. Wolf trug Handschuhe, Anke konnte sich leicht vorstellen, wie die Handschuhe kniffen am kleinen Finger, die Soldaten durften sich nicht rühren, die Handschuhe nicht zurechtzupfen, alle Hände an der Hosennaht. Arme Idioten, dachte Anke, unglaublich, was sich ausgewachsene Männer gefallen lassen! Sie fühlte sich stärker als alle diese ausstaffierten Kerle zusammen. Die feinen Herren, im schneidenden Flutlicht standen sie da wie in die Kälte geschoben, schon erstarrt und zum Einfrieren bereit. Ein unerwartetes Mitleid regte sich in ihr, oder war es der Wunsch, die Männer aus ihrem Bann zu erlösen? Sie sah sich die Tribüne hinabsteigen, durch die Zuschauer drängen, an den wachsamen Feldjägern vorbeiziehen, langsam über den Rasen auf die Soldaten zugehen und ihnen den blöden, geradeaus gerichteten Kopf verdrehen, durch die Reihen schlendern und den Jungen das Zauberwort zuflüstern, das sie von aller Totenstarre befreite, und ihren kleinen Bruder begrüßen, ihm die schwarze Baskenmütze abnehmen und eine gescheite Jacke überwerfen, mit ihm ein Bier trinken gehen und noch einmal über alles reden.

Auf der Tribünenseite saß Anke zwischen den stummen Eltern der jungen Rekruten, es waren junge Eltern. Man hatte sie persönlich eingeladen, und nun sahen sie stolz und verängstigt auf ihre Söhne in der grauen Uniform hinunter. Sie hatten Soldaten gezeugt. Fesch und sauber stand er da, der Junge, und schon entrückt, nicht mehr zu erkennen zwischen seinen Kameraden, ein Mann schon mit Stiefel und Koppel und fertig wofür. Im Zentrum der Tribüne saßen Offiziere, pensionierte Kasernenkameraden und die beflissenen Vertreter der lokalen Politik, sie hatten Beifall geklatscht beim Aufmarsch, Beifall nach der Serenade, Beifall bei Treue und Frieden und Freiheit. Die Stehplätze im weiten Rund waren mit Soldaten gefüllt, die als Zuschauer abkommandiert waren. Auch wehrhaft begeisterte Bürger waren zugegen, die an diesem Abend etwas erleben wollten, ein erhebendes Schauspiel, eine Demonstration gegen die Friedensschwätzer, ein Wonnegefühl gemeinsamer Stärke.

Vor der Tribüne und im Stadionrund waren Feldjäger auf dem Posten, Gesicht zum Publikum.

Das Stadion war zum militärischen Sicherheitsbezirk erklärt worden, da brauchten die Polizisten des Heeres mit den erwarteten Wehrdienstgegnern nicht lange zu fackeln. An den Eingängen neben mannshohen Stacheldrahtrollen konnte jeder Besucher lesen: Vorsicht Schusswaffengebrauch! Trotz aller Absperrungen und Kontrollen waren Störer ins Stadion eingedrungen, leicht zu erkennen an disziplinlosem Gehabe und struppigen Kleidern zwischen den ordentlichen Zuschauern. Der Kompaniechef holte tief Luft, als stehe der Höhepunkt seiner Rede bevor. Diese Soldaten demonstrieren unsere Bereitschaft zum Frieden. Unruhe platzte auf nach diesem Satz, in der Kurve rechts sah Anke die Feldjäger einzelne, zappelnde Gestalten greifen und abführen.

Die Rekruten zappelten nicht, sie griffen nicht zu, sie standen fest. Nein, sie kippten nicht um. Der Gehorsam und die teuren Uniformen hielten ihre Leiber zusammen. Bis zur Unterhose waren sie einheitlich solide gekleidet. Weg mit den Uniformen, weg mit den Unterhosen. Anke fiel es nicht schwer, sich die jungen Männer nackt vorzustellen, schreckensbleiche Körper auf dem grünen Rasen aufgereiht stehend, das Glied schlaff, das Glied gekrümmt, das Glied aufrecht und wieder schlaff. Eine Kompanie von Wichsern, das Bild passte genau in die zackige Zeremonie. Sie überlegte, ob diese Männer sich weniger leicht zu Befehlsempfängern degradieren ließen, wenn sie zur Liebe imstande wären, nicht nur zum Ficken, zur Liebe.

Ach, gib nicht so an, nur weil du vorhin erst bei einem Mann gelegen hast! Es waren nicht einmal zwei Stunden vergangen. Felipe. Den einsamen Felipe in den Armen, der sie angerufen, auf sanfte Weise zu Hilfe gerufen hat. Es soll nichts zerbrechen, nichts falsch gemacht werden. Es ist die einzige unaufdringliche Geste, die ihr einfällt, eine tastende Antwort auf den entfernten Tod seiner entfernten Mutter. Nach einer stummen, trockenen Stunde, in der keine Lust aufkommt zwischen ihnen und keine Nähe selbstverständlich wirkt, sagt er früher als sonst, er müsse sich allmählich fertig machen für die Arbeit. Mit einem traurigen, lauschenden Blick spricht er, und mit diesem Abschiedsblick weckt er ihr Begehren. Sie möchte ihn nur anrühren, aber dann geht alles sehr schnell. Sie spürt, der will alle seine rotierenden Gedanken wegvögeln, eine subtile, köstliche Rache nehmen mit ihr an dem Telegramm und was an diesem Telegramm hing, die Lieblosigkeit und Starrheit der Toten, der Schmerz über seine anhaltende Verbannung, der Ärger über seinen traurigen Job. Felipe hält sich nicht zurück, sie zeigt sich nachgiebig, er entlädt alles auf sie, sie versteht ihn, aber sie will nicht missbraucht sein, auch nicht von ihm. Es war ihr zu viel, es war ihr zu wenig, es war ihr nicht genug. Sie spürte es wieder, das wohlige Prickeln zwischen den Schenkeln. Sie fühlte sich, trotz Felipes Heftigkeit vorhin, stark und glücklich jetzt, zwischen lauter Männern sitzend, die mit ihrer Männlichkeit protzten. Sie trug Felipes Geruch mit sich, und inmitten dieser obszönen Szenerie kam es ihr vor, als berge sie als Einzige das Geheimnis der Zärtlichkeit, und der Gedanke an den verborgenen Geruch spitzte ihr abgeklungenes Begehren wieder an. Sie war am falschen Ort. Hier waren Härte und Imponiergehabe gefragt und sonst nichts. Sie hätte keinen dieser zur Parade aufgestellten Männer genommen, auch den schönsten nicht, sie wusste, sie wird bei einem Soldaten nie die Zeilen aus dem Lied vergessen, Soldaten sehn sich alle gleich, lebendig und als Leich. Nein, sie wollte auf Felipe warten, auf ihren armen Felipe, der durch die Stadt laufen musste die ganze Nacht, auf Felipe bis morgen früh.

Sie hatte genug gesehen. Sie stand auf, um das Stadion zu verlassen, als die Rekruten im Chor der Bassstimmen den auswendig gelernten Text nachbeteten, dumpf und trostlos wie ein Vaterunser, und brummend gelobten, der Bundesrepublik treu zu dienen, als einige junge Leute über die Barriere flankten, über die Aschenbahn und quer über den Rasen stürmten und um die Soldaten herumkurvten, die mit Grabesstimme murmelten: so wahr mir Gott helfe. Der erste Läufer wurde schon auf der Aschenbahn hakenschlagend von den Feldjägern ergriffen, zwei drangen bis zur Fahnenabordnung vor und hätten fast die Bundesfahne zu Boden gezerrt, wenn die Polizeisoldaten karategeschult nicht im letzten Moment zugepackt hätten, ein Vierter erreichte das Mikrophon und brüllte: Nie wieder Krieg! und ließ sich dann, nach einer lässigen Drehung, festnehmen.

Alle Störer eingefangen, Arme auf den Rücken gedreht, im Polizeigriff harmlos und schwach. Die Zuschauer atmeten auf, der Skandal war beendet. Die vier wurden gefangen an der Tribüne vorbeigeführt, Beifall.

– Aufhängen!, hörte Anke einen Mann rufen.

– Vergasen!, schrie jemand.

Ein älterer Herr, der nah am Durchgang stand, ließ es sich nicht nehmen, einen Langhaarigen, der beinah die Fahne verletzt hätte, ins Gesicht zu treten und dem nächsten, der ihm von den Feldjägern beinah auffordernd hingehalten wurde, einen Fausthieb zu verpassen.

Anke witterte die Gefahr und setzte sich wieder. Die Feier ging weiter. Es sprach ein Zivilist, ein Minister.

Der Adenauer

– Bin jetzt am Adenauer, meldete Leo acht der Zentrale und prüfte sein Revier.

Mittelhohe Hochhäuser, in der Nachkriegszeit eilig hinzementiert, standen neben Neubauten der siebziger Jahre, die mit metallischen Fassaden und abweisendem Glas prunkten. Auf den teuersten Verkaufsflächen zwischen Banken und Kaufhäusern spreizten sich die Läden der Optiker, Jeans-Großverkäufer, der Apotheker und Fernsehhändler. Pelzhaus, Modepalast, Einkaufsparadies, das war der Dreiklang der Glücksversprechen. Die großen Geschäftsbauten waren bis unters Dach belegt mit den Büros der Krankenkassen, Werbeagenturen und Handelskammern, mit Praxisräumen und Verwaltungsnebenstellen. Über allem prangten die Leuchtschriften der Versicherungsgesellschaften, die, nur durch einen typischen Schriftzug und eine bestimmte Farbe unterschieden, an allen Gebäuden die gleiche Sicherheit versprachen. Auch die Banken hatten für ihre Leuchtbuchstaben und Signets besondere Farben gepachtet und halfen mit, den Platz mit seiner grellen, vom Geldwahn inspirierten Architektur in die Schale bunten Neonlichts zu rücken. Der Adenauer, wie die Einheimischen sagten, bot kein Denkmal zum Anschauen und keine Bank zum Sitzen. Die Bäume waren längst aus der Erde gerissen, das Gesträuch in der Mitte des Verkehrsknotenpunkts weggehackt. Hier pflegten die städtischen Gärtner die Steine und die Blumenkübel am Anfang der Fußgängerstraßen. Der Platz war scheußlich, sonst nichts. Als einziges nicht käufliches und nicht zum Kauf aufforderndes Ding leuchtete die Normaluhr über einem der U-Bahn-Eingänge. Inmitten der zusammengedrängten Asphaltstraßen und der geschminkten Gebäude wirkten das schlichte Zifferblatt und der unbestechliche Takt der Zeiger beinah wie ein Stück Natur.

Aus mehreren Richtungen schossen die Autos heran, hielten in Doppelreihen lärmend vor den Ampeln und stürzten weiter um die Ecken zum nächsten Rotlicht. Hier trafen die U-Bahnen die Straßenbahnen und die Busse die Busse. Ein Platz zum Umsteigen, zum Weitergehen, zum Verschwinden in der Fußgängerunterführung, aber kein Platz zum Bleiben. Ein Bierausschank, eine Spielhalle, zwei Schnellgaststätten waren die einzigen Oasen am Adenauerplatz.

Leo acht nahm keine Einladung an, er lief durch das Herz seines Reviers, mit gleichgültigem Blick an den leuchtenden, sparsam gefüllten Schaufenstern vorbei. Glaswände überall, nicht nur die hochversicherten Schaufensterscheiben, auch Banken und Kaufhäuser mit ihren türlosen Glastüren gaben den Anschein, als könnten sie mit zwei, drei Schritten betreten werden, als gebe es keine Hemmschwellen mehr. Durch das Glas schienen die Geschäftshäuser wie ausgehöhlt, die schmalen Betonsäulen und die Stahlträger angefressen von Flitter und Glanz und Leuchten, obwohl die Fassaden nicht baufällig wirkten. Nur das Glas, Felipe wurde die Frage nicht los, ob das Glas genügend haltbar war, dem mächtigen Druck der Warenberge hinter dem Dekorationsmaterial standzuhalten, es lag doch so viel vervielfacht gestapelt in diesen Speichern, dass es fraglich war, ob die dünne Glaswand hielt und wie lange, wie lange, bis das Glas knackt und bricht und Anzüge, Schuhe, Pelzmäntel, Jeans und Akten und Prospekte und alles ballenweise und durcheinander herausquillt und den Bürgersteig, die Fahrbahnen und den ganzen Platz überschwemmt.

Der Platz war leer, und darin lag die Gefahr. Leo acht hatte auf die Leute zu achten und auf eine Handvoll Geschäfte. Nicht auf die Statik, die Stadtplanung, das Warenangebot. Abschrecken, beobachten, melden. Die Passanten. Die Passanten waren keine harmlosen Konsumenten mehr. Die hatten sich um die Kassen geschart und dann, nach Geschäftsschluss, fluchtartig ihre steinernen Marktplätze verlassen. Wenn die Angestellten der Banken und Kaufhäuser, der Boutiquen und geleckten Geschäfte die Tagesabrechnung geprüft und die Türen verriegelt hatten, wurde das städtische Umsatzzentrum mit zunehmender Dunkelheit zum Schauplatz einer beschränkten Kriminalität. Die leeren Fußgängerstraßen, die U-Bahn-Eingänge, Unterführungen und Passagen, die Nischen und Gassen rund um den Platz luden zum Angriff ein. Direkt unter den Leuchtschriften der Versicherungen war die Gefahr am größten. Die Angriffe richteten sich auf Passanten und ihre Brieftaschen oder direkt auf die Waren in den Schaufenstern. Junge Leute probierten ihr Glück bei einem Überfall, und sie hatten am Adenauer größere Gewinnchancen als beim Lottospiel. Der zentrale Platz bot mit den sechs Straßen, die hier zusammenstießen, eine gute Auswahl an Fluchtwegen.

Der Adenauerplatz kam beinah täglich in die Zeitung. Scheiben am Adenauerplatz zertrümmert. Adenauerplatz – vier schlugen zu: Opfer verstorben. Die Stadtverwaltung antwortete: Kriminalstatistisch liegen wir im Durchschnitt, kein Grund zur Sorge. Die Kaufleute der City forderten, den Anfängen zu wehren. Denken Sie an New York! Die Polizei versprach erhöhte Wachsamkeit. Den Lokalredakteuren ging der Stoff nicht aus. Die Kaufleute der City wollten Taten sehen. Sie zahlten die höchsten Mieten. Ein schlechter Ruf des Standorts Adenauerplatz stieß Kunden ab. Das Image färbte die Bilanz. Die Lokalredakteure blieben am Ball. Junge Männer prügelten unbekanntes Ehepaar. Einundzwanzigjährige im Adenauertunnel vergewaltigt. Zur guten Bilanz hatte die Polizei beizutragen. Der Polizeipräsident sprach von fehlenden Planstellen, Überlastung, Überhang an Überstunden. Für personalintensive Streifengänge könne man keine Beamten zusätzlich freistellen, vor allem nicht zur Nachtschichtzeit. Die Lokalredakteure fragten: Machtlos gegen die Kriminellen vom Adenauerplatz? Die Kaufleute der City wiesen noch einmal auf ihre Steuerzahlungen hin. Sie drängten. Man dürfe die privaten Wachgesellschaften nicht vergessen, die ohnehin zum Schutz der Geschäfte im Citybereich tätig seien, unbürokratische Regelungen, dem konzessionierten Bewachungsgewerbe die Möglichkeit geben, die nötigen Abschreckungseffekte erzielen, nicht in den polizeilichen Kompetenzbereich eingreifen. Die Täter schlugen Scheiben ein, jede Nacht ein Zwischenfall. Die Lokalredakteure ließen nicht locker. Die Verfasser des Polizeiberichts waren um Sachlichkeit bemüht.

In den Büros der Stadtverwaltung, des Arbeitsamts, des Polizeipräsidiums und der Wachgesellschaften entschloss man sich zur Erprobung eines neuen Modells zur vorbeugenden Verbrechensbekämpfung. Devise: Flagge zeigen! Die Wachgesellschaften wurden mit Subventionen des Arbeitsamts dazu bewegt, mehrere geeignete Arbeitslose als Hilfswachmänner einzustellen. Ein Kompromiss für alle Beteiligten, ein Modellversuch, und plötzlich war Geld da.

«Nachtwächter für City-Bereich gesucht» – Felipe Gerlach hatte sich keine Chancen ausgerechnet, als er die Anzeige las. Ausländer durften zwar Essen kochen und Abfälle zu den Kehrmaschinen schaufeln, durften Leichen verbrennen und an Bleiöfen stehen. Aber eine Innenstadt hüten und Sicherheit und Ordnung, wie die Deutschen sie lieben, das war ein Privileg, das ließen sie sich nicht so schnell aus der Hand nehmen. Felipe war nicht wild auf diesen Job gewesen, ein Anruf, ein Vorstellungsgespräch, eine Proberunde mit dem Oberwachmann Vogelsang, und schon lief er als Nachtwächter herum und wurde dafür bezahlt, das Schlimmste zu verhüten.

Der Refrain eines Schlagers wehte aus der Bierhalle. Die weißen Tauben sind müde, krächzte der Sänger. Der Hilfswachmann wusste, er verhütete das Schlimmste nicht.

Das süßere Geld

Der Steuerberater zauberte Rinder herbei und bot sie zum Kauf an. Er lächelte, und die Tiere vermehrten sich im Nu. Er bot den Hauptgewinn, die freie Auswahl. Die großformatigen Farbfotos waren der Beweis, er verfügte über eine unendliche Zahl, tausend Rinder oder mehr, das hing allein von seiner Tüchtigkeit ab. Er wies auf die Fotos, der Kunde sah kein Trugbild, und die Begierde des Kunden wuchs. Zwei Herren saßen sich geschäftlich gegenüber, sie rechneten und sahen riesige Herden weiden, schwarz gefleckte, elfenbeinfarbene, erdrote Tiere, die ihre Köpfe hochwarfen und die glänzenden Hörner zeigten, alle schlanker als die lahme europäische Milchkuh, aber auch wilder und störrisch, die Tiere wie im Wilden Westen, der Film vom Cowboy im Land der unendlichen Weiden lief wieder an, mit dem Lasso schwingend reiten und reiten und die wilden Rinder fangen und hinter Zäune sperren und zähmen, als Besitzer und Herr geschickt und raubeinig glücklich sein für immer.

Diesen Traum verkaufte Kurt Ellerbrock, ein Meister der Abschreibungskunst, ein gefragter Anlageberater, der Wert darauf legte, als Steuerberater angesprochen zu werden. Er saß in seinem Büro in der Beckstraße mitten in Deutschland und trieb die Herden über das Weideland auf dem anderen Kontinent. Er konzentrierte sich auf das Verkaufsgespräch, er wollte endlich zum Abschluss kommen. Es war spät geworden, selbst für den verlängerten Montagabend, den er für die persönliche Beratung der guten Kunden reservierte, die tagsüber keine Termine frei hatten. Am Montagabend gaben die Kunden das Geld leichter her als am Wochenende. Ellerbrock streckte die Beine aus, als müsse er sich von einem langen Ritt erholen. Wenn der Montag mit den zehn, zwölf Bürostunden überstanden war, dann waren die Gehälter und Betriebsausgaben für eine Woche schon fast verdient, ab Dienstagnachmittag floss das süße Geld.

Dr. Dreisch saß vor ihm, Hautarzt und gutwilliger Kunde mit jährlich wiederkehrenden Abschreibungsbeschwerden. Dreisch war schon überzeugt von dem neuen Projekt, das sah Ellerbrock ihm an, er kannte seine Cowboys. Aber er durfte ihn nicht überfahren. Dreisch zögerte noch, die fünfzigtausend herzugeben. Er musste zeigen, was er für ein skeptischer Bursche ist, ein zäher Kerl, der auf keinen Hausierertrick hereinfällt. Ellerbrock ließ ihm diesen Glauben. Der IOS-Schock wirkte immer noch, da waren sie alle auf die Nase gefallen, und seitdem legte die Kundschaft Wert darauf, nicht als naiv und dumm zu erscheinen. Dreisch hatte sich von Ellerbrock schon ein Stück Land im Süden Amerikas vermitteln lassen. Der Name Dr. Dreisch war seit einem Jahr in einem Grundbuch verzeichnet, mit deutschen Namen unter spanischen Rubriken. Es war ein erhabenes Gefühl, ein kleiner Anteil am südamerikanischen Kuchen. Der Kuchen schmeckte, Dreisch wollte mehr. Er war es müde, in Berlin zu investieren. Die versprochenen Steuervorteile schlugen zwar immer noch günstig zu Buche, aber es wurde zu viel Wirbel um diese Abschreibungen gemacht. Vereinzelt wurden Namen von Anlegern ans Licht gezerrt, man wurde an den Pranger gestellt, das Wort Verlustzuweisung bekam einen negativen Beigeschmack. Man musste an stillere Beteiligungen, man musste weiter, man musste an die Zukunft denken, da kam ihm Südamerika gerade recht.

Die Zeiten waren vorbei, in denen nur Großindustrielle und Konzerne an die Urwälder und Farmgebiete des riesigen Halbkontinents herangingen. Nun drängelten die scheuen Goldgräber des Mittelstands. Ellerbrock organisierte ihren Einstieg, er war der Pionier. Er brauchte kein Buschmesser und keinen Kompass. Er hatte ein paar Treuhandgesellschaften gegründet und kannte die Herzen der standesbewussten Einkommensteuerzahler. Er wies den Weg nach Westen weit über den Atlantik in eine Nische der Freiheit und Stabilität. Seine Firmen drüben dirigierten die Vermessungstrupps und die Planierraupen und die gewaltigen Sägen. Seit kurzem hatte er etwas Neues, die Rindersparkasse, der Geheimtipp aller Abschreibungssportler in dieser Saison. Ellerbrock verkaufte Rinder auf riesigen Farmgebieten, die er verpachtete oder ebenfalls zum Kauf bot. Weil Rinder geringwertige Wirtschaftsgüter sind, konnten die gesamten Investitionen als sofort abzugsfähige Betriebsausgaben gelten. Auch alle anderen Kosten sollten für die Landwirtschaft typische Betriebsausgaben sein, das war Ellerbrocks Entdeckung. Und er war stolz auf seinen bauernschlauen Einfall, die biederen Begriffe Rind und Sparkasse kombiniert zu haben.

In fünf Minuten unterschreibt er, Ellerbrock wusste

Bescheid. Er hat schon Land gekauft, es wurden schon Bäume für ihn gefällt und Sägewerke in Betrieb gehalten, er will nun auch das Viehzeug haben. Dr. Dreisch war nicht der Mann, der dem Reiz eines solchen Angebots widerstand. Es wurden ihm mehr als drei Wünsche auf einmal erfüllt, wenn er die Unterschrift gab. An erster Stelle stand der Wunsch, dem Staat, der ihm die großzügigste Geldschöpfung erlaubte, möglichst keine Abgaben zu überweisen. Der Wunsch nach einem Stück Land fernab stand gleich daneben, ein paar sichere Quadratmeter in Krisenzeiten, vielleicht die Rettung eines Tages. Und nun wuchs der Wunsch, ein paar hundert Rinder in weiter, prächtig grüner Landschaft unter Palmen sein Eigen zu wissen, ein paar hundert Rinder Gras fressen zu lassen für ihn, die Steuergelder wiederkäuen zu lassen für ihn und Milch und Steaks zu liefern für seine Konten. Der Wunsch gefiel ihm, er war natürlicher, er war schöner als die schönsten Quadratmeterpreise in Berlin und romantischer als die spekulativen Abschreibungsprojekte in der Film- und Ölbranche. Die Vorstellung, eine Viehherde zu besitzen, beruhigte und trieb ihn an. Er hatte keine Lust, Bauer zu spielen oder Viehzüchter, noch dazu in einem so fernen Land, weit von allen Konzertsälen. Bei diesem Vieh lief alles wie von selbst. Steuervorteil 300 Prozent auf ein Eigenkapital von 25 000 Mark, die Herde völlig aus Steuern finanzierbar, dazu bekam er im dritten Jahr 12 500 Mark aus den Gewinnen der Viehzucht und der Abforstung als bare Mittel hinzu, die Hälfte des Eigenkapitals immerhin, wenn Ellerbrocks Finanzplan stimmte. Dreisch vertraute seinem Steuerberater, man kannte sich einige Jahre, nicht nur geschäftlich, man zahlte auch Beiträge für die gleiche Partei. Der Arzt hatte sich längst entschieden, und es fiel ihm nur noch eine Frage ein.

– Das mit der Nachbesteuerung müssen Sie mir noch einmal erklären, wie Sie das schaffen wollen, die Gefahr der Nachbesteuerung von mir und den Meinen abzuwenden.

– Das macht alles die Landwirtschaft, Herr Doktor, sagte Ellerbrock und bot einen zweiten Cognac an. Dreisch lächelte, lehnte ab und hörte aufmerksam hin.

– Hohe Steuervorteile, das wissen Sie ja, haben oft den Nachteil der Nachversteuerung. Aber beim Projekt Rindersparkasse ist das definitiv ausgeschlossen, und zwar wegen der landwirtschaftlichen Sonderbestimmungen des Einkommensteuergesetzes. Nicht einmal bei Betriebsaufgabe brauchen Sie hier nachzusteuern. Das ist ja das Einmalige an diesem Angebot. Eine echte Lücke im Steuerrecht, und diese Lücke ist sozusagen der Grundstein für unser ganzes steuerrechtliches Konzept, maßgeschneidert.

Dreisch spürte Durst, er hätte den Cognac nicht ablehnen sollen, den er nur aus Trotz verweigert hatte, nüchtern wollte er überzeugt werden. Ellerbrock blickte Dreisch ins Gesicht, und als der Arzt nicht reagierte, nahm er sich vor, die Sache mit dem Herdenbuch noch einmal aufzutischen, das Herdenbuch beeindruckt jeden Kunden.

– Also zusammengefasst, sagte er, im ersten Jahr werden Sie, wenn Sie die fünfzig Mille investieren, fünfzig Rinder haben, im zweiten Jahr hundert, usw., jedenfalls bei durchschnittlicher Fruchtbarkeit. Der Viehbestand und alle nennenswerten Einzelheiten über Ihre Tiere werden im Herdenbuch notiert, hier im Vertrag, sehen Sie, unser Partner drüben ist verpflichtet, entsprechend den landesüblichen Vorschriften und entsprechend den deutschen Vorschriften für unser liebes Finanzamt alle Angaben zu melden, die für ein ordentliches Herdenbuch nötig sind. Tierärztliche Kontrolle und diese Dinge, das ist bei uns alles selbstverständlich, Herr Doktor.

Dreisch nickte und tat so, als studiere er das Kleingedruckte.

Der kleine Sprung auf die andere Seite

Wachmann, Hilfspolizist, Ordnungshüter, niemand hat das von Felipe erwartet. Mit einem Schlag ist er einer von denen, die sich verdächtig gemacht haben. Die Augen seiner Freunde und Bekannten mustern ihn kritischer als vorher: Ist unser guter Felipe ein Verräter geworden? Ist er krank? Muss er seine Machtlosigkeit, sein Exil, seinen Abstieg unbedingt damit kompensieren, dass er die Uniform eines Hilfssheriffs anzieht?

Zehn Monate arbeitslos gewesen, da möchte er auf ein Gnadenbrot von irgendeiner Universität nicht länger warten. Der promovierte Agrarwissenschaftler, der Experte für den Weltmarkt Zucker liest regelmäßig die Stellenangebote in der Lokalzeitung. Er will wenigstens die Freiheit behalten, seinen Verlegenheitsjob selbst auszusuchen, und nicht von einem Beamten herumgescheucht und zu fruchtlosen Telefonaten mit den Sekretärinnen der Personalabteilungen verpflichtet werden. Die Angebote sind dürftig, Barfrauen, Vertreter, Verkaufsfahrer und Dummköpfe für Nebenverdienste sind gefragt. Felipe hasst es, andere zu bedienen und anderen etwas zu verkaufen, Kellner und Chauffeur kommt nicht in Frage, Schweißen kann er nicht, und vom Pizzabacken kann er nicht satt werden.

«Nachtwächter für City-Bereich gesucht» – die Anzeige scheint verlockender und geheimnisvoller als alle anderen. Nachtwächter, das ist kein Traumjob, aber etwas Neues. Denn der Arbeitslose will vorübergehend etwas anderes machen als all die Jahre vorher. Keine Sitzarbeit, keine Statistiken, keine Karrieregedanken. Das ewige Sitzen, das ewige Rechnen, das ewige Anklagen mit Zahlen und Fakten macht stumpf und müde. Er sehnt sich nach Bewegung, Bewegung ist die Hauptsache. Im Exil und dann noch im Stillstand, immer Warten und Warten und Hocken, gefesselt an Drehstühle, Schreibtische, Kneipentische, er möchte es nicht länger ertragen.

Nachtwächter, warum nicht. Endlich eine Arbeit, bei der man laufen darf und in Trab bleibt und nicht zu denken braucht. Felipe, ein Spätschläfer, dem es nicht viel ausmacht, die Schlafzeit um drei Stunden zu verschieben. Die Nacht lockt. Nicht behelligt werden vom Tag, den Tag verschlafen, das Exil verschlafen, die alte Sehnsucht nach dem Winterschlaf, bei niedrigster Körpertemperatur von den kleinen Fettreserven sparsam leben und träumen ohne Ende, dann wachst du auf und hast die Kälte, die Nässe, den Hunger überstanden und schreitest, ein für alle Mal ausgeschlafen, frisch ins neue Leben hinein, ha!

«Nachtwächter für City-Bereich gesucht», Felipe kann sich nicht viel unter diesem Job vorstellen. Das Bild aus dem Schullesebuch taucht auf, eine Illustration im Stil des 19. Jahrhunderts. Ein Mann mit weitem, dunklem Umhang, Pike und Horn, der in der Mondnacht in einem Kleinstadtwinkel die Stunde bläst, mit der Unterschrift: Hört, ihr Herrn, und lasst euch sagen! Das Horn ist abgeschafft, die Kleinstädte und die Nachtgebete auch, aber viel mehr weiß Felipe nicht über die Veränderung der Aufgaben des Nachtwächters seit dem Biedermeier. Wenn es ohne Pistole und ohne Hund abgeht, sagt er sich, warum nicht, es kostet nur einen Anruf. Und Anke sagt, probier's doch mal, spaßeshalber.

Die Firma Secura gewährt ihm die Gnade eines Vorstellungstermins, einen Lebenslauf und ein Zeugnis soll er mitbringen. Der Lebenslauf ist eine Sache von zwanzig Minuten. Das Zeugnis aber muss er bei der Polizei beschaffen. Die Polizisten sind keine Lehrer, aber sie entscheiden über seine Versetzung. Sie befragen ihre bestechlichen Computer. Felipe weiß nicht, was unter seinem Namen gespeichert ist, welche seiner Äußerungen festgehalten sind, welche die Agenten verdreht oder verschlafen haben. Die Polizisten geben ihm eine Chance, sie bescheinigen ihm gute Führung. Über das öffentliche Benehmen des Gerlach Hernandez ist nichts bekannt, was dem geltenden Recht widersprochen hätte.

Gute Führung, daran hat es Felipe noch nie gefehlt. Soll er sich schämen? Da steht geschrieben: nicht vorbestraft. Ein Witz. Als sei die ganze Prozedur keine Strafe, als sei die Not, in einem fremden Land ein schäbiges Pöstchen für ein paar Nachtstunden erkämpfen zu müssen, keine Strafe. Wieder einmal, als er gerade meint, aus dem Schlimmsten heraus zu sein, wird er bestraft mit der gewöhnlichen Erniedrigung, vor einen uniformierten Biedermann treten zu müssen, der ebenso die Uniform der Polizei des Diktators, die Knöpfe der Jacke der Folterer tragen könnte und keine Mühe hätte, den Satz «Auf der Flucht erschossen» mit zwei Fingern auf ein Formular zu tippen. Der Schrecken, in Fragen von Leben und Tod, in Sachen Arbeit und Geld, von solchen Menschen abhängig zu sein, immer wieder. Der Schrecken, der nicht verfliegt, wenn die Vernunft kommt und meint, der Willkür der deutschen Beamten seien bekanntlich Grenzen gesetzt. Die Kränkung, vor diesen Gestalten zu warten und jedes Mal wieder unnötig lange zu warten. Die Stiche der Missachtung, die nicht nachlassen, wenn die Vernunft sagt, die haben viel zu tun, die haben nichts gegen dich, es ist ein Rechtsstaat, man wird dir nichts tun. Einmal den uniformierten Schützen entkommen, hört die Strafe der Angst nicht auf, die in den Amtsgebäuden immer wieder angefachte Angst.

Dagegen ist es beinah eine Erholung, im kargen Büro der Wachgesellschaft sich mustern zu lassen. Der Chef, ein rotbackiger Herr Schmidt, greift zuerst zum Lebenslauf. Der Bewerber muss wie überall seinen langen Namen erklären. Er tut es geduldig, obwohl er schon etliche hundert Mal erzählt hat, dass in spanischsprachigen Ländern zwei Nachnamen üblich sind, der Name des Vaters und der Name der Mutter, dazu zwei Vornamen. Erst in diesem Moment scheint Herr Schmidt zu begreifen, dass er einen Ausländer vor sich hat. Er ist verwirrt, als habe er den richtigen Moment für eine Ablehnung verpasst oder als sei ihm die stereotype Formulierung entfallen, einen Ausländer habe er sich für diese Arbeit nicht vorgestellt. Er blickt angestrengt auf das Papier und denkt offenbar darüber nach, ob es vorteilhaft sei, einen Ausländer einzukaufen, der beinah ein Deutscher ist. Deutsche Familie, deutsche Schule, keine Sprachprobleme, das kann Schmidt dem Lebenslauf mit einem Blick ablesen.

Auf einmal runzelt er die Stirn.

– Beim Militär waren Sie nicht?

– Nein, sagt der Bewerber, aber bei der Feuerwehr. Selbst überrascht von seiner Schlagfertigkeit, spürt er sofort, dass die Feuerwehr ein Pluspunkt ist.

– Feuerwehr? Nicht schlecht, sagt Schmidt, wenigstens etwas.

– Ja, bei der deutschen Feuerwehr in Osorno.

Er ist zwar nur bei der Jugendfeuerwehr gewesen, er hat den Übungen der Männer aus der deutschen Kolonie meistens nur zugesehen, aber er weiß, wie man die Schläuche richtig zusammenrollt und von welcher Seite man sich dem Brandherd zu nähern hat. Schmidt macht große Augen.

– Donnerwetter, das wusste ich gar nicht. Die deutsche Feuerwehr löscht sogar in Südamerika, Donnerwetter! Sagen Sie, das interessiert mich mal, ich bin nämlich auch ein alter Feuerwehrmann, haben Sie da unten auch unsre deutschen Kommandos gebrüllt?

– Wasser marsch!, sagt Felipe.

– Wasser marsch! Wunderbar! Wasser marsch bei den Indianern! Man lernt nie aus!

Schmidt schlägt mit der Pranke auf seine Schenkel und wird schnell wieder sachlich. Er hakt bei einem anderen Stichwort im Lebenslauf ein, Arbeit im Landwirtschaftsministerium. Mehr respektvoll als misstrauisch fragt er, was Felipes Arbeit war. Der murmelt etwas von Umorganisation landwirtschaftlicher Betriebe und lässt, nach kurzem Zögern, das Wort Landreform fallen. Er möchte sich nicht verstecken. Wegen eines lumpigen Wächterjobs die Vergangenheit verleugnen, nein. Aber Herr Schmidt scheint nicht zu wissen, dass das schöne Wort Landreform Enteignung bedeutet. Mit der Zutraulichkeit eines älteren Feuerwehrmannes erklärt er, auch er sei für Reformen, das ganze Bewachungsgewerbe müsse ständig reformiert werden, neu durchdacht, auf den neuesten Stand der Technik gebracht, die wachsende Kriminalität, das ganze Feld in Bewegung.

– Nun ja, sagt er und nickt, Hauptsache Ministerium, ein bisschen Erfahrung und Ordnungsgefühl.

Schmidt, der eine Zigarette nach der anderen raucht, dem Bewerber aber keine anbietet, kommt endlich zur Sache. Es sei ein Versuch geplant, die City wieder sicherer zu machen. Man brauche dafür keine ausgebildeten Wachmänner, die versiert seien in Waffentechnik, Alarmtechnik, Rechtskunde, Menschenkunde. Er suche nur ein paar einfache Hilfswachmänner, zuverlässige Arbeitslose, die zum leichten Streifendienst geschickt werden, ohne Schusswaffe, ohne Hund. Es gehe vor allem um den Abschreckungseffekt auf mögliche Täter, deshalb die Rückkehr zur guten, alten Fußstreife.

– Aber machen Sie sich keine falschen Vorstellungen, Herr Gerlach Hernandez, falls wir Sie einstellen, haben Sie keinerlei Polizeiaufgaben. Sie kriegen unsere Uniform und ein Funksprechgerät und werden unsere Zentrale alarmieren, das ist alles. Außerdem behalten wir uns vor, Sie für die Kontrolle der Geschäfte in der Innenstadt einzuteilen, die von unserer Gesellschaft betreut werden.

Felipe fragt nach Arbeitszeit und Bezahlung.

– Von neun bis vier, dazwischen eine Pause von zwanzig Minuten. Sieben Stunden an fünf Tagen. Die Stunde neunachtzig.

– Netto?

– Brutto.

– Viel ist das nicht.

– Aber es ist auch keine Schwerarbeit, Herr Gerlach, spazieren gehen in der Nacht. Im Übrigen müssen Sie sich noch tauglich schreiben lassen von einem Arzt, ein Gesundheitszeugnis.

Während der Sprechprobe durchs Funkgerät rechnet Felipe und kommt zum Ergebnis, dass er auch von neunachtzig leben kann. Der Chef ist mit der Sprechprobe zufrieden und fragt:

– Wären Sie also bereit?

– Ja, sagt Felipe und wundert sich über die schnelle Zusage.

Er hätte ebenso nein sagen können. Nein, Herr Schmidt,

ich lass mich nicht zu einem Hilfspolizisten machen, ich such mir einen anderen Job, auf Wiedersehen!

Ja oder nein. Schmidt bringt ihn zur Tür. Auf Wiedersehen. Ja oder nein. Die Tür wird geschlossen. Jetzt kannst du noch leicht nein sagen. Das Messingschild glänzt bedrohlich glatt, SECURA Wachgesellschaft m. b. H. Oder anrufen, eine Postkarte. Er steigt vorsichtig die Treppenstufen hinab und erwartet, dass sie kippen wie im Traum. Wie kommt Herr Schmidt dazu, einen hergelaufenen Ausländer zu engagieren? Du täuschst dich immer wieder in den Deutschen, sie sind viel flexibler und vorurteilsloser, als du denkst. Nein, das ist es nicht. Die Wachgesellschaft findet nicht genug unbescholtene deutsche Bewerber, die zur Feierabendzeit, zur Fernsehzeit, zur Familien- und Vereinszeit die schlechtbezahlte, einsame, langweilige und möglicherweise gefährliche Arbeit übernehmen wollen. Nein, das ist es nicht. Du bist kein hergelaufener Ausländer, du bist einer der ersten oder zweiten Klasse, und vor allem, du hast ihn bestochen mit der deutschen Feuerwehr, den rotbackigen Boss der Secura. Das Zauberwort Feuerwehr, das brachte den Durchbruch. Nie einen Schlauch aufs Feuer gehalten, nie an einer richtigen Löschaktion beteiligt, und trotzdem profitierst du plötzlich von deiner Feuerwehrkarriere! Das Ja zu Herrn Schmidt war ein Ja zu deiner komischen Vergangenheit, verrückt, aber anders ist die spontane Zusage nicht zu erklären.

Die Treppenstufen kippen nicht. Unten angekommen, neigt er wieder dazu, nein zu sagen. Ein junger Mann blickt auf die Reihe der Firmenschilder, streift achtlos an Felipe vorbei und steigt in den Fahrstuhl. Felipe wartet. Der Fahrstuhl hält im zweiten, im Stockwerk der Secura. Also geht Felipe gehorsam zu einem mürrischen Arzt, der nach achteinhalb Minuten Untersuchung seinen vierzigjährigen Körper für gesund erklärt.

Der Taugliche treibt das Spiel noch weiter und unterschreibt zwei Wochen später einen Arbeitsvertrag. Es dauert weitere zwei Wochen, bis ihm die Antwort an die argwöhnischen Freunde leicht von den Lippen springt: Exil ist kein Urlaub, ich brauch einen Job, und der ist doch harmlos. Und gegen die eigenen Zweifel legt er sich das Argument zurecht: Vielleicht ist es gut, endlich nicht mehr ein Verfolgter, ein Geduldeter zu sein, nicht auf den Mitleid-Bonus zu spekulieren, einfach mal, oder endlich mal wieder wie früher im Ministerium, auf der Seite der Macht stehen, eine Schutztracht anlegen für sieben Stunden, jede Nacht ein kleiner Sprung auf die andere Seite.

Deutschlandlied

Eine Sirene sprang an, ein Heulton entfaltete, bohrte sich in die Höhe und sackte, obwohl jeder darauf wartete, nicht ab. Die Zuschauer im Stadion wurden unruhig und drehten die Köpfe hin zum Schulgebäude nebenan, auf dem die Sirene montiert war. Im ersten Moment durfte man noch an einen Feueralarm glauben, aber dann, je länger das gleichbleibende Heulen in der Luft lag und alle anderen Geräusche wegdrückte, musste jeder begreifen: eine Störung! Der Minister, nach einer kurzen Schreckpause, redete tapfer weiter. Anke verstand kaum ein Wort, aber sie sah, wie er sich anstrengte, als wollte er die Niederlage seiner Stimme, die Schwäche der Lautsprecher, die erbärmliche Schwäche der Demokratie gegenüber den Störern nicht hinnehmen. Er schrie ins Mikrophon, aber die Sirene, unablässig durchs Stadion jaulend, vom Wind behutsam moduliert, blieb stärker als alle wohlgesetzten Worte und verkündete Gefahr.

Geräuschlose Empörung unter den uniformierten und nicht uniformierten Zuschauern, überall. Nur die Rekruten auf dem Rasen hielten die Köpfe gerade, sie wagten, von allen Seiten angestrahlt und beobachtet, keine ungehorsame Bewegung. Die Sirene machte sie noch mehr zu Statisten. Anke hielt sich die Ohren zu, aber sie nahm die Hände bald wieder herunter. Sie merkte, dass sie unter dem schrecklichen Geräusch gar nicht litt. Sie musste die Ohren nur gewöhnen. Sie freute sich beinah daran, dass den Soldaten die schlichte Geste des Ohrenzuhaltens verboten war. Sie werden sich wehrlos vorkommen, die Soldaten, und es ist die Uniform, die sie wehrlos macht. Ausgerechnet der Anzug des wehrhaften Mannes und der Befehl, in einem Fußballstadion eine Zeremonie mit Augen geradeaus und Stillgestanden über sich ergehen zu lassen, ausgerechnet am feierlichen Höhepunkt der Dienstzeit, beim Empfang der höheren Weihen des Staatsbürgers, da sind sie gelähmt, mattgesetzt, wie sie es nie zuvor gewesen sind. Hoffentlich merken sie das, hoffentlich fühlen sie sich nutzlos, als Wachsfiguren, Pappkameraden, Strichmännchen für die Generäle und Minister. Die Jungens da unten, sie wechseln höchstens das Standbein. Das Spielbein will weg, sie haben die normalen Regungen, den Fluchtinstinkt. Jeder kämpft mit dem Impuls, der Sirene den Hals abzudrehen, aus der Reihe zu treten und gemessenen Schritts zum Ausgang und dann auf das Schulgebäude zuzugehen und das Ding endlich abzustellen. Wo ist ihre Selbstachtung hin, oder ist die Angst schon größer als jede andere Regung? Ja, Scherereien wird es geben, den Anschiss, Ordnung verletzt, Lücke in der Paradeaufstellung, Armee lächerlich gemacht, einmal als Sonderling abgestempelt, schon ist keine zügige Beförderung zu erwarten, und jeder möchte doch in der kurzen Zeit was werden beim Bund, wenn schon, denn schon. Die dummen Soldatchen, dachte Anke, sie trauen sich noch nicht mal, mit der Hand an den Hals zu fassen, wo die Pickel jucken.

Wie eine Fratze schwebte der Sirenenton in der Luft. Endlich ein Element von Wahrheit in diesem Affentheater. Es trifft euch alle, jaulte die Sirene, es trifft euch alle. Und hörte nicht auf. Fünf Minuten oder acht oder mehr, die Sirene hörte nicht auf, die Sirenenzeit war mit dem Zeitgedächtnis nicht zu messen. Es trifft euch alle. Warum stellte keiner sie ab? Da hatte man nun tausend Polizisten und Feldjäger angekarrt, da hatten die Einsatzleiter und die Offiziere vom Dienst tagelang ihre Taktik gegen die Kriegsgegner verfeinert, aber keiner dieser wichtigtuerischen Aufpasser war imstande, den Kippschalter für eine Sirene zu finden! Die Sirene traf alle. Es wurde Anke nun doch zu viel. Jetzt keine falsche Bewegung, dachte sie, nervös sind sie jetzt alle, die Sirene nimmt ihnen den letzten Rest Verstand. Anke schluckte. Eine Panik stieg in ihr auf. Der Druck im Magen. Mit der Parade, mit einer schmissigen Serenade fängt es an und mit den Sirenen hört alles auf. Immer mit den Sirenen. Sie war in einen Kriegszustand hineingeraten. Keiner wird geschont, keiner wird geschont, johlte die Sirene. Anke bewegte sich nicht. Sie konnte nicht fliehen. Sie wünschte Felipe herbei, Schutzengel Felipe, mit dem Rettungshubschrauber fliegt er heran und rettet sie aus dem Kessel. Das Stadion lag viel zu weit ab von seiner Route. Sie saß in einem militärischen Sicherheitsbezirk. Sie hatte dem Spektakel nur zuschauen wollen und war nun gefangen. In Gefangenschaft. Nicht gefallen. Die Gefallenen standen aufrecht, in saubersten Uniform und ohne Kopfschuss unter der Baskenmütze.

Heldenhaft schluckten sie das Sirenengeheul weg. Geheult und gewimmert wurde erst in den letzten Minuten vor dem Krepieren. Tapfer standen sie da, die Kerle, und waren schon eingekreist, überrollt, weggebügelt. Die Gefallenen. Selbst mit den Wörtern wurden sie noch betrogen, den Lügenwörtern für Tod. Auf ein Denkmal konnten sie auch nicht hoffen. Es starben für die Freiheit. Hennig, Wolf. Einer von Millionen. Wenn nur Steinmetze überleben sollten, die schaffen es nicht mal bis zum Buchstaben H. Nein, Anke wollte ihren Bruder nicht abschreiben. Nicht trauern vor der Zeit. Sie fasste einen Entschluss. Sie wollte ihn, wenigstens ihn zum Reden bringen. Nicht taub werden von den Sirenen. Nicht täuschen lassen von diesem Spektakel. Nicht überheblich werden vor diesem Geklimper. Das Schlimmste fand sowieso nicht hier im Stadion statt, sondern innerhalb der Kasernen, Wolf hatte ihr genug davon erzählt. Es war nicht einmal das Schießen und Abknallen, das ihn aufregte, es war der normale Alltag der Rekruten, die höhere Schule der Verrohung, das Knechten und Quälen. Die jetzt als feine Herren fotografiert wurden, die als Verteidiger von Frieden und Freiheit gefeiert wurden, die wie ihr Bruder mit gutem Willen und dienstbereit angetreten waren, die waren fertig schon jetzt, rund gemacht, kaputt vom Gehorchen und von der unglaublichen Angst vor jedem möglichen Anschiss durch die Vorgesetzten. Die der Republik Treue gelobt hatten, sie konnten lachen nur noch über Gemeinheiten oder über Judenwitze und Türkenwitze.

Solidarität wird gnadenlos bestraft, sagte Wolf, und die meisten können schon nicht mehr einschlafen, ohne noch ein paar Videotierchen abgeknallt zu haben. Wir strömen ins Kasernenkino, Zimmermädchen der Lust, Der Todesfluch des gelben Rächers, Sinnliche Lippen, und so weiter, und dann musst du sie mal über ihre Freundinnen reden hören, das Letzte, noch schlimmer als die Witze. Wir sind die Krüppel der Nation, seelisch meine ich. Der Bruder, der emsige Gewerkschafter, hatte tatsächlich seelisch gesagt.

Plötzlich fiel der Sirenenton ab und war zum Schweigen gebracht. Die Stimme des Ministers fiel in ein Loch, hinein in die Stille, einige Zuschauer klatschten. Anke stand sofort auf. Der Mann las weiter vom Blatt, er brachte es nicht fertig, einen Satz über die Sirene, über die Störung einzufügen. Man hörte, wie er sich Mühe gab, den Offizieren zu gefallen. Aber nach dem endlosen Heulton, dessen Echo noch in allen Ohren leise weiterdröhnte, wirkte jedes Lautsprecherwort vom Frieden noch hohler als sonst, noch leerer als die Fernsehwörter, die die Politiker Abend für Abend wiederkäuten.

Anke drängte hinaus. Die Feier ging hastig zu Ende mit einem Teil des Deutschlandliedes. Trotzig und unlustig sangen die Soldaten und ihre Zuschauer. Einigkeit und Recht und Freiheit. Anke lief auf den Ausgang zu, aber sie kam nicht weiter. Vor dem Stadion hörte sie Sprechchöre: Krieg ist Blut, Krieg ist Blut. Für das deutsche Vaterland. Anke lief zur Tribüne zurück und stellte sich in die Nähe von drei Polizisten, sie wurde nicht beachtet, die Männer waren beschäftigt. Im Polizeifunk eine Stimme: Die meisten verhalten sich abwartend friedlich. Danach lasst uns alle streben. Eine andere Stimme gab den Befehl: Abschreckend eingreifen! Brüderlich mit Herz und Hand. Die Hundertschaft der Sondereinheit, die von weit gekommen war und den langen Weg nicht umsonst gemacht haben durfte ohne Feindberührung und Entladung, rückte im Kampfanzug auf die Demonstranten los. Einigkeit und Recht und Freiheit. Anke konnte von der Tribünentreppe aus die Falle sehen. Wer nicht zwischen Absperrgittern, Stacheldrahtverhau und Gebäuden gequetscht und verletzt werden wollte, musste den schlagbereiten Polizisten entgegenlaufen. Sind des Glückes Unterpfand. Scheinwerfer über der Knüppelszene. Blüh im Glanze dieses Glückes. Blühe deutsches Vaterland. Nach der Hymne die fernen Schreie. Anke, mit erschrecktem Gesicht, wünschte sich etwas in die schweißnasse Hand.

Fünf Autogramme

Dr. Dreisch griff in die Innentasche seines Jacketts, er bestand darauf, die Formalitäten mit seinem eigenen Kugelschreiber zu erledigen. Der neue Investor unterschrieb einen Geschäftsbesorgungs- und Kaufvertrag über Betreuung und Kauf der Rinder. Er lächelte, nun war es entschieden, er war mit seinem Autogramm, das er täglich unter die Rezepte setzte, im Handumdrehen zum Herrn über eine Viehherde geworden. Lohnabzüge, die zu Krankenkassenbeiträgen, die zu Honoraren, die zu Bankguthaben geworden waren, wurden über das Notaranderkonto in Sicherheit gebracht und auf den Weg nach Amerika geschickt. Ein Fünftel davon kassierte Ellerbrock unverzüglich, mit der einen Hand in Europa, mit der anderen auf dem anderen Kontinent. Dort wurde das Geld erwartet. Der Präsident von Eldorado fuhr in der weißen Limousine über Land, stieg aus und schüttelte Ellerbrock die Hand. Ein Handschlag ohne Handgeld, das Geld schlich auf eigenen Wegen durch die Bankcomputer, man war unter Männern. Bei den Tieren begann die Brunst, die Zeit des Rinderns. Es war Geld da, die Vermehrung der Herden konnte beschleunigt werden.

Der Herdenmeister, ein Angestellter von Ellerbrocks Tochterfirma, ging zum Kühlschrank. Es war Geld da, den Bauernfamilien wurden die Bäume über den Köpfen weggeschlagen, und sie wachten auf vom Lärm der Sägen. Dr. Dreisch setzte die zweite Unterschrift unter einen Darlehensvertrag. Ellerbrock lächelte nicht, obwohl er Herr war über Dreisch, und Dreisch war nur einer der dreihundert Kunden der Ellerbrock'schen Rindersparkasse. Es war Geld da, und die Indianer merkten auf einmal, dass ihnen der Boden unter den Füßen und das Maisfeld weggekauft war. Der Präsident lächelte, er galt als deutschfreundlich, aber er wahrte die Form und hielt seine Ansprache an die deutschen Investoren auf Spanisch. Der Herdenmeister nahm die Samenspritze aus dem Kühlschrank und ging hinüber zu den Gattern, hinter denen die brünstigen Kühe Staub aufwirbelten. Die Bauern fanden niemanden, bei dem sie sich beschweren konnten. Die Indianer erfuhren zum ersten Mal, dass man Land überhaupt kaufen kann. Sie waren nicht vorgesehen. Sie störten die Geschäfte, seit fast vierhundert Jahren störten sie. Sie waren dem Geld im Weg. Es war Geld da, Dreisch hatte noch drei Unterschriften zu leisten, zügig unterschrieb er einen Pachtvertrag und einen Geschäftsbesorgungsvertrag über die Ausforstung von Palmen auf dem Pachtgelände. Er musste seine Honorare retten, noch vor der Steuererklärung, er musste sofort investieren, um seine Steuerehre zu retten im Tennisclub, er musste alles mitnehmen, was geboten wurde, die Ausforstung, die Motorsägen wollten ausgelastet sein, die Arbeitsplätze in den Sägewerken mussten erhalten werden, Dreisch trieb mit seiner dritten und vierten Unterschrift die Weltwirtschaft an. Es war Geld da, um das ewige Investitionshemmnis, die Eingeborenen, zur Seite zu schaffen, das Geld half drohen, vertreiben, wegmorden, einsperren. Ellerbrocks Herdenmeister winkte die anderen Landarbeiter heran, sie kamen in Stulpenstiefeln, Pluderhosen und Jeans und griffen zuerst ein rostbraunes Rind und zerrten es in das Besamungsgerüst. Ellerbrock meldete an Dreisch, alles indianerfrei, selbstverständlich, keine Minderheitenprobleme, und legte den fünften Vertrag, eine Vollmacht und Auftragserklärung dem Arzt zum Unterschreiben hin. Der Präsident, am Ende der Feier, schritt durch die Menge und entriss einem Indio, der sich vorgewagt hatte, den Beschwerdebrief. Er las mit geheucheltem Interesse und schrie: Wer hat den Wisch für dich geschrieben? Die Männer in ihren ausgebleichten Hemden grinsten, als der Herdenmeister die Spritze ansetzte. Der Präsident ließ den Mann abführen und versprach allen Investoren eine Daueraufenthaltsgenehmigung. Ellerbrock gratulierte seinem Geldgeber und legte die fünf Verträge behutsam übereinander, Eck auf Eck. Der Präsident von Eldorado lachte dem deutschen Steuerberater zu, stieg in den Wagen und sagte: Der Nächste, bitte. Die Samenflüssigkeit wurde durch den Muttermund in die Gebärmutter gespritzt und die Kuh weggeschoben. Die Nächste!, rief der Herdenmeister. Dr. Dreisch verabschiedete sich. Die Sprechstunde war beendet. Ellerbrock legte die Verträge ins Sekretariat.

Wohin mit dem Knüppel

Ein paar Jugendliche schlenderten die Frankfurter Straße hinunter, wurden langsamer und schienen über die Gestalt zu feixen, die ihnen in einer altväterlichen Uniform entgegenkam.

Gewohnt, seine Zuschauer, die aggressiven wie die belustigten, zu ignorieren, entschied sich Felipe Gerlach für die straßenzugewandte Seite des Bürgersteigs und lief schnurgerade weiter. Im Abdrehen erkannte er eins der Gesichter aus der Gruppe, es war der türkische Junge mit der Elvis-Locke aus dem Nachbarhaus, Kemal. Er grüßte auf Deutsch, und beide blieben stehen. Felipe, froh über die Abwechslung, ließ sich im Licht einer Bankfiliale von Kemal und seinen Freunden bestaunen. Kemal lachte.

– Du bist Polizei?

– Nein, nein, Nachtwächter.

– Und was machst du wirklich, du?

– Ich seh nach, ob die Türen alle verschlossen sind, und laufe herum, spazieren.

Die beiden kannten sich kaum, einmal hatten sie auf einem Fest im Haus bei viel Bier eine halbe Stunde miteinander geredet, das ewige Thema die Deutschen. Und danach hatte Felipe den Achtzehnjährigen nur von weitem gesehen, lachend oder mürrisch.

– Na, und was macht ihr, wo wollt ihr hin?, fragte Felipe. Er traf den falschen Ton, es war die Frage der Aufseher, der Erziehungsberechtigten, der Polizisten. Kemal schien die Frechheit nicht zu stören, er sagte lachend:

– Spazieren, spazieren.

Die Türken bewunderten das Funksprechgerät, wollten ihn zu einer Sprechprobe ermuntern. Felipe ließ nicht zu, dass sie es anfassten.

Der Ausländer aus Südamerika kam sich wie ein Deutscher vor den Ausländern vor, er durfte das Gerät bedienen, er hatte Arbeit, er hatte die nützliche Sprache, er trug das Kleid einer Autoritätsperson. Wie ein Deutscher wusste er nichts von den

Fremden aus der Türkei, er hatte keine Ahnung, ob jemand wie Kemal in diesem Land noch seine große Chance witterte oder schon einverstanden war mit seiner Rolle als Gelegenheitsarbeiter, als unterer Hund.

Der Wachmann musste weiter. Scherzend drohte er zum Abschied mit dem Gummiknüppel und wäre, da er den Kopf rückwärts wandte, beinah gegen einen Laternenmast gerannt. Die Türken lachten laut.

Jeder Deutsche, da war Felipe sicher, wird diese Jungen mit der dunkleren Haut und dem ungebändigten Blick über den Lederjacken und Jeanswesten für die Rowdys halten, die den Kaufleuten Sorgen machten. Aber keiner der Jungen aus dieser Gruppe, auch da war der Beobachter sicher, sah danach aus, als juckten in ihm Gedanken an die kleinen Überfälle. Immer sprach die Polizei von jungen Tätern – und in Andeutungen, die keine Diskriminierung verraten sollten, von Ausländern, die an den Straßenecken und im Adenauertunnel einzelne Fußgänger um Feuer bitten und dann auf den Schädel schlagen und mit der Brieftasche entlaufen.

Wer waren denn die Gewalttäter? Felipe hatte immer noch kein Gespür für seine Gegner entwickelt, vielleicht war er zu faul dazu, vielleicht zu moralisch. Für ihn waren alle Passanten verdächtig oder keiner. Er war nur in einem Punkt sicher: Ausländer waren am wenigsten verdächtig. Denn sie hatten am meisten zu verlieren, wenn sie erwischt wurden. Der Oberwachmann Vogelsang hatte ihm geraten, beim Anblick der Verdächtigen den Oberkörper in die Uniform zu drücken, ins Funkgerät zu flüstern oder mit dem Gummiknüppel zu schlenkern. Doch Gerlach, der nicht noch lächerlicher erscheinen wollte, als er schon war, wandte diese billigen Tricks nicht an. Die verdächtigen Leute, er fand sie einfach nicht, entweder wich er ihnen aus, weil er ohnehin die Konfrontation scheute, oder sie wichen vor ihm aus. Oder es gab sie nicht. Herr Schmidt allerdings behauptete, in den ersten beiden Monaten seiner Streifengänge sei die Kleinkriminalität im City-Revier um fünfzehn Prozent zurückgegangen. Ein Anfangserfolg!, hatte der Chef triumphiert. Felipe war sicher, an seinem Talent lag das nicht.

Er war ja nicht einmal imstande, mit einem Gummiknüppel umzugehen. Und er wollte es nicht, niemals im Ernst zuschlagen. Es war nicht schlecht, so ein Ding an der Seite zu wissen, es schützte, ein Talisman. Ein Instrument mit magischen Fähigkeiten. Das weltweit wirksame Stück Hartgummi, das manchen Leuten die richtigen Denkanstöße gab. Ohne Berührung mit diesem Zauberstab, diesem Schmerzmacher, diesem Instrument der Erleuchtung hätte er vielleicht nie seinen Blick erweitert, vielleicht nie ein Empfinden für die Geschlagenen entwickelt, wäre er vielleicht nie bis ins Exil geraten, rotierend in der Mitte Europas, in der Mitte Deutschlands, rund um den Adenauerplatz. Er hatte Respekt vor dem Ding am rechten Hosenbein. Er rührte lieber nicht daran. Auch in Lagen der Notwehr wollte er lieber fliehen als sich auf eine Schlägerei einlassen. Selbst wenn die Secura daraufhin kündigte wegen Feigheit vor dem Verbrecher. Aber nicht aus frommem Pazifismus wollte er die Schläge verweigern, sondern aus schlichter Angst oder aus Stolz, was dasselbe war, denn er hatte in Deutschland das Prügeln einfach verlernt.

Was hatte Herr Schmidt sich da für einen Nachtwächter eingekauft! Nein, Herr Schmidt war gerissen, der hatte ihn genau studiert, dem passte er genau ins Reformkonzept. Felipe war nicht sicher. Ein ungelenker Ausländer, der nicht wie ein Schläger aussieht, der mit seiner ein wenig dunkleren Gesichtsfarbe vielleicht als Ausländer angesehen werden kann und dazu ein ordentliches Deutsch spricht für den Funkkontakt zur Zentrale. Weg von den breitschultrigen germanischen Riesen, die nur Aggressionen wecken! Ja, der Chef der Wachgesellschaft wollte es wahrscheinlich mit einem versuchen, der den Ausländern, denen er wie die meisten Deutschen eine besondere Neigung zur Kriminalität unterstellte, wie einer ihresgleichen erscheinen soll. So wie die Polizeipräsidenten von London, New York, Johannesburg in den Gettos möglichst viele schwarze Polizisten gegen Schwarze einsetzen. Wer zurechtgewiesen und geschlagen wird, wer die Macht des Gesetzes spüren soll, der möge bitte nicht auf den Gedanken kommen, das eigne armselige Dasein hätte etwas mit der Hautfarbe, mit der Nationalität zu tun. Für wie dumm hielt Herr Schmidt die Leute! Wie dumm war Herr Schmidt?

Der war von sich selbst überzeugt und verdiente gut an seinen Wächtern. An die vorbeugende Verbrechensbekämpfung durch Hilfswachmänner konnte er im Ernst nicht glauben, daran glaubten nur die Schildbürger in der Stadtverwaltung, denen Schmidt die Zuschüsse abmolk. Der Fachmann musste wissen, dass die Überfälle mehr und mehr in den Straßen stattfanden, in denen die Wachmänner und Polizisten gerade nicht zugegen waren. Felipe und seine Kollegen wurden dafür bezahlt, dass sie die kleinen Kriminellen von der City in die weniger umsatzstarken Außenbezirke abdrängten. Schmidt hatte das wahrscheinlich schon einkalkuliert. Er muss im Geschäft bleiben, die ständig erweiterte Sicherheitstechnik erfordert immer höhere Investitionen. Er wird im Geschäft bleiben und im nächsten Jahr neue Leute auf Streife schicken, das Sicherheitskonzept muss Zug um Zug erweitert werden, ein immer dichteres Netz von Streifen, immer offenere Vorbeugungsmaßnahmen, lückenlose Videoüberwachung, bis die Unsicherheit komplett ist und die Gefahr allgegenwärtig, bis die, die einmal zwanzig Mark brauchen, zu Mördern werden müssen. Der Wachmann hatte Lust, dem Chef eins auszuwischen. Er lockerte den Krawattenknoten. Gut, dachte er, die Gelegenheit hast du, heut Nacht.

Rondo 1

Den Traum heut Morgen, eh der Briefträger kam … Ich laufe durch die Straßen, laufe und laufe mit müden Füßen, steifen Beinen. Auf einmal ein Busbahnhof, riesig, voll mit wartenden, leeren, verschlossenen Bussen. Ich bin vom Laufen erschöpft, will mich in irgendeinen Bus setzen, nur um zu sitzen, aber alle Türen sind zu. Ich laufe weiter zu den Haltestellen, suche die richtige Haltestelle. Nein, es war anders.

Zwei Schläge

Am Rand steht Felipe, wie immer am Rand und neugierig, ein Student im zweiten Semester. Er weiß nicht, ob er den Protest für berechtigt halten soll. Er mag sich nicht einmischen in die Demonstration, er will Augenzeuge sein und unschuldig, über dem Bauch hängt die Kleinbildkamera Made in Germany. Er steht unter einem Straßenbaum und beobachtet die entschlosseneren Studenten, die vor dem Fakultätsgebäude und halb auf der Straße sitzend ein einfaches Recht einklagen. Polizisten rücken an, die berüchtigte Truppe, mit der sonst die Streiks gebrochen und die Bewohner der Slums niedergehalten werden, nun stürmen sie vor, ihr erster Einsatz gegen die Bürgerkinder. Ein paar Steine fliegen, Ziegelsteine von einer Baustelle, die Uniformierten weichen zurück. Es fliegen keine Steine mehr, als die Bewaffneten wieder anrücken und überraschend zuerst auf die Zuschauer losgehen mit Schlagstöcken. Der Fluchtweg ist zu schmal, Geschiebe, Gerenne, Schläge, Schreie.

Felipe reißt die Kamera hoch wie zum Zeichen seiner Friedfertigkeit, seiner Neutralität. Die Kamera soll ein Schutzschild sein, hofft er und ahnt nicht, dass er damit die Polizisten nur noch mehr reizt, die nichts so hassen wie die Bilder von ihren Einsätzen, die kleinen schwarzweißen Ausschnitte von Hundertstel-Sekunden-Wahrheiten. Einer schlägt ihm die Kamera aus der Hand, prügelt sie, zertrümmert werden soll sie, und dann erst ist Felipe dran. Der Uniformierte tritt auf das gute Stück, in einer winzigen Pause des Geschreis ringsrum ist das Knirschen des Leichtmetalls unter dem Stiefel zu hören, dann tritt er den Fotografen und holt aus und zielt auf den, der sich bückt nach seinem Apparat. Auf die Köpfe zielen die Polizisten, als wollten sie mehr als die Körper verletzen, bestrafen, kampfunfähig machen, als wollten sie das Denken treffen, das Gedächtnis zerschlagen. Unvergesslich wird der Augenblick: Die zur Attacke befohlenen, näherrückenden, gefährlichen Gestalten, die Schreie Aufhören! Aufhören!, das unglückliche, entstellte, schlagwütige, zähnezeigende Gesicht des Angreifers, die Verwunderung zweier Menschen, sich als Feinde gegenüberzustehen Auge in Auge eine zehntel Sekunde lang, der Schlagstock am schwingenden Arm in der Luft, die

Angstschreie der Getroffenen, ein letztes Ducken und Wegdrehen des Kopfes, dann der erwartete und doch unglaubliche Hieb auf den Schädel, der hohle Höhepunkt, der leise ins Bewusstsein dringende, der taube, wohlige Schmerz, dann das erste, stechende Gefühl des Schocks über die eigene Schwäche und Ohnmacht und die Wehrlosigkeit der Gruppe, selbst die Kamera schützt nicht, wo ist sie, sie liegt am Boden, das fotografische Auge zerbrochen, verbogen, blind, die Augen im Kopf sind noch da, aufgerissen tränenlos, und ein zweiter, schwächerer Schlag, dann erst das Brennen im Schädel, die Nerven flattern in allen Gliedern, der Fluchtimpuls, der Griff zur zertrümmerten Kamera, die betäubte Hand greift daneben, die erste Abstützbewegung zum Aufstehen, das Kippen, das Tasten nach dem Apparat, das Zupacken der Finger, der nächste Versuch, in die aufrechte Position zu kommen, die Startbewegung, das Fliehen, dreihundert, vierhundert Meter hasten und anhalten und rennen, und das ist schon alles, was ein Leben verändern kann.

Im Laufen aber und schon halb in Sicherheit dreht er noch einmal um und belichtet, als wäre er selbst die Kamera, den Gedächtnisfilm mit den letzten Farbaufnahmen, die abgerissenen Platanenäste über den Köpfen, die gefledderten Zweige, die staubigen Blätter, die vielfarbig erschrocknen Gesichter, es fließt kein Blut, es ist keins zu sehen, aber es liegt eine Röte auf diesen Bildern, als wäre es früh am Morgen, zu Ende die Jugend, zerbrochen die Welt, und alles Kampf oder Flucht von nun an – so legte er sich die Szene zurecht viele Jahre später.

Unter Männern

Was wird in der Zeitung stehen? Wie werden sie die wilden Szenen ordnen und für die Mehrheit der Leserschaft zurechtmachen? Einen dicken Strich werden sie durch alles ziehen, Gut und Böse säuberlich trennen. Ein Bericht über die Zeremonie positiv, ein Bericht über die Krawalle negativ. Vielleicht ein Kommentar, aber keine Zusammenhänge, wie immer.

Anke war auf der Tribüne geblieben aus Angst, ins Gedränge zu geraten, in die fällige Prügelei. Sie ließ alles an sich vorüberziehen, als sei sie nicht daran beteiligt. Als sei alles, was sie eben erlebte, schon vergangen. Sie sah sich wieder beim Ausschneiden der Zeitungen morgen. Seit drei Wochen saß sie im Stadtarchiv und hatte Anfängerarbeit zu tun, die beiden Lokalzeitungen auszuwerten. Jeden Morgen bekam sie die Exemplare auf den Tisch und hatte zu sichten, zu schneiden, zu kleben und nach der Kontrolle durch den Abteilungsleiter das Material in die richtigen Ordner zu heften. Herr Kietzmann prüfte, ob sie nichts Wichtiges übersehen hatte, ob die Ausschnitte mit Datum und Quelle versehen und für die richtigen Ordner bereitgelegt waren. Idiotenarbeit, Probezeit.

Die Soldaten waren abmarschiert, der Bruder in der Truppe der feinen Herren verschollen, das vertraute Gesicht auch beim Schwenken der Reihen nicht zu entdecken. Die Polizisten, zwischen Tribüne und Ausgang, standen lockerer. Einer ließ seinen Schild fallen, versuchte ihn abzufangen, und stürzte hin. Die Kollegen lachten, Feierabendstimmung. Alles bewegte sich aus der Arena hinaus, die Gestalten verteilten und vermischten sich, Alt oder Jung, bunt oder teuer gekleidet, uniformiert oder nicht, sie gehörten alle zusammen, auch die, die als Störer galten, sie passten alle zueinander.

Es wurde Anke wieder bewusst, dass sie unter lauter Männern sich befand, die wenigen Soldatenmütter, die vereinzelten Bräute fielen kaum auf. Die Männer traten Beifall heischend und stolz aus dem Scheinwerferlicht hinaus. Wie schafften sie das, es war doch schlimm und brutal gewesen, und selbst für die Anhänger des militärischen Kults muss es doch unerträgliche Momente gegeben haben. Aber jeder tat so, als hätte seine Mannschaft gewonnen und als habe er persönlich das entscheidende Tor geschossen. Die Polizisten hielten sich für die Stärksten. Die Zuschauer zeigten Stolz, dabei gewesen zu sein, ein Schauspiel live. Gewiss bildeten sich die Soldaten ein, alles in guter Haltung überstanden zu haben. Wahrscheinlich waren auch die Kriegsgegner zufrieden, sie hatten für Unruhe gesorgt wenigstens. Am meisten strahlten die Offiziere, die Sieger. Alle von sich überzeugt, dachte Anke, und ich wette, sie wissen schon nicht mehr, was in den vergangenen eineinhalb Stunden geschehen ist, weiß ich es noch? Das Verrückte an diesem Geschehen ist nicht mehr rekonstruierbar, und wenn, kein Gedächtnis ist wie das andere, selbst Zeugen und Richter in den anstehenden Prozessen werden die Wahrheit nicht finden und die Journalisten erst recht nicht.

Sie war nicht gut auf die Zeitungen zu sprechen. Den Abdruck des Scherengriffs auf dem Daumen spürte sie manchmal noch abends. Sie schnitt zu. Sie schnitt die Tage aus. Sie fuhr mit der Schere durch das Leben, wie es in Wörter gebleicht, getrocknet, gekürzt und gedruckt war zum Vorzeigen, zum Verkaufen. Die Wirklichkeit wog so viel wie das Zeitungspapier zwischen den Fingern. Die Unfälle, die Feste, die Verbrechen und Debatten, was gestern noch Nachrichtenwert hatte, was heute die Gerüchte heizte und die Eitelkeit und das Wohlbefinden im längst Bekannten, all das wog schon nichts mehr oder fast nichts, wenn es in ihren Händen unter die Schere fiel. Die Ereignisse wiederholten sich, sie waren vorhersehbar. Das Archiv hielt für alles einen Ordner bereit. Der Streit um einen Verkehrsplan, die Eröffnung einer City-Werbewoche, Konzertkritik oder Hausabriss, auf jeden Artikel wartete ein Platz, alles beschnitten, bestempelt, begraben in einer Rubrik, auch diese abklingende Militärschau wird in ein paar Stunden schon abgelegt, Papier zu Papier, Asche zu Asche.

Die letzte Zuschauerin stieg hinab zu den Ausgängen. Es waren Pfützen da, obwohl es nicht geregnet hatte. Papierkörbe lagen umgekippt, Pappgeschirr ausgestreut im Matsch. Sie wich aus und lief über abgetretenes Gras. Die Geländer, die nutzlosen Abfallbehälter, der Aschenweg, die Gesichter der uniformierten Aufpasser, im Neonlicht wirkte alles blass, rissig, abgenutzt, wie ausgetretenes Leben. Kein Schlachtfeld, nein, denn es lagen keine Leichen im Weg, und es wimmerten und brüllten keine Verletzten. Sie wehrte sich gegen die übertriebenen Assoziationen. Sie versuchte, bei Verstand zu bleiben. Es gab nur kleine Bürgerkriege, und die fanden nur stundenweise statt. Die als Kampffelder freigegebenen Flächen wurden von den Männern der Stadtreinigung in ein, zwei Stunden wieder gesäubert und hergerichtet für die nächste Veranstaltung. Es ist gut so, sagte die Vernunft, denn es könnte viel schlimmer sein, vergiss nie, du lebst in einem der freiesten Länder der Welt. Auch der Stacheldrahtverhau, fünffache Rollen mannshoch geschichtet, gehört zu deiner Freiheit, auch die Schilder ‹Militärischer Sicherheitsbereich, Vorsicht Schusswaffengebrauch!› gehören dazu, der Preis der Freiheit, die pluralistische Gesellschaft, die widerstreitenden Interessen müssen sein, sagte die

Geschichtslehrerin Anke Hennig. Sie hatte die äußere Absperrung erreicht, die letzte Zivilistin verließ das Stadiongelände. Die Uniformierten verabschiedeten sie mit Grinsen. Eine junge Frau ohne Begleitung, die weder wie eine Soldatenbraut noch wie eine Demonstrantin aussah, und schon wedelten die Männer mit den Schlagstöcken. Sie war plötzlich ins Lehrerzimmer versetzt und merkte, wie die Kollegen die Augen rollten, wie sie ihre Blicke warfen auf die Referendarin. Die Lehrer waren verschämter als diese Militärmenschen, aber der Vorgang war nicht anders. Auch in der Schule wurde sie ausgezogen. Sie wurde taxiert, sie war nicht leicht einzuordnen. Sie trug keine der unsichtbaren Uniformen der Pädagogen, weder die optimistische noch die zynische, auch in der Schule eine Zivilistin.

Sie war befähigt zum Lehrberuf, das hatte sie schriftlich. Sie hatte alle Prüfungen absolviert bis zu einer Lehrprobe über die Karolinger und dabei die Schüler nicht mit einer Kiste Cola bestechen müssen. Eine gute Lehrerin wäre sie geworden in einem vernünftigen Schulsystem, so tröstete sie sich hinweg über die Schrecken des täglichen Reglementierens, Schluckens und Duckens in einer Lehrvollzugsanstalt. Es war ihr ein Stipendium versprochen, also konnte sie sich die Abneigung gegen die Schule leisten. Sie verzichtete auf den absurden Wettkampf mit den anderen sehr gut benoteten Kandidaten auf der Rangliste des Computers, der ihr trotz der Einskommadrei erst in zwei, vielleicht in vier Jahren, wahrscheinlich aber niemals eine Stelle zuweisen würde, denn alle mit Einskommazwei Geprüften sollten ihr auf ewig vorgezogen werden. Sie konnte es pervers finden, mit einer Maschine um ihre Einstellung zu kämpfen. Geschichte an der Schule war aussichtslos. Aber das Versprechen des Stipendiums war nicht gehalten worden.

Auf den Straßen wurde nicht mehr gekämpft und geschlagen. Die größeren Autos zeigten Verwundungen, manche der glänzenden Kühlerhauben waren mit Blut beschüttet, Tierblut wahrscheinlich, das auf dem hellen Blech in Form boshafter Flecken und Ranken trocknete. Der süßliche Gestank trieb Anke zur Eile. In einer Nebenstraße fand sie ihr Auto wieder, den blauen Kleinwagen. Sie hatte Glück, er war nicht wie ein großer Wagen in der Nähe mit Tierblut befleckt. Als sie einstieg, traten ein Mädchen und ein Junge auf sie zu und fragten ängstlichen Gesichts, ob sie in die Stadt fahre. Der Junge sprach das Wort Stadt aus, als sei dort die Rettung. Anke startete, und sofort erzählten die beiden, hastig und stockend zugleich, von prügelnden Polizisten, von Verletzten im Stacheldraht und von einer Pistole, die sie hatten blinken sehen. Nach dem Schreck über den Pistolenpolizisten hatten sie sich erst einmal in den Nebenstraßen verborgen und abgewartet. Die frische Wut über die Brutalität, der Schock, die Ohnmacht und das eben wieder geweckte Gerechtigkeitsgefühl standen zitternd und fragend in ihren Gesichtern. Anke wunderte sich nicht über die Pistole in Polizistenhand, die kam ihr längst bekannt vor, immer wieder gab es solche Vorfälle. Zu viele böse Nachrichten, dachte sie, abgebrüht bist du. Warum mussten die beiden sich in eine Lage manövrieren, in der sie nur verlieren konnten, aus der sie ihre Niederlagen abholten, um dann, wieder einmal bestätigt, am Abend in der Kneipe zu seufzen, wie beschissen sie alles finden und erst recht diesen Staat! Sie gab Gas, im dritten Gang, die Straßen wurden heller.

Schritt für Schritt

Das Gehen begann im Gehirn und endete im Gehirn. Der Hauch eines Befehls, und die Großhirnrinde schickte elektrochemische Signale aus, die durch die Nervenstränge in der Wirbelsäule hinabhuschten und, das Gleichgewicht zwischen Natrium und Kalium in den Zellen verändernd, von Nervenzelle zu Nervenzelle sprangen. Lichtschnell erreichten die Signale die Endplatten, wo die Nerven die Muskelfasern trafen, und sogleich handelten der Traubenzucker, die Milchsäure und der Sauerstoff und zauberten mechanische Energie herbei. Die Muskelfasern, die Bündel verkürzten und spannten sich. Der Fuß wurde gestreckt, das Fußgelenk, das Hüftgelenk. Die Beine erteilten dem Körper die Stöße nach vorn, aus den Stößen folgte der Schwung, und aus dem Schwung die Bewegung. Lungen, Herz und Blutgefäße beschafften den Sauerstoff aus der Luft und führten ihn den vierhundert Schrittmuskeln zu, damit die Arbeit des Verbrennens, des Dehnens und Entspannens effektiv getan werden und Felipe Gerlach seinen Weg gehen konnte.

Der Körper war nun warm gelaufen, und es stellte sich das wohlige Gefühl für die eigenen Kräfte ein, die Gewissheit, ohne Anstrengung laufen und immer weiter laufen zu können und trotzdem für alle Empfindungen offen zu sein. Gerlach mochte mit niemandem tauschen. Er war nicht der einzige Geldverdiener zur Nachtschichtzeit und meinte, der besten aller schlechten Nachtarbeiten nachzugehen. Im Postamt wurden Pakete geschleppt, sortiert, verfrachtet, es wurde geschwitzt, bis die Bandscheiben schmerzten, lieber laufen als schwitzen mit krummem Rücken. In den Krankenhäusern rannten die Schwestern durch die Flure, trösteten und warfen

Medikamente nach, lieber laufen als trösten. In den Fabriken am Stadtrand hetzten die Menschen dem Takt der Maschinen hinterher, lieber laufen und laufen. Felipe beneidete die Kellner in den Nachtlokalen nicht, die freundlich sein mussten bis zum Abkassieren um drei oder vier, und die Taxifahrer nicht, die in ihren elfenbeinfarbenen Kutschen sitzend dösten, und auch nicht die Kollegen von der Wachgesellschaft, die anderen Leos, die mit Autos ihren Dienst versahen und den Polizisten immer ähnlicher wurden.

Schritt für Schritt, Meter für Meter lief der Wachmann die vorgegebene Strecke über harte Gehsteigplatten, lief mit festem, fest geschnürtem Schuhwerk, lief mit lockeren Kniegelenken, lief auf eingespielten Beinen, lief mit schwingenden Armen, lief, als sei das Laufen das Leben, das Laufen das Ziel, das Laufen der Weg.

Im schönsten Wiesengrunde

Mit den Schritten kommt das Erinnern und durchdringt Verkleidung, Haut und Schädeldecke. Ein paar Schritte läuft der Wachmann Gerlach hinter dem Sarg her, aber die Beisetzung hat schon stattgefunden, in aller Stille, im Singsang der Frommen und im Familiengetuschel. Die Frauen und Männer des Gerlach-Clans haben gefroren auf dem Friedhof, ein kalter Frühlingstag mit kaltem, geduldigem Regen, nun sitzen sie, die sich sonst auf dem Familiensitz Pemuco zwölf Kilometer vor der Stadt treffen, in Osorno, wärmen sich die Hände und füllen die Bäuche oder sind schon bei Wein und bei Bier.

Bruder Carlos spielt den geschäftigen Gastgeber, Schwester Gabriela führt die Küchenregie. Um den langen Tisch die schwarz gekleidete Gesellschaft, die Enkel und Urenkel des Philipp Gerlach, die Kinder und Enkel des Adam Gerlach, die immer noch zusammenhalten wie die Räuberbanden. Sie sitzen breit und lässig da, die sieggewohnten Grundbesitzerben, die Provinzgrößen, die Herrschaften, die deutsch sprechen und flüstern und spanisch befehlen. Sie sitzen erleichtert am Tisch, sie haben die lange Zeremonie mit der Pietistengemeinde überstanden, die Chöre, die Ansprache, die gedehnte Feierlichkeit. Die Verwandten löffeln die Suppe, tun ihre Pflicht und sagen ein paar freundliche Sätze über die Schwägerin, die Cousine, die Tante. In den freundlichen Sätzen sind vorsichtig abschätzige Bemerkungen versteckt. Die Verstorbene war nicht beliebt. Da war sich die Gerlach-Verwandtschaft schon immer einig, Elena hat es wirklich übertrieben mit der Frömmigkeit. Ein fügsamer Lutheraner musste man als Deutscher schon sein, aber das ewige Singen und Beten, das Elena der Familie ungeniert vorführte und überdies in aufdringlicher Weise zur Nachahmung empfahl, ist allen auf die Nerven gegangen. Sie sagen es nicht laut in dieser Runde beim Leichenschmaus, aber sie alle denken daran, dass sie eben nur eine Angeheiratete war, eine Spanierin, mit deutscher Mutter immerhin, die deutsche Schule besucht, aus bürgerlicher Familie, Apotheke na ja, aber eine Mischehe, das zahlt sich nicht aus, das hat sich immer wieder gezeigt, wir fahren immer noch am besten, wenn wir unter uns bleiben, reinblütig, deutsch. Adam Gerlach hatte vor über vierzig Jahren seinem Sohn Augusto die Heirat mit Elena Hernandez Ladewig in den Gerlach-Clan nur erlaubt, wenn sie die deutsche, die protestantische Religion anzunehmen und die Kinder nach den Grundsätzen der deutschen Erziehung aufzuziehen versprach. Die schöne Apothekerstochter war, soweit Felipe es wusste, dazu bereit, denn sie glaubte an den Mythos der deutschen Tüchtigkeit und Überlegenheit. Aber irgendetwas war schiefgelaufen, Elena hatte die neue Religion unerwartet ernst genommen, sie hatte sich in die lutherische Glaubenslehre hineingesteigert, nichts war ihr seligmachend genug, sie hatte alles katholisiert, zum Süßlichen hin übertrieben, bis sie in einer pietistischen Gruppe ihre Erfüllung fand und daraufhin von keinem Gerlach mehr ernst genommen wurde. Nun sind sie erlöst, die lieben Verwandten, von ihrer eifernden Schwägerin und vom lästigen Gesäusel der Frommen, sie haben Grund zum Feiern.

Sie sitzen wie in längst vergangenen Tagen, sie tragen wie früher ihre Wachsgesichter, die beim Essen und Trinken plötzlich farbig aufblühen. Am lautesten wie immer Ernesto, der den Fundo geerbt hat, der Familienchef der dritten Generation, Onkel Ernesto, der Obernazi der Familie heute und gestern, Ernesto mit der Fahne. Stets mit der Fahne tritt er im Gedächtnis auf, wie auf dem Foto, der junge Ernesto strahlend an der Fahnenstange vor dem Haus. Die Fahne war ein besonderes Exemplar, ein schwarz-weiß-rotes Stück, das der alte Philipp, dem Kaiserreich entfliehend, über den Atlantik geschleppt hatte. Ein rotes Hakenkreuz war auf die weiße Mitte genäht, das Kreuz wuchs aus dem Rot und ragte ins Schwarz hinein, und Ernesto zog persönlich die Fahne hoch jeden Morgen. Erst einige Wochen nach der Kapitulation soll er das heilige Stück wieder auf den Dachboden gebracht haben, wo es Jahre später von Felipe und Vetter Sergio entdeckt und triumphierend ums Haus getragen wurde unter dem Beifall der Zuschauer, bis Großvater Adam brummend über den Unfug das rissige Tuch zusammenrollte und wegsteckte. Der laute Onkel, der nicht zimperlich war mit seinen Söhnen und Neffen und der Felipe das Traktorfahren beibrachte, als er gerade das Gaspedal mit dem Fuß erreichen konnte, und das Schießen mit dem Luftgewehr. Ernesto, der von seiner Hitlersympathie, von schwitzigem Deutschendünkel bei keinem Tischgespräch abließ und eine halbe Stunde später sich um die Krankheiten seiner Milchkühe kümmern konnte, als seien die Kühe, denen er persönlich die Mädchennamen aussuchte, Mitglieder der großen Gerlach-Familie. All die Jahre hat er die Rechten unterstützt, bis er die Regierung hatte, bei der seine Initiative nicht mehr nötig war. Der Onkel mit dem dicken Fältchengesicht, bei dessen Enteignung Felipe sich die Hände gerieben hat und der für einige Monate entmachtet schien, der längst wieder das Sagen hat und seinen Arbeitern nichts zum Lachen gibt und seiner Frau nichts, die wie vor zwanzig, vor dreißig Jahren den Wein in ganz kleinen Schlucken nimmt als wär es Likör.

Am meisten redet wie immer Onkel Enrique, der genügend Kapital erbte, um eine Molkerei zu kaufen und zu einer der größten der Provinz zu machen. Verbindlich nach allen Seiten, lässt Enrique die Gesellschaft wissen, dass ohne ihn nichts läuft. Ohne ihn läuft die Konversation nicht, ohne ihn laufen die Geschäfte nicht, ohne ihn fließt die Milch nicht, den Grundbesitzern und Bauern diktiert er den Preis. Nach dem Krieg distanzierte er sich von den Deutschen und setzte auf die nordamerikanische Karte. Er war ein guter Reiter und nach einem Sturz ein guter Kunde bei den Pferdewetten. Ein älterer Charmeur, wendig und schlank, als Liebhaber begehrt und immer unterwegs und anwesend in allen Clubs, ein Kämpfer der Konservativen, weniger radikal und raubeinig als sein Bruder Ernesto, aber immer schlau genug, um in der Provinz ganz oben mitzumischen. Falls unter den Gerlachs schon über die Wirtschaftspolitik der Militärregierung geklagt werden darf, wird Enrique der Erste sein, der den Mund aufmacht. Schon blasser wird die Erinnerung an Tante Rosa, mit einem Bahnhofsvorsteher verheiratet, unter Stand, aber seit vielen Jahren Witwe und deshalb wieder aufgenommen ins Haus der Gerlachs, eine rührige Tante, die sich um das Kleinvieh und den Garten kümmert und in Gesellschaft meistens auf schnippische Weise schweigt.

Zwischen seinen Geschwistern könnte wie früher Augusto sitzen, Felipes Vater, der Ingenieur mit dem müden Blick. Er pflegt sich der herrschenden Meinung am Tisch anzupassen und trinkt mehr als die andern, Politik bedeutet ihm nicht viel, er braucht stabile Verhältnisse, er verfolgt die neusten Entwicklungen beim Brückenbau, aber davon versteht in dieser Runde keiner was. Augusto geht hinaus, Augusto verabschiedet sich, Augusto hat sich schon zurückgezogen, seit einem Jahr auf den Friedhof. Augusto war ein guter Kerl, sagen sie heute. Er hat nur das Pech mit der Frau gehabt, die von heute auf morgen den frommen Tick bekam, flüstern sie und kauen und feiern.

Und was ist mit der vierten Generation, die Vettern und Cousinen, die Felipe kaum mehr kennt, die Kinder der privilegierten, verstockten Kaste? Sie stopfen sich voll und nörgeln am Essen, sie spitzen die Ohren und hecheln mit. Sie leben da unten, wo die Gerlachs im Fett leben, oder in der Hauptstadt, wo die Gerlachs Karriere machen. Sie kennen alle Tricks, sie wissen, wie sie oben bleiben, sie haben Zeit, in den Clubs und Burschenschaften und Handelskammern den deutschen Filz zu pflegen, und sind vielleicht schon so weit von der Wirklichkeit entfernt, dass sie sich wundern, wenn sie als Gringos und Mumien beschimpft werden. Je mehr Felipe sich die Gesichter der Jungen vorzustellen versucht, desto abstoßender kommt ihm alles vor, das Gelage der Reichen, die Handbewegungen der Anständigen, das Schlürfen der Fleißigen, das Zurücklehnen der Tüchtigen, die Klagen der Schmarotzer, auf deren Familienfoto er wieder einmal fehlen wird und bei denen er nichts mehr zu suchen hat.

Über den, der fehlt, werden sie auch herziehen, das schwarze Schaf der Familie, den roten Felipe. Sie gönnen ihm das Exil, die Strafversetzung nach Europa, und mit Schadenfreude werden sie sagen: Nun ist er bei den Deutschen nicht mal Professor geworden, Nachtwächter soll er jetzt sein. Das Getuschel läuft den Tisch entlang. Was, Nachtwächter? Ja, Nachtwächter! Das hat er nun von seiner Revolution, das hat er von seinem Ehrgeiz!

Felipe verwünschte sie alle, weil sie ihn immer noch nicht in Ruhe ließen mitten in einer europäischen Großstadt, wo er viel harmloseren Verbrechern auf der Spur war. Er verwünschte sie, die ihm Wärme gegeben hatten einst, was für eine machtvolle, strenge Wärme war das? Die Kinder tanzen um den Erntekranz, sie tanzen unter den Bäumen, die der Urgroßvater gepflanzt hat, bunte Schleifen wehen im Wind. Mit Blick auf die Bäume schärft der Großvater den Kindern die Ehrfurcht vor den Ahnen ein und vor diesem gruseligen Wort. Euer Urgroßvater, sagt er mit feierlicher Stimme, ist mit dem Schiff aus Deutschland über die Meere gefahren, um hier eine Heimat zu schaffen für seine Kinder und Kindeskinder. Die Kindeskinder denken nach über das Wort Kindeskinder und das Wort Ahnen, dann geht das Erntefest weiter. Die Jungens springen in kurzen, weißen Hosen herum, die Mädchen in geblümten Kleidern mit Zöpfen oder hochgesteckten Haarkränzen. Die Erwachsenen, die Tanten und Onkel und Nachbarn sitzen behäbig vor ihren Kuchen, Augusto ist der Erste, der zum Bier greift, und wenn es dämmert, dürfen die Kinder noch aufbleiben, und die Älteren beginnen zu singen. Im schönsten Wiesengrunde, Am Brunnen vor dem Tore, Sah ein Knab ein Röslein stehn. Pemuco, der Ort der langen Sonnentage, der milden Abende, der Weite, der Mandelbäume, des Grüns und des Lichts, der endlosen Spielflächen, des Aufatmens, der Ferien, der Kontrast zum ewigen Winterregen in der Stadt. Kein bisschen verrückt erschien dem Kind die heile deutsche Welt am Rand der Anden, die Gutsbesitzeridylle nah den Hütten der Mapuchen, der schönste Wiesengrund am 41. Grad südlicher Breite.

Der Schatten der Erinnerung fällt weit, dringt durch Jahre und Wände und Bildschirme, gespiegelt wie neulich im deutschen Fernsehen ein Nazifilm, der nun, vor den Gittern eines Möbelgeschäfts, noch einmal vor Felipe im Zeitraffer ablief. Eine bäuerliche Großfamilie dumm und gefügig in die Kamera lächelnd, die runzligen Alten, die mondgesichtige stumme Mutter, der zupackende Vater, die brav an den Händen sich haltenden Kinder und die zum Lachen gezwungenen Babys, und die reifen Ähren im Wind geben der Musik den Takt. Alles ist Felipe vertraut, aber am meisten verwundert ihn der Zaun, der Staketenzaun ist genau wie der in Pemuco früher, der gleiche Lattenabstand, die Höhe, die vom Regen angefressenen Lattenspitzen. Ein einfacher Zaun, wie tausend andere, aber der Schatten der Erinnerung fällt auf ihn und löst einen stillen Schreck aus. Der Propagandafilm der Nazis zeigt Felipes Kindheit auf dem Land oder was er davon in Erinnerung hat. Die verschiedenen deutschen Welten, trotz vieler tausend Kilometer Abstand, passen zusammen. Er und seine Vettern in Pemuco und Osorno könnten flinke Hitlerjungen sein noch in den fünfziger Jahren. Die Mädchen brauchten sich nicht zu verändern, um in den Bund Deutscher Mädel aufgenommen zu werden. Und Großvater Adam und Onkel Ernesto folgten gern dem Aufruf des Bürgermeisters, sich in der Kreisstadt einzufinden zur Verteilung der frisch eingetroffenen Sklaven aus Russland oder Polen oder Frankreich, Fremdarbeiter, denen die Bauern, als seien sie Kolonialherren seit Generationen, auf dem Marktplatz lachend die Muskeln prüften und die Frauen musterten, ob man sie auch mal ins Heu zwingen kann. Adam und Ernesto, sie hätten die Sklaven genau so fachmännisch beurteilt wie auf dem Markt in Osorno, wo die Tagelöhner anstanden um Arbeit und die Gutsverwalter an ihnen vorbeigingen mit der Verachtung und dem Stolz derer, die Einfluss haben auf das Leben der Heruntergedrückten.

Felipe fiel der alte Spruch wieder ein, mit dem die Freunde ihn früher oft geneckt hatten, als er dem deutschen Sumpf entkommen war: Es gibt drei Arten von Deutschen, die Deutschen aus Deutschland, die Deutschen aus dem Süden und die Deutschen aus Scheiße. Nichts für ungut, Felipe.

Er müsste ihnen dankbar sein, den lieben Verwandten, sie haben es ihm leicht gemacht, aus Pemuco und Osorno zu verschwinden. Er müsste ihnen dankbar sein, warum nicht mit einem Dankestelegramm in ihren Rausch platzen, jetzt?

Lügt!

Lügt! stand in großer, schwarzer Schrift auf der Backsteinwand. Die Buchstaben waren krumm und eilig hingesprüht, der Querstrich des t verrutscht, aber das Wort war auf den hellen

Steinen neben dem Seiteneingang des Arbeitsamts gut lesbar. Die Aufforderung war nicht neu, sie galt auch nicht nur den Arbeitslosen, sie war an vielen Ecken der Stadt zu finden, auf Ampelschaltkästen und öden Wänden, Lügt! Wichst! Fickt! Schreit! Ich! Hier, vor den wilhelminischen Mauern des Amtsgebäudes hatte der einsilbige Imperativ einen besonderen Überraschungseffekt. Oder war er eine Verhöhnung der Arbeitslosen? Nein. Die Weisheit der neuen Parole leuchtete Felipe jedes Mal wieder ein, ihm, der sich einmal für einen Wahrheitsfanatiker gehalten hatte. Er hatte es nicht nötig zu lügen, jetzt nicht. Er hatte zu arbeiten, das Arbeitsamt lag am Eckpunkt seines Reviers und forderte die ganze, die verlogene Aufmerksamkeit. Das Amt wurde erweitert, ein neuer Trakt, anderthalbmal so groß wie das alte Gebäude, wurde angebaut, und der Wachmann Gerlach hatte die Baustelle zu kontrollieren.

Er öffnete mit einem Schlüssel das Bautor, schloss hinter sich ab, nahm die Taschenlampe und stieg über Bohlen, an Steinschutt vorbei, in den Neubauteil hinein. Es war verboten, die Baustelle zu betreten, das übliche Verbot, das angeblich Penner und kleine Diebe anlockte. Er hatte noch keinen Menschen hier getroffen, allerdings war er erst seit zwei Wochen für dieses Objekt eingesetzt. Schläfer oder Säufer in ihren Verstecken aufzuspüren, daran hatte er auch jetzt kein Interesse, also verhielt er sich möglichst laut, hustete kräftig, trat auf dem trockenen, knirschenden Mörtel fest auf. Nur flüchtig leuchtete er die unteren Räume aus, in denen Dämmstoffe lagerten und Baumüll. Erstaunlich, wie langsam so ein Bau zusammenwuchs, es kam ihm vor, als gäbe es immer mehr herumliegendes Material, mehr Müll, Sand und Schutt als fertige Bausubstanz. Der Wachmann verließ den Rohbau und ging den Zaun ab, hin zu der Stelle, wo die Kontrolluhr angebracht war. Einstecken des

Schlüssels, eine kleine Drehung, und schon war für alle Ewigkeit festgehalten und bewiesen, dass Wachmann Leo acht um 21 Uhr 56 die Kontrolle vorschriftsmäßig abgeschlossen hatte. Die Baustelle wurde alle zwei Stunden inspiziert, die nächsten Gänge in der als gefährlich geltenden Mitternachtszeit und gegen Morgen übernahmen die motorisierten, die richtig ausgebildeten Kollegen Leo drei und Leo fünf.

Leo acht lief noch einmal um das düstere, stille Amtsgebäude herum. Lügt! Da war es wieder. Lügt!, murmelte er, räusperte sich und machte Meldung.

– Objekt Vier Null Acht, alles okay.

Lügt! Nein, er log nicht. Er brauchte nicht zu lügen. Er kam sich nur etwas altmodisch vor mit seinen hergebrachten Wahrheitsansprüchen, mit seiner zähen Moral von Wahrheit und Gerechtigkeit. Er vergaß, wie viel Einbildung dabei im Spiel war, und dachte daran, welche wunderliche Kraft in diesen strengen Gefühlen steckte. Diese paar Krümel Moral, ein Sprengsatz, der ausgereicht hatte, um ihn in Schwung zu bringen, aus Osorno und Pemuco hinauszukatapultieren und einmal um den halben Erdball zu wirbeln, ihn auszusetzen in dieses Land, ins ewige Manövergebiet Deutschland, und ihm noch den letzten Schwung zu geben für den Marsch durch diese spurenlosen Nächte.

Halt, Felipe, es wird keine Nacht wie jede andere. Der kleine Auftrag am frühen Morgen. Auch wenn er kein Meister im Lügen war, er konnte immerhin mit leiser, fester Stimme der Zentrale sein Okay durchgeben und gleichzeitig daran denken, wie er in einigen Stunden seinem Chef in den Rücken fallen und die Schutztracht des Wachmanns missbrauchen wird als Helfer bei einem Einbruch. Er blieb ganz ruhig. Er musste die Fassung bewahren bis dahin, die alten Geschichten, die wüste

Vergangenheit zurückdrängen, abschieben, verklappen, nicht weiter brodeln lassen, besänftigen. Auf den kleinen Auftrag konzentrieren und im richtigen Moment hellwach sein, darauf kam es jetzt an.

Zwei Mannschaftswagen der Polizei fuhren vorbei, Richtung Adenauer. Im lockeren Lauf griff Felipe nach dem Gummiknüppel, nur mal zur Probe. Noch einmal blickte er sich um, zurück auf das mächtige Gebäude.

Vor einigen Wochen hatte nachts jemand auf das Arbeitsamt geschossen. Einfach in ein Büro geknallt, die Fensterscheibe und einen Schrank durchlöchert. Ein einziger Schuss. Ein unklares Motiv.

Bausteine einer Legende

Auf dem Dachboden des Hauses in Pemuco stöbert Felipe, lungert herum, dreizehn und lustlos, er blickt aus der Luke zum Gebirge hin, das die Wolken anzieht. Er fliegt mit durch Feld und Buchenhallen, über Brombeerhecken und Hügelgrün, fliegt mit den Augen die Sehnsuchtsstrecken ab, fliegt in die Weite des Landes unter den Wolken entlang und kehrt zurück, kreist über Bäumen und fällt. Der Blick landet auf dem Acker bei den gebückten Gestalten mit den Hacken. Fort will er wieder, abheben mit den Vögeln ins Blau, aber der Blick bleibt am Boden bei den Landarbeitern, bei dem gewohnten Bild.

Auf einmal kommt Unruhe in die Gruppe. Ernesto taucht auf, Ernesto der junge Chef in Stiefeln, der Herrscher über tausend Hektar und ein paar Dutzend Menschen stapft über den

Acker. Der Junge sieht seinen Onkel, ein bisschen marionettenhaft von weitem und doch bedrohlich, und wird, unvorbereitet, von dem Gedanken getroffen: Die Frauen und Männer da draußen, sie bücken sich für die Gerlachs, sie bücken sich für mich, sie arbeiten sich krumm, sie wachsen ins Erdreich hinein, ihre Ponchos und Hosen werden der Erdfarbe immer ähnlicher, sie graben und hacken den ganzen Tag, als müssten sie selber ihr Grab ausheben, warum, warum tun sie das. Die Frauen und Männer arbeiten hastiger, dann blicken sie auf, der Herr spricht sie an. Er macht wilde Gesten, er scheint zu schimpfen.

Felipe hinter der Dachluke kann nichts verstehen, aber es ist deutlich, Ernesto ist böse und laut, er bückt sich, reißt ein Pflänzchen aus der Erde, hält es hoch und schleudert es weg. Wie ein Befehlshaber sieht er aus und er gibt die Befehle, Befehle zu gründlicher, schnellerer Arbeit, er steht wie der Leibhaftige da, ein Schinder, ein Bluthund, der Onkel.

Einer der Arbeiter rührt sich, er scheint zu widersprechen. Aber Ernesto fährt auf und poltert gegen den Mann, ein Hin und Her der Gesten. Der Herr deutet mit dem ganzen Arm auf den Arbeiter, als wolle er ihn mit einer einzigen gebieterischen Bewegung beseitigen. Der Mann tritt aus der Gruppe und geht langsam ab und dreht sich nicht mehr um, und es hilft gar nichts, dass der Beobachter unterm Dach die Finger zusammenpresst und sich die Drehung wünscht, die Reue des Onkels, die Umkehr, die Versöhnung.

Die Gesichter der andern sind kaum zu erkennen, doch auch über die Entfernung von vierhundert, fünfhundert Metern meint Felipe noch den Hass darin zu lesen, den Hass auf den Herrn. Der Hass ist stark, er reicht weit, reicht bis zu dem Jungen hinter dem Dachfenster, der als Feriengast im Herrenhaus den Blick träumend schweifen lässt, ein Neffe des

Ernesto, ein Enkel des alten Besitzers. Der junge Gerlach spürt die Hasswellen auf seinem Gesicht, sie brennen, er fühlt sich getroffen und will sich wehren, er lenkt sie weiter, er lenkt den Hassstrahl zurück auf Ernesto, er trifft ihn im Rücken, den gewaltigen Onkel. Er trifft, aber der Böse fällt nicht um. Er krallt die Hände an den Lukengriff, die Verwünschungen sind lautlos, er wagt keinen Schrei, keine Handbewegung. Diesen Onkel hat er nie gut leiden können, aber nun sehnt er sich danach, ihn hassen zu können. Nicht nur, weil er die Leute unter seine Stiefel quetscht. Felipe beginnt den Onkel dafür zu hassen, dass er ihn zum hilflosen Zuschauer gemacht hat. In diesen Minuten der Erstarrung auf dem Dachboden glimmt die erste Ahnung in ihm auf, er gehört nicht mehr zu Ernesto, er gehört nicht mehr zu den Gerlachs. Er steht unterm Dach versteckt, der teilnehmende Zuschauer, und ist von beiden Seiten getrennt, will mit den einen nichts zu tun haben und hat mit den andern nichts zu tun. Das Kind spürt den Riss und ist kein Kind mehr, der Riss geht durch den Körper und zurück in den Schädel und schmerzt wie die Ahnung, du musst allein zurechtkommen von nun an. Felipe schüttelt sich, er will das nicht wahrhaben. Da auf dem Acker geht der Stummfilm zu Ende, der immer wieder neu abgespult wird, der nie reißen wird, Ernesto spielt den Schurken, und die Frauen und Männer mit den Arbeitsgeräten murren und bücken sich wieder, und die Welt dreht sich weiter, kein Ruck, nichts ist geschehen und alles verändert.

Abends am Esstisch behauptet Ernesto, einer der Arbeiter habe ihm Hühner gestohlen, der Kerl habe das bestritten und sei noch frech geworden, er habe ihn sofort entlassen und vom Acker gejagt, diesen Aufrührer Manuel, diesen Dieb, er werde ihm auch den Prozess machen, wenn er die zwei Hühner nicht zurückbringe. Felipe hört zu, er weiß es besser und schweigt. Er glaubt Ernesto nicht, der wieder einmal seine Tiraden anfängt, hart durchgreifen muss man, hart durchgreifen. Die Sprüche sind keine Sprüche, Felipe traut dem Onkel alles zu, er ist mächtig genug, den Mann ins Gefängnis zu stecken wegen nichts oder wegen zwei Hühnern. Felipe fürchtet den Onkel und sagt nichts. Er fürchtet das Kopfschütteln und den Zorn der Erwachsenen, wenn er plötzlich für einen der verachteten Landarbeiter Partei ergriffe, und sagt nichts. Vielleicht ist doch etwas dran am Hühnerdiebstahl, denkt er und sagt nichts.

Weil er nichts gesagt hat, schämt er sich und überlegt, ob er dem Mann helfen kann, irgendwo zwei Hühner besorgen und dem Mann bringen, damit alles wieder in Ordnung kommt. In der Küche liegt die Geldbörse der Großmutter für einen Augenblick unbewacht, rasch nimmt er einen Schein heraus, der zwei Hühner begleichen soll, und schleicht zu den Hütten und findet Manuel. Er streckt ihm das Geld hin und sagt, hier, für die Hühner, gib es dem Chef, dann ist alles wieder gut. Aber der Mann starrt nur auf den Schein, auf die Hand des Jungen. Der fühlt sich nicht verstanden und wiederholt seinen eingeübten Satz laut und deutlich. Der Junge merkt nicht, dass er verstanden wird, ein Kind mit einem Geldschein, ein Neffe des Schinders, ein Anschlag auf den Stolz des Arbeiters, vielleicht eine neue Provokation. Der Mann, mit hartem Gesicht, weist den Jungen ab, fordert ihn auf zu verschwinden, droht, als er nicht weichen will, mit einem Knüppel. Der Junge geht und denkt daran, den Schein einfach fallen zu lassen, aber die Scham, etwas völlig Falsches versucht zu haben, wird stärker, und er läuft davon. Am nächsten Tag steckt er den Geldschein in eine Küchenschublade.

In diesem Jahr beginnt Felipe zu fotografieren. Auf dem Dachboden kramt er eine alte, wacklige Box hervor, der Großvater schenkt sie ihm, er lässt sich Filme aus der Stadt mitbringen, und es packt ihn der Eifer, alles in Pemuco auf schwarzweißen Bildern festzuhalten. Mit der kleinen Kamera streift er durchs Gelände und sieht die Scheunen, die Häuser, die Hütten, die Wege und Bäume verkleinert im Sucher. An die Menschen wagt er sich zunächst nicht heran, jedes Knipsen ein Angriff, jedes menschliche Objekt im Kampf mit der Eitelkeit. Vorsichtig nähert er sich den Gesichtern der Erwachsenen, auch Ernesto steht passend im Sucher und lacht. Felipe achtet noch nicht, wie das Licht fällt, aber den Zusammenhang zwischen Blende und Belichtungszeit begreift er rasch, nur die Entfernung schätzt er oft falsch ein. Auch die Arbeiter mit ihren Geräten vor den Ställen und auf den Feldern möchte er, ohne aufdringlich zu sein, in seine Inventur aufnehmen, aber er traut sich nicht nah genug an sie heran, die Köpfe auf den Fotos sind klein und stumm, die Hände, die Gesten teilen nichts mit.

Viel später begreift er, dass die Kamera, die er zwischen sich und die Wirklichkeit hielt, nur ein Mittel war, ein letzter Versuch, die Welt zusammenzuhalten, aus der er kam. Ein Versuch, den Riss zu kitten, die Ängste zu vertreiben, die entrückende Heimat noch einmal zu bündeln im Format 6 × 6. Als der Versuch enttäuschte, weil alles zur Winzigkeit hin verzerrt war, harmlos, steif und leblos wirkte, schob er der billigen Kamera die Verantwortung zu. Er wünschte sich eine bessere, eine raffinierte Kleinbildkamera, er machte sich sachkundig und steigerte den Wunsch hin zu einer Spiegelreflex, ein Teleobjektiv musste sein, lange Brennweiten, das Fernbild, die unbegrenzte Tiefenschärfe, ein Vergrößerungsapparat, der nie erfüllte Leica-

Traum begann, gigantische Pubertätsphantasien hypertrophierender Fotozubehörsysteme, mit denen er der Wahrheit endlich auf die Schliche käme.

Ein gefundenes Fressen

An einem freien Abend in eine der Kneipen gezogen, in denen die politisch bewegten jungen Leute sich wärmen, ist Felipe zufällig auf Andreas und die andern aus der Lateinamerikagruppe gestoßen, in der er seit längerem nicht mehr mitarbeitet. Die Begegnung wird nicht peinlich, er gilt nicht als Verräter oder Faulpelz. Die Freunde diskutieren rasch und heftig über die politische Entwicklung in Felipes Land, und Felipe muss sich wie immer gegen den vorschnellen Optimismus der Deutschen wehren.

– Es ändert sich so wenig, sagt Andreas nach einer langen Pause.

– Es ändert sich viel zu viel, sagt Felipe über das leere Bierglas hinweg. Wir kommen schon gar nicht mehr nach, die Veränderungen nur zu registrieren.

– Ich meine, was wir ändern, was wir tun.

– Weiß ich.

– Und wie hältst du das aus?

– Wie ich das aushalte? Aushalten, das ist so eine deutsche Frage. Darum geht's doch nicht, ob ich hier in Mitteleuropa das aushalte, was Millionen von Menschen anderswo auszuhalten haben, das ist doch unwichtig. Und du?

– Du weißt schon, es reicht mir nicht.

Andreas bestellt noch ein Bier. Er ist am längsten von allen in der Gruppe, ein unermüdlicher Student, der seit Jahren für die Solidarität mit der Dritten Welt arbeitet. Es hat ihm noch nie gereicht, was er tut. Er referiert in Schulen und Jugendgruppen über den Weizen als Waffe, er friert in der Fußgängerzone beim Theaterspiel gegen eine ferne Militärherrschaft, er kopiert Lehrern Material über Kaffeeproduktion und Kaffeekonzerne.

Einer, dem es nicht genug ist, Dutzende von Büchern und Broschüren zu lesen über den Hunger, über die Ausnutzung der armen Länder, über das bekannte und täglich wachsende Elend. Einer, den es jeden Tag wieder unruhig macht, dass die Fakten auf dem Tisch liegen, dass die gelben und die roten und die grauen Buchrücken, hinter denen die laufenden Verbrechen notiert sind, stumm die Regale zieren.

– Das sagst du, sagt Felipe. Soll ich dich erinnern, was du, was ihr alles verändert habt in den paar Jahren?

– Sag nicht ihr, du warst auch fleißig dabei.

– Ich bin dabei.

Felipe denkt an die verbesserten Informationen, an die große Zahl von Leuten, die Geld hergeben für Befreiungsbewegungen, an das erstaunliche Netz von Gruppen, die freiwillig an der Verbreitung der Wahrheit über die Zustände in anderen Kontinenten arbeiten.

– Trotzdem, sagt Andreas, warum ist es nicht möglich, einen größeren Teil der Leute zu erreichen, mehr als nur das Völkchen einiger Studenten, Lehrer und Pastoren. Es kann doch nicht nur daran liegen, dass die Leute angeblich alle so faul und lethargisch und egoistisch sind!

Als er vom frischen Bier den ersten Schluck genommen hat, rückt er mit seinem Plan heraus. Einem aus der Gruppe seien Anzeigen in einer Zeitung aufgefallen, in denen der ortsansässige Steuerberater Kurt Ellerbrock Grundstücke in Südamerika zu kaufen und zu pachten anbot. Die Gruppe habe bereits die Hintergründe erforscht, ein Skandal von vorne bis hinten.

– Was würdest du von einer Ellerbrock-Kampagne halten?, fragt Andreas.

Kaum hat Felipe seine vorsichtige Zustimmung begründet, drängeln die andern Gruppenmitglieder mit ihren Argumenten dazwischen.

– Ellerbrock, sagt Olaf, stellt den Zusammenhang her, der uns bei der Dritte-Welt-Arbeit so oft fehlt. Der Bevölkerung hier werden die sozialen Leistungen immer mehr gekürzt, sagt er, weil die Reichen immer weniger Steuern zahlen und mit Abschreibungstricks und Überweisungen an solche Unternehmungen wie die von Ellerbrock uns hier betrügen und es nicht einmal nötig haben, dabei illegale Wege zu gehen.

– Mit diesem Geld, sagt Sabine, treiben sie drüben die Indios und Kleinbauern von ihrem Land. Mit allen Tricks, du.

– Dabei werden diese noblen Steuerschwindler, diese Abschreibungsfürsten, sagt Andreas, nicht nur zu Landräubern. Sie werden zu Umweltvernichtern, weil sie die Bäume auf dem ergaunerten Gelände abholzen lassen für einen kurzen, dicken Profit. Und außerdem produzieren sie neuen Hunger, denn wo die Rinder der deutschen Investoren grasen, da können die Indios nichts mehr für ihre Ernährung anbauen, und wo das Gras knapp wird, braucht das Vieh das teure Futtergetreide, das dann anderswo zur Ernährung der Menschen fehlt.

– Ellerbrock, sagt Juan, ist ein gefundenes Fressen für uns.

Felipe stimmt zu, Ellerbrock darf sich die Gruppe nicht entgehen lassen. Man spricht von einem Ellerbrock-Tribunal, der Fall müsse nach allen Seiten genau recherchiert und aufgeklärt und präsentiert werden.

Einige Tage später kommt Andreas bei Felipe vorbei.

– Wir haben ein paar clevere Leute gebeten, uns die Namen der Grundstückskäufer und Pächter zu beschaffen. Das wird in nächster Zeit passieren, und man wird dich informieren, weil du sowieso durch die Straße an Ellerbrocks Büro vorbeiläufst. Wenn einer dich anspricht, Tommi Taubenrauch, dann kannst du dem vertrauen, okay?

– Bei Leo acht ist alles okay!, lacht Felipe.

So geschieht es. Eine Woche vergeht, und einer tritt ihm in den Weg und stellt sich als Tommi Taubenrauch vor.

– Hör zu, wir haben was vor in der Nacht von Montag auf Dienstag, Beckstraße 20, bei Ellerbrock. Das ist doch dein Revier. Wenn du deine Runde machst und du siehst was Verdächtiges, dann weißt du Bescheid, dann schlag bloß keinen Alarm. Wir sind es, und wir kriegen das schon allein hin, verstanden?

Es ist ein gutmütiger Junge, der den ruppigen Ton eines Professionellen nachzuahmen versucht.

– Noch was, sagt Tommi, falls doch irgendein Bulle auftaucht, dann lenk ihn ab. Sonst brauchst du nichts zu tun. Verstanden?

– Und wann ungefähr?

– So gegen drei. Alles klar?

– Alles klar.

Felipe hat verstanden. Endlich ein sinnvoller Auftrag. Der Auftrag, nichts zu unternehmen und ein bisschen Schmiere zu stehen, ist immer noch ein Auftrag und besser als die übliche sinnlose Lauferei. Er ist beinah glücklich, dass sie ihn informiert und einbezogen haben. Sie haben ihn nicht übersehen. Er gilt als alter Kämpfer, und nun schmeichelt es ihm, anerkannt zu werden von den Turnschuhgenossen. Er wird noch gebraucht, und er ist eingeweiht. Es wird keine Nacht wie jede andere.

In den Bäumen

– Überlass das mir!, sagte eine Frau. Der Mann neben ihr auf der Bank schwieg, als der Nachtwächter sich näherte. Felipe warf einen Blick auf die Frau. Die beiden begannen wieder zu flüstern, als er sie im Rücken hatte. Er durchquerte einen kleinen Park, umkreiste den Klotz einer Kulturhalle und lief unter Bäumen weiter. An allem streifte er vorbei und berührte nichts. Die Angst, den Tastsinn zu verlieren. Er sehnte sich nach Berührung. Anke. Sie wollte den Soldaten zuschauen heute Abend. Verrückt, gefährlich. Nein, nicht anrufen und fragen, ob sie heil zu Hause angekommen ist. Du darfst nicht an sie denken, du darfst dich nicht umdrehen, du musst stur deine Runden ziehen, sonst, sagte er sich, wirst du die Nacht nicht durchhalten. Ruf sie an, flüsterten die Bäume, such sie. Sie flüsterten in den kurzen Pausen zwischen den Lärmwellen der Automotoren auf der Durchfahrtstraße nebenan.

Ahorn, Linden und Kastanien standen noch in Blättern. Das Grün wurde von Straßenlaternen angestrahlt, ein künstlich frischer Glanz. Die Bäume wuchsen aus dunklem Himmel hinunter in den beleuchteten Weg. Der Herbst ist der Frühling, der Frühling Herbst. Es fiel etwas durchs Geäst, und vor Felipe schlug die Stachelschale einer Kastanie auf, der braunglänzende Kern rollte hinaus. Fast wäre er getroffen worden,

Kopfschuss. Er hob die Frucht auf. Felipe, das Kind. Der Frühling, der Herbst. Die Jahreszeiten rückten zusammen. Er kam mit der Zeit nicht zurecht. Die Kastanie, es war die von zu Hause, aus dem Reich der Großeltern Gerlach. Winter hier, Sommer da, so viel steht fest. Auf der Wiese hinter dem Wohnhaus des Fundo die drei Kastanien. Nein, vier. Das Gedächtnis war verschoben, die Zeit verdreht. Geht der Sommer zu Ende, fängt der Frühling an. Er steigt auf Bäume, die Zeit ist unendlich. Was war, hört nicht auf, heute nicht. Das Kind blickt hinauf in die prächtige, frisch grünstrotzende Kastanie. Das Kind, das drei, vier Anläufe braucht, bis es von der kurzen Leiter sich hochhangelt an den unteren starken Ästen und eintritt in das Geflecht der Arme und Zweige, hinein in die blühende Hülle, in den Blättermantel, in den Schutzraum und Hochsitz. Abstützend und festhaltend, den Fuß in die richtige Astgabel setzend, nicht angehalten vom Gedanken an den Sturz, die Tiefe, die Schande, so taucht das Kind Schritt für Schritt in die Baumkrone hinein. Es ist nicht nur das Versteck im zitternden grünen Gebäude, das der Junge sucht, er sucht den eigenen Wunsch, oben zu sein und unerreichbar, auf dem wiegenden Astgabelsitz ausruhen und alles betrachten und alles beträumen. Vor wem musste er fliehen? Stellte sich das Freiheitsgefühl da oben nur ein, wenn er allein war? Warum brauchte er schon mit acht, neun Jahren ein Versteck für sich allein? Warum machte er den Fehler, die Mutter zu rufen? Der Stolz auf die Kletterkünste in den gewaltigen Kastanien ist noch neu, und so ruft er sie, die gerade aus dem Haus kommt, um ihre Bewunderung zu hören über seine Fertigkeit, seine Höhe, seinen Aufstieg. Sie aber, was sagt sie, sie gibt vor, erschreckt zu sein und um sein Leben zu bangen. Sie befiehlt, sofort hinabzusteigen, sie wiederholt ständig die Worte gefährlich, gleichfällstdurunter, passauf. Hatte sie wirklich Angst, er könnte abstürzen und sich den Hals brechen? Nein, sie hatte Angst, er könnte weiter in die Lüfte steigen und einfach davonfliegen in eine Richtung, die sie nicht mehr bestimmen konnte. Sie gönnt ihm das Glück nicht, das spürt er, und deshalb weigert er sich zu gehorchen. Er legt die Arme um den Stamm, er ist ihr überlegen, er ist unerreichbar, selbständig. Sie verschärft den Befehlston, ihre Stimme kommt dem Schreien immer näher, aber ihr Gefühl macht ihn nur kälter. Es besteht keine Gefahr, er hält das Gleichgewicht. Er weiß es besser. Er will diesen Platz nur freiwillig räumen. Sie erkennt seine Leistung nicht an, seine Freiheit noch weniger, sie enttäuscht ihn, er wird berechnend und merkt, er schuldet ihr weder Gehorsam noch Dank, noch Liebe. Du sollst deinen Vater und deine Mutter ehren, auf dass. Es ist unmöglich, sie verlangen immer das Unmögliche. Er blickt auf ihr verzerrtes Gesicht hinab, sie kann nicht mehr nachgeben, es ist zu spät für jede Versöhnung, sie droht mit den Autoritäten. Auf dass es dir wohl ergehe und du lange lebest auf Erden. Sie droht mit Verboten des Großvaters. Aber der hat den Enkeln die Klettereien nie untersagt. Sie droht mit dem Vater. Aber der ist in der Stadt oder auf einer Baustelle und wird nichts tun, nur weil sein Sohn auf einen Baum steigt. Sie droht noch einmal mit dem Tod, mit Halsbruch, Armbruch, Beinbruch. Er rührt sich nicht. Er kostet den Triumph aus. Die Mutter, acht, neun Jahre hat sie über ihm gestanden, mächtig und schwer erreichbar und noch bei Liebkosungen aus gewaltiger Höhe von oben sich nähernd, jetzt steht sie hilflos, wütend unter ihm, eine Zwergin, bettelnd. Je mehr sie sich anstrengt, desto kleiner wird sie. Sie schrumpft, sie wächst in die Erde, Rumpelstilzchen hat sich in Befehle und Drohungen verrannt, hat herrschend auftrumpfen wollen und schmählich verloren. Sie ist für einen Augenblick still. Sie gibt auf. Als er sie so sieht, ganz unten, schwach und klein und leer nach all den betäubenden Worten, wird der Junge mit einem Mal nachsichtig, er spürt etwas von ihrem gezwängten, herrischen Leben, vom Elend dieses Wesens, das da unten, mit sich zerstritten, wartet, stumm wartet. Er fühlt, dass er der Stärkere ist. Sie ist das Kind. Ein federnder Schreck. Nun verspricht er abzusteigen, löst die Arme von dem Stamm und bringt noch einmal die Zweige und das ganze Baumgebäude in Bewegung, vielleicht um ihr Angst zu machen, um ihre Angst zu bestätigen und ihrer Aufregung einen Grund zu geben. Und er beschämt sie noch beim letzten Absprung ins Gras. Sie soll merken, dass er nur aus Mitleid herabgeklettert ist.

Es half nichts, sie wurde bitterer. Und er machte nie mehr den Fehler, ihr, die ihn geduckt und gefügig sehen wollte, seine Größe vorzuführen, nie mehr. Er suchte die entfernteren Bäume im Garten und im Wald, und dann fing die Zeit an, in der er mit Sergio, dem gleichaltrigen Vetter, Baumhütten baute, Felipe der Baummensch.

In Europa war er noch nie auf einen Baum geklettert. Er bildete sich einen Moment lang ein, dass es nicht am Alter und an den Gelegenheiten lag, sondern an Europa, an den Bäumen hier, über deren Krankheiten so viel zu lesen war, dass man leicht die Lust an ihnen verlieren konnte.

Mit der rechten Hand umklammerte er immer noch die glatte, uneben runde Kastanienfrucht, die ihn beinah getroffen hatte. Am Handballen, in den Fingerkuppen funktionierte der Tastsinn, die Hand deckte alle Unebenheiten zu und wurde wärmer. Beruhigt steckte er das Beweisstück in die Tasche.

Am Ende der Baumreihen wartete eine leere Telefonzelle. Nein, dachte er, jetzt nicht.

Rondo 2

Hör zu, ich will dir erzählen, den Traum heute Morgen. Ich laufe und laufe die ganze Zeit durch die Straßen, und dann komme ich zu einem Busbahnhof. Überall Busse, überall Haltestellen, ich bin ganz erschöpft, möchte mich auf eine Busbank setzen und muss weiter laufen und laufen und suche die richtige Haltestelle. Es regnet, von weit her leuchten die Ampellichter durch die Nacht, und es ist ganz still. Kein Motorengeräusch. Dann fährt ein Bus vor, und ich steige ein. Die zwei, drei Stufen, die ziehen in den Beinen, ein Muskelkrampf. Der Fahrer will kein Geld, vielleicht hält er mich für einen Schwerbeschädigten. Ich brauche nicht mal den Ausweis zu zeigen.

LH 505

Geflohen, abgeschoben, gerettet aber, aufgestiegen, weich und zurückgelehnt schwebend im Sessel, im Hochsitz über allen Hindernissen, so nähert er sich den Deutschen. Geflogen wird er und braucht nicht des Nachts über Geröll zu stolpern, keine verminten Flüsse zu durchschwimmen, keine Stacheldrähte durchzuschneiden. Er flieht im klimatisierten Raum, für Proviant ist gesorgt, für Lektüre und Unterhaltung. Sogar die Angst vor der Abweisung durch die Passbehörden ist ihm genommen. Nach wochenlangen Verhandlungen haben die Beamten der deutschen Bundesrepublik nichts mehr dagegen, den deutschstämmigen Gerlach Hernandez ihr Land betreten zu lassen. Eine Unterschrift mit klammen Fingern, und schon braucht er keine Hand mehr zu rühren. Ein Stück Mensch mit vollständig und korrekt ausgefüllten Frachtpapieren, transportiert in ein Land, in dem er sich bewegen darf, ohne gefoltert und erschossen zu werden. Geflogen werden, geflogen!

Eine bequeme Flucht, und doch erzählt Felipe ungern davon. Zu leicht fällt er in die Gegenwartsform zurück. Zu schnell hört er wieder die Schüsse, die sich nach acht Jahren verdichten zu einem einzigen Schuss.

Felipe drückt den Körper kräftig in den Sitz, und was er im Rücken spürt, sind die Schüsse. Die erwarteten Schüsse, die ihm zugedachten Schüsse, die nicht getroffen haben. Die Schüsse in den Straßen am Ministerium, die Schüsse während der Tage und Nächte der Flucht, die Schüsse von den Dächern, die Schüsse aus fahrenden Jeeps und die Hubschrauberschüsse, sie hätten ihn hundertmal treffen können, als er immer noch am Gedanken festhielt, ich habe nichts Schlimmes getan, mir kann, mir darf nichts passieren. Sie hätten ihn noch hundertmal treffen können, als er nur noch dachte, bleib wach, bleib hellwach, mehr kannst du nicht tun, es ist Zufall und sonst nichts, ob du am Leben bleibst zwischen den Mördern an jeder Straßenecke, ob dich Maschinengewehrschüsse treffen oder Pistolenschüsse, die pfeifenden Schüsse oder die trockenen Schüsse, auch verletzt bist du so gut wie erschossen, ein Zufall von Millimetern, ein Zufall, abhängig vom Reflex des Fingers eines armen Burschen, den sie abgerichtet haben.

Streifschuss oder Treffer, er spürt die lauernden, die noch nicht abgefeuerten Schüsse, die gemeinen, die längst erwarteten Schüsse in den Rücken, die Bauchschüsse, die Kopfschüsse, die Lungensteckschüsse, die Beinschüsse, die Genickschüsse.

Die beißende Stille zwischen den Schüssen beim listigen Sprung in die Botschaft. Gerettet, hören die Schüsse nicht auf. Schüsse hinter den Mauern, Schüsse draußen vor den Fenstern, Schüsse in den Schreckgesichtern der andern, Tausende von weitererzählten Schüssen, Tausende von ungehörten Schüssen im ganzen Land, Schüsse in Kellern und Lagern, Schüsse in Stadiongängen und Gefängnissen, Schüsse in Hütten und Fabriken, Schüsse in den Vorgärten und hinter den Brombeerhecken. Lastwagen, vollgestapelt mit Leichen, fahren unten in hohem Tempo vorbei, überall Schüsse. Das Echo aller ungehörten Schüsse schwärzt die Luft. In der überfüllten, stinkenden Botschaft fallen sie nicht, aber die Schüsse sind da, sie drängen die Menschen zusammen, Alte, Kinder, Verwundete, Schweigsame, Schwätzer, Kranke, Ratlose, Verrückte, Helfende, Nervöse, Schlafende, Drängelnde, zusammengepfercht von den Schüssen draußen, bis sie sich nicht mehr sehen, riechen, hören können. Die Schüsse stellen die ersten Fragen, wie war es möglich, wie war es möglich? Die Schüsse mischen sich in den ersten Streit, die Schüsse töten jeden Zukunftsblick. Die Schüsse knallen durch die Träume, die Schüsse jagen die Gedanken zu den Getroffenen, den Gefangenen, den Versteckten. Die Schüsse fragen und fragen, wann sie endlich aufhören, die Schüsse, wann die Vorräte an Munition erschöpft sein werden. Die Schüsse fragen, wie viel Tote es noch geben soll, die Zahlen sagen nichts mehr, bei Tausenden, Zehntausenden, Hunderttausenden wächst die Empörung nicht mehr, bei so vielen Toten potenziert sich die Trauer nicht mehr und der Hass, und das wissen die Mörder und deshalb zerstören sie jeden, der ihnen über den Weg läuft, eine einmalige Gelegenheit, ein paar Kugeln für jeden, ein paar für ihn, sie hören nicht auf zu schießen.

Leichter ist es, von der Rettung zu sprechen. Felipe hat sich eine bestimmte Version angewöhnt, aber auch die schließt den Rückfall in die alten Ängste nicht aus.

Nach Wochen des Wartens wird der Abflug angekündigt, die Reise hinaus aus dem Land der Schüsse, der Bus zum Flughafen steht bereit, die Magazine sind gefüllt, die Patronen trocken, die Waffen neu, Mann an Mann lauern die Soldaten der Sondertruppe mit Bajonettgewehren und Maschinenpistolen zwischen Tor und Bus, und ihren bissigen Gesichtern ist abzulesen, wie wenig es ihnen ausmacht, das Flüchtlingspack, die Kriminellen, die Verräter der Nation hinwegzumähen. Er spürt die Schüsse, auf einmal ist er wieder auf sich gestellt, die ganze Zeit war er mit andern zusammen, jeder mit jedem, jeder gegen jeden zusammengedrängt auf wenigen Quadratmetern. Jetzt wird ein Name gerufen, und jeder geht einzeln durch die Schussbahn, jeder eine Zielscheibe für sich. Sie können einen andern oder dich erschießen hinterrücks, ein kleiner Befehl oder ein Versehen genügt, eine falsche Bewegung, die sie als Fluchtversuch deuten oder als Provokation, schon liegst du flach, ein Schuss aus Notwehr wie immer, ein Feind weniger, es sind schon Zehntausende geschlachtet, und wegen Felipe Ramón Gerlach Hernandez wird sich keiner mehr aufregen. Er spürt die Schüsse im Rücken, wie wird das sein, verscharrt irgendwo, Massengrab, er setzt bedächtig die Schritte vom Tor der Botschaft weg und wankt die wenigen Meter zum Bus. Die Tür ist offen, der Fuß berührt den Bus, tritt auf die Einsteigstufe, das erste rettende Ufer. Er wagt nicht, sich ans Fenster zu setzen, Schüsse durch das Fenster. Erst als alle Ausgewiesenen eingestiegen sind, dreißig Frauen, Männer, Kinder, und der Bus losfährt, lassen die Schüsse ein wenig nach. Eine Fahrt durch die ganze Stadt, der Lebensfilm läuft noch einmal ab in den Sekunden vor dem Tod, läuft rückwärts und vorwärts und durcheinander, aber die Bilder bleiben starr, da die Schule, da das alte Café, die Fußballplätze, da die erste Freundin, da die Küsse unter diesen Bäumen, da die Universität, die Demonstration, da der Streit mit Sergio, eine Stadtrundfahrt mit lauter abgewürgten Erinnerungen.

Am Flughafen aber, da stehen sie wieder, schwer bewaffnet an allen Türen, in allen Ecken, auf den Dächern, da sind sie wieder, die angekündigten Schüsse, die Finger der uniformierten, verschlossenen Männer am Abzug. Sogar den kahlen Raum, in dem die Gruppe abgefertigt wird, getrennt von den siegesdüsteren Blicken der Geschäftsleute und reisenden Agenten, haben sie umstellt, als wollten sie die Verwandtschaft der Ausgewiesenen gleich mit erledigen. Zwischen lauter fremden Müttern und Vätern, Großeltern, Frauen, Kindern, Schwagern und Tanten spürt Felipe Schutz. Aber die Spannung lässt nicht nach, irgendeine Militärfaust könnte immer noch die letzten Stempel verweigern, und dann ab zur Exekution. Die Fäuste geben den Stempel und behalten den Pass ein. Des Landes verwiesen, ausgebürgert, so einfach geht das. Aber da ist das Schluchzen und Händeschütteln und Umarmen. Niemand will Abschied nehmen, und trotz aller Wünsche und Beschwörungen sieht es aus wie ein Abschied für immer. Felipe findet kein bekanntes Gesicht. Die Freunde, die Freundinnen versteckt, verstreut, vernichtet. Der Vater krank, die Mutter, noch nie in der Hauptstadt gewesen, hat mit der Krankheit des Vaters den besten Vorwand. Die Schwester Gabriela, Adresse unbekannt. Dem Bruder Carlos hat Felipe ein Telegramm schicken dürfen, er wohnt nicht weit. Aber der Herr Abteilungsleiter ist nicht erschienen. Felipe weiß nicht, ob er nach all den Schüssen die Adresse des Bruders noch richtig im Kopf hat, in den drei Jahren hat er ihn nur einmal besucht. Oder man hat ihm das Telegramm nicht ausgehändigt. Oder der Feigling will nicht kommen, will sich nicht zeigen vor den Fotoapparaten der Geheimpolizisten in geschwisterlicher Umarmung mit einem Staatsfeind. An die übrige Verwandtschaft ist nicht zu denken, von denen legt keiner Wert auf einen Händedruck, für die hat er mit der Beteiligung an der Landreform Hochverrat begangen. Er kann noch von Glück reden, der Felipe, dass die Regierung ihn weglässt, werden sie denken, mit den anderen seines Schlages hat man kurzen Prozess gemacht und mit Recht.

Aber jetzt fehlen sie ihm, die verachteten Verwandten. Nur mit Berührungen sind die Schüsse wegzuwischen, die Mördergesichter. Es ist niemand da mit Armen, niemand mit Küssen, mit Tränen. Wie ein Begräbnis, erzählt er noch acht Jahre später, nur umständlicher, weil wir Toten noch leben. Selbst Blumen fehlen nicht.

Da kommt eine von den Großmüttern auf ihn zu: He, Junge, lass dich auch umarmen! Andere beobachten die beiden, er wird herumgereicht und bekommt einen Abschied wie alle. Ein fremder Mann spricht ihn an und sagt laut, was ihm kein entfernter Verwandter zugeflüstert hätte: Komm wieder! Komm bald zurück!

Auf dem Rollfeld das Lufthansa-Flugzeug. Aber die Maschinenpistolen bleiben auf jeden gerichtet, der zu fliehen droht. Er zittert, als er wieder einen Bus betreten muss und wieder aussteigt. Ein paar Meter noch, das Flugzeug. Endlich ist er an der Reihe, er geht auf die Gangway zu, die Treppe tanzt vor den Augen und verschwimmt, jetzt bist du am besten zu treffen, jetzt haben sie freies Schussfeld. Er sieht zum blau und weiß und gelb blendenden Flugzeug hinauf. Wer klappert da mit den Zähnen. Auf den letzten drei Metern wird es passieren, der Schuss trifft genau in die Wirbelsäule auf den Zentralnerv, und der Körper bricht und klappt an der Einschussstelle zusammen wie ein Messer. Er stolpert an der ersten Stufe, fängt sich, fällt nicht, steigt hinauf, das irre Finale, sie können immer noch schießen und mit Grund sagen: auf der Flucht erschossen. Er sieht die anderen nicht, er sieht nur die blonde Stewardess im blauen Kostüm an der Tür oben stehen, als erwarte sie ihn, eine unerreichbare Schönheit beinah schon greifbar, Rapunzel, lass dein Haar oder irgendetwas Deutsches jagt durch den Kopf, er taumelt, er stürzt getroffen zu Boden, die viel zu leisen Schüsse auf dem lauten Flugfeld. Da hört er eine federnd freundliche Stimme, da hört er den Satz: Kommen Sie rein, Sie brauchen keine Angst zu haben. Er steht oben, vor ihr, er dreht sich nicht um. Die Stimme der Mutter aus guten Tagen, die Geste, mit der sie seinen Arm nimmt, hier geht es lang. Das Flugzeug, ein Schutzraum, farbig und hell ausgebaucht, es gibt einen Platz hier für Mr. Gerlach, er kann das Wunder nicht fassen. Auch im Sicherheitsgurt, in den ewigen Minuten bis zum Start, kannst du noch getroffen werden, durchs Fenster, diesen Schweinen ist alles zuzutrauen, alles. Die bekannten Gesichter der andern, die Fast-Geretteten zeigen keine Erleichterung, das Schlimmste ist noch nicht vorbei. Erst als die Motoren pfeifen, als das Flugzeug rollt und schneller rollt und abhebt, als der Steilflug die Gewichte verlagert und der Flughafen außer Schussweite liegt und die Gurte wieder leise aufklicken, erst da lässt der Druck der erwarteten Schüsse allmählich nach. Das Aufatmen, jetzt treffen sie wirklich nicht mehr, und wenn sie noch so gut zielen. Die himmlische Wohltat, wenn der Schmerz nachlässt, der Albtraum von der ewigen Treibjagd sich zum ersten Mal, probehalber, für eine kleine Zeit verabschiedet. Erst in zehntausend Meter Höhe fährt die Hand zum Rücken und fühlt genau hin, und Felipe weiß: du bist nicht getroffen, du lebst, du fliegst.

Unten das Land, die Wüsten, Gebirge. Er kennt die dürre Erde des Nordens kaum, hier liegen keine Orte der Erinnerung. Der Wunsch nach einem sentimentalen Abschied wird nicht erfüllt. Wie wäre es, wenn das Flugzeug eine Route nach Süden nähme, er könnte noch einmal über die Felder der Jugend hinwegfliegen, über die Bahnlinien, über die Wege, über die Flüsse, über die Wälder, die Bäume, über die regennassen Dächer hinweg. Wirst du weinen oder fluchen, wenn das Flugzeug über Osorno steht, oder hinausspucken, wenn es ginge? Nein, er ist erleichtert, dass der Weg nach Deutschland nicht über den Südpol führt. Der trockene Norden ist stumm, er schreit nicht: bleib hier, komm runter, komm schnell wieder. Die Wüsten sagen, nicht so schlimm, dass du gehst, wir können dich hier doch nicht gebrauchen.

In einem Ton, als sei nichts geschehen, meldet der Flugkapitän das Überfliegen der Landesgrenze. Felipe stößt José an, der neben ihm sitzt. Die Grenze ist in der Landschaft unten nicht zu erkennen, Berge gegen Berge, kahles Braun und Schnee. Merkst du, die Luft riecht schon viel freier, sagt José. Die Ausgewiesenen haben immer noch Angst zu reden. Es könnte ein feierlicher Moment sein mit Nationalhymne, aber jeder schweigt. Jeder für sich, damit fängt das Exil an. Im Flugzeug singt man nicht, im Flugzeug wird keine Fahne gehisst, im Flugzeug schwört jeder rasche Heimkehr, jeder für sich.

Von nun an ist alles verrückt. Mit neunhundert Kilometern in der Stunde aus dem Land katapultiert und aufgefangen von den Deutschen. Die deutschen Piloten lenken ihn weg von zu Haus, die deutschen Stewardessen bedrängen ihn mit kleinen

Aufmerksamkeiten, bewegen sich mit geübter Freundlichkeit. Sind die Menschen so, und der Gejagte ist so etwas wie Freundlichkeit gar nicht mehr gewohnt? Viel zu selten kommt die Blonde, die an der Tür stand. Deutschland, das ist plötzlich ein Trost. Diese Reise wollte er immer gern machen, in den letzten Schuljahren war der Wunsch am stärksten. Deutschland, das liegt im Kopf schon immer, das liegt am nächsten. Er hat Glück gehabt wieder einmal, er kennt die Sprache, er muss nicht bei null anfangen wie die meisten. Die Sprache, wie war das mit weglenken, ablenken, was gibt es da noch, umlenken, einlenken, verlenken, nein, verrenken, versenken, verschenken. Er kann es sich leisten, Späße mit der Sprache zu machen. Deutschland, es liegt im Kopf, liegt am nächsten, sitzt im Kopf, schläft, steht, liegt, lügt im Kopf, trügt im Kopf, pflügt den Kopf, klügt den Kopf, prügelt den Kopf, hör auf.

Deutschland im Kopf, die Maschine senkt sich nach vier Stunden zur ersten Landung. An den Hängen ein schmutzigbuntes Geflecht von Bauteilen, die sich beim Niedergleiten als Hütten erweisen mit Menschen dazwischen, Slums, die kilometerweit geschachtelten Hütten, Blech, Pappe, Holz, Schlamm. Felipe genügt der drüberwegfliegende Blick, er möchte nach Deutschland, er möchte die Beine bewegen. Aber die Flüchtlinge müssen in der Maschine warten, sie dürfen den Boden des Nachbarlandes nicht betreten. Erst nach vielen Stunden wird ihnen erlaubt auszusteigen, in New York, sie werden von den anderen Passagieren getrennt und in einen Raum gesperrt. Ihre Bewacher halten die Schusswerkzeuge wenigstens halb versteckt. Sie drohen nicht so offen. Sie protzen nicht damit, dass es an einer winzigen Bewegung ihres Zeigefingers liegt, einen Menschen zur Leiche zu machen. Aber die Gesichter, es sind die gleichen Gesichter, die Felipe am Morgen verlassen zu haben glaubte. Die überall patrouillierenden Gorillas, ist die Welt inzwischen voll von diesen allgegenwärtigen Schreckmännern? Für wie gefährlich halten sie uns? Siehst du, sagt José, der Kampf geht weiter, ob du willst oder nicht.

Das alles kann er, wenn es sein muss, den Deutschen flüssig erzählen. Die verwirrten Momente aber auf dem Flug durch den Abend über den Atlantik lassen sich kaum zusammenfügen. Er gerät schon ins Stocken, wenn er sich an die Farben der Wolken erinnern will, an die Farben des Meeres, der Nacht. Er weiß nur noch, es ist ein Schweben zwischen allen Zeiten, inmitten einer totalen Zeitverschiebung, Uhren stimmen nicht mehr, vorwärts in die Vergangenheit, am Sternenhimmel kann er sich nicht orientieren, am nördlichen schon gar nicht. Er versucht zu schlafen, er ist zu aufgeregt, ein Sprung von Kontinent zu Kontinent. Als wäre er der Erste, der den Atlantischen Ozean fliehend überquert. Nein, er reist nicht allein. Millionen haben diesen Weg gemacht, mal diese Richtung, mal die andere.

Es reisen auch die Urgroßeltern, der alte Philipp Gerlach, von dem Felipe den Namen hat, und seine Elisabeth, geborene Lotz, auf der Flucht in ein Asyl wie ihr Urenkel. Er sieht sie ganz nah, er winkt sie heran. Die Alten und er, hoch überm Atlantik kommen sie sich näher. Sie haben Zeit, sie reisen eine Weile mit, die Richtung spielt keine Rolle. In ein paar Stunden legt er die Strecke zurück, für die sie ein paar Wochen brauchen. Die Geschwindigkeit und das Transportmittel, das ist es nicht, was sie unterscheidet. Und was macht es aus, dass er Whisky bestellen könnte und sie nur einmal am Tag rationiertes Wasser bekommen? Was ist der Unterschied? Die Urgroßeltern sehen eine Zukunft vor sich, die sie im Marburger Land nicht mehr haben. Sie sind ungefähr so alt wie er, und mit ihnen reist die

Hoffnung. Sie haben etwas Geld in die Kleider genäht, mit dem sie billig Land kaufen werden. Aber ihr größtes Kapital ist die Hoffnung auf den neuen, den schweren Anfang, auf einen festen Ort, von dem einen keine Geldleiher, kein Landesfürst und kein älterer Bruder vertreiben kann. Mutige Leute, denkt Felipe, und ihr Ziel ist klar. So nah waren ihm die beiden noch nie. Es sind keine Herrenmenschen wie ihre Enkel, er könnte gut mit ihnen auskommen. Aber sie wissen noch nicht, dass das Land, auf das sie hoffen, erst andern, den Indianern geraubt werden muss. Trotzdem beneidet er die beiden Alten. Denn er, der fünfundneunzig Jahre später in die umgekehrte Richtung flieht und schmerzhaft unbeweglich sitzt und döst und nicht schlafen kann, er kann nicht behaupten, er habe ein Ziel und brauchbare Fähigkeiten. Er hat sein Leben behalten, das ist alles. Das zählt für ihn und vielleicht für ein Dutzend Menschen, aber auf der anderen Seite des Ozeans, da lachen sie ihn doch aus, wenn er kommt und sagt: hier, ich hab mein Leben noch, bitteschön. Der Urgroßvater kann sich ernähren, wenn man ihm ein Stück Land gibt, ein paar Geräte und ein paar Sack Saatgut. Felipe beherrscht eine brotlose Kunst, Agrarwissenschaft, Fachmann für Landreform. Ein Beruf, der nirgends gefragt ist, Landreformer gelten als besonders gefährlich. Als könnte er je einem Reichen die Speckseiten wegnehmen! Nein, Hoffnung hat er nicht im Gepäck. Die ist ihm wegsabotiert, kaputtboykottiert und dann zerbombt und zerschossen worden. Nur die Hoffnung auf tiefen, ruhigen Schlaf irgendwann.

Zwischen den Wellen der Müdigkeit ist nichts im Kopf außer Klischees und der Neugier auf Deutschland. Die unauslöschlichen Bilder von Fachwerkhäusern und Domen, Frankfurter Römer und Loreley türmen sich auf, dazwischen die

Gesichter von Marx und Kant und Einstein, dann geistern merkwürdig ernste Männer wie Hitler und Beethoven, Fritz Walter und Adenauer durch den Halbschlaf. Aber im Wegdämmern springen die Gedanken noch einmal in die spanische Sprache hinüber. Felipe versinkt in der Nacht, lässt sich treiben, taumelt an das ferne Ufer. Er wird von deutschen Wörtern geweckt.

Liebesverbot

– Leo acht! Leo acht! Bitte melden!

– Hier Leo acht!

– Schlägerei in der Berliner. Wo sind Sie?

– Frankenfeld.

– Okay, bleiben Sie auf Ihrer Route. Achten Sie auf Flüchtige. Ende.

– Verstanden. Ende.

Gerlach steckte das Funksprechgerät wieder in die Tasche. Weit genug vom Tatort entfernt, Glück gehabt. Er brauchte nicht loszurennen und so zu tun, als könne er die Schläger greifen und festhalten, bis die Polizei anrückt. Diese Spinner in der Zentrale, das können sie doch wirklich der Polizei überlassen! Er durfte weiter spazieren gehen. Achten Sie auf Flüchtige! Da hatte er Besseres zu tun. Alle Schlägereien der Welt gingen ihn nichts an. Er war froh um jede Anstrengung, die von ihm ferngehalten wurde.

Am Gebäude der Handwerkskammer prüfte er die Schlösser der protzigen Eichentüren und steckte den Kontrollzettel ein. Alles verschlossen wie erwartet. Und immer die gleiche Meldung. Die Frankenfeldstraße wurde von Autos nicht befahren. Halbbelebte Gaststätten lagen auf der einen, Bäume und Gebüsch auf der anderen Seite. Über den Gaststätten neu gebaute Wohnungen, in denen nicht mit Licht gespart wurde. Felipe warf den neugierigen Blick in die Fenster hinauf, aus welchen Zeiten hatte er diese Neugier mitgebracht, den Wunsch nach dem Innehalten, wenn es dunkel wird und die Vorhänge noch nicht zugezogen sind und die Stehlampe zurechtgerückt und der Fernseher angeschaltet wird und das Familienspiel beginnt und das Heimatgefühl in den Dreizimmerwohnungen aufglimmt und die Deckenlampen das Licht einer gelben Häuslichkeit ausstreuen, das den Beobachter draußen anzieht und abstößt. Der Voyeur wurde heute schlecht bedient. In den Gaststätten aber saßen junge, wohlgekleidete Paare in dunkelgetäfelten, mit Palmenkübeln geschmückten Räumen an winzigen Tischen. Felipe leistete sich eine feste Vorstellung über diese Leute, und er meinte, ihnen ein leichtes Leben anzumerken. Sie sahen aus, als hätte jeder nur sich selbst und sein Geld im Sinn und das Geschlechtsteil des Nächsten. Das waren sie, die Tüchtigen, die Umsatzfreudigen, die Anfangzwanziger bis Mittdreißiger, alle Probleme aus dem Kopf geföhnt. Jeden Abend lief Gerlach mit wechselndem Hass an ihnen vorbei, sie kamen ihm alle gleich puppenhaft vor. Sie trugen das, was gerade in den Schaufenstern der Boutiquen hing. Sie schienen jedes Wochenende hier die Partner zu tauschen. Sie stellten ihre Wohlstandsgeilheit mit einer aufreizenden Fröhlichkeit zur Schau, die ihn abstieß und anlockte. Er war nicht neidisch auf die, die montagabends zwischen Messinglampen und Zimmerpalmen ihren Campari trinken mussten. Aber er wünschte, sein Geld für diese Nacht schon verdient zu haben wie sie, er sehnte sich nach Feierabend, Ausstrecken der Beine, Zeit für nichts, Berührung, die Freundin, jetzt. Er verlangte Anke herbei, neben sich auf dem Edelsofa der Kneipe, nein, mit ihr allein auf dem Sofa, nein, im Gebüsch, nein, im Bett. Sie waren am Nachmittag beieinander gewesen. Er hatte sie weggeschickt. Er hätte es anders haben können, einfach krankmelden bei der Firma. Die Dummheit, die Pflichtrunden abzulaufen und durch den Dschungel der Vergangenheiten zu tappen, statt mit ihr den Abend zu verbringen. Der Idiot von Nachtwächter hat sich wieder zu wichtig genommen, die Ellerbrock-Einbrecher brauchen dich, du kannst sie nicht im Stich lassen. Aber davon hatte er Anke nichts verraten, sondern nur gesagt, er wolle an diesem Abend das normale Programm, den üblichen Rhythmus, dann werde er am besten mit der Nachricht fertig. Irrtum.

Stur lief er die Strecke ab, nun die Gürtlerstraße, und sah keinem Menschen nach, sah sie wie am Nachmittag, hell im Halbdunkel der Tür stehend, groß, schmal, Anke. Zögernd, als müssten sie auf Anwesende Rücksicht nehmen, umarmen sie sich. Es liegt aber das Telegramm da, das Telegramm hemmt alle spärlichen Gesten der Annäherung, das Telegramm verkündet ein Liebesverbot. Er hält sie fest, bis er im Nacken ihren Geruch wiederfindet. Er sagt nicht, was er denkt, ich hab den ganzen Tag auf dich gewartet. Er ist nicht sicher, ob das stimmt. Nur keine falschen Töne, kein schwammiges Beileid. Ihr großwangiges, blasses Gesicht in seinen Händen. Ein schlichter Kuss, und immer wieder ihre weichen, weitgeöffneten Augen. Das Telegramm stört. Sie vertreibt den Zustand der Unschlüssigkeit und raschelt mit Bäckereipapier, packt Pflaumenkuchen aus. Der einzige Kuchen, für den er immer zu haben ist, ein saftiger, wenig gesüßter Pflaumenkuchen mit Sahne. So weit kennt sie ihn. Das ist schon viel. Das ist wichtiger als das zähe Gespräch. Sie bemitleidet den armen Emigranten nicht. Unerwartet legt sie den Arm um ihn und möchte zu erzählen anfangen.

Nachtstück 1

Weißt du, es war so, ich stand zwischen fremden Körpern, die Menschen berührten einander, aber ich fühlte mich trotz der Enge nicht beengt. Ich konnte kein offenes Fenster sehen, trotzdem war es nicht stickig. Dann merkte ich, ich nahm an einer Führung teil, ich drängelte durch ein Museum. Immer wieder fiel das Wort Adenauer, es kam aus breiten Lautsprechern, die an der Decke hingen, und dann wusste ich, das kann hier nur Rhöndorf sein, das Adenauer-Museum, und im gleichen Moment griff mir eine Hand unter den Rock. Ich war so verblüfft, dass ich mich nicht sofort wehrte und auch nicht schrie. Als ich die fremde Hand wegnehmen wollte, war mir schon ganz heiß. Und neben mir, wer war es, du, auf Knien.

Das laute Herz

Anke schloss die Wohnungstür auf und trat in einen stillen Flur. Die beiden Mitbewohnerinnen waren nicht zu hören, in ihren Zimmern kein Licht. Sie ging zuerst in die Küche, holte ein Bier und legte sich aufs Bett. Endlich allein, endlich kein Lärm und keine flatternden Geräusche! Die Erschöpfung erreichte den Kopf. Anke strich das Haar weg und ließ die Hand auf der Stirn. Wie warm die Hand war und immer noch glatt! Es hätte sie nicht gewundert, auf den Fingerkuppen, auf dem Handballen Schwielen zu entdecken. Sie fühlte das Blut unter den Schläfen. Den ganzen Tag unterwegs, erst acht Stunden Sitzarbeit im Archiv, danach zu Felipe, mühsame ein, zwei Stunden, nach Felipe zu den Soldaten, nach den Soldaten das Studentengespräch im Auto, sie hatte genug von allen, genug von den Dickköpfen.

Sie streckte die Beine und legte die Hand unter den Kopf. Sie sah sich umstellt, von Soldaten, von Männern, sie sah die Prügelei wieder, die Schlagstöcke, die Fäuste, die Steine, die Pistolen, die Hahnenkämpfe, die Scharmützel, die immer gleichen Spielchen um Rang und Bestätigung. Sie sah Felipe den Wächter, der sie im Stich ließ. Sie sah den Blick von Frau Siebrasse, die am Schreibtisch gegenüber sitzt im Hinterzimmer des Archivs, kein strenger, aber auch kein mitleidiger, sondern ein Durchhalteblick in der matten Nachmittagsstunde, zwei Stunden vor Feierabend. Der Blick von Frau Siebrasse spekuliert auf die Büroeinigkeit, ja Montag, der blaue, Stunde des Mittagsschläfchens, der toten Punkte, und dann, mitten im Schweigeloch, der Anruf. Frau Siebrasse, plötzlich hellwach, reicht dankbar für die Abwechslung und schon neugierig den Hörer herüber. Felipe zögert mit seinen Formulierungen, seiner Stimme ist schon alles anzumerken, ja, die Mutter, und er sagt nicht das erwartete Wort gestorben, sondern sagt einfach: tot. Es klingt trotzig, einsam. Sie versucht auf den Freund einzugehen, ohne die passenden Floskeln zu verwenden, lieber ein Wort zu wenig als eins zu viel, und sieht dabei immer Frau Siebrasse vor sich, die mit gerüchtesüchtigen Ohren das Gespräch überwacht, in einer Akte Notizen macht oder auf die kackhellbraun gestrichene Hauswand draußen stiert. Erst als sie den Hörer zurückgibt, kann sie die Siebrasse mit einem knappen Satz abweisen, aber es bleibt das Gefühl, kontrolliert, bewacht, überfordert zu sein. Zum ersten Mal ist ihr der Gestank des Klebstoffs lästig, sie fürchtet, sich beeilen zu müssen.

Sie schloss die Augen, sie war müde, dem Schlafen nah. Fallen lassen in die Kissen, sinken, versinken, einschlafen in Kleidern auf dem Bett. Aber die Lautsprecher sprachen weiter, die schmerzenden Megaphone, die verzerrte Stimme Felipes in der Hörmuschel. Sie blickte auf, an der Decke hingen keine klotzigen Stimmverstärker wie im Museum von Rhöndorf, auch an der Wand nicht. Welcher Film lief da ab? Hier lief kein Film, an der Wand die Buchrücken stumm und ordentlich, zwischen den Fenstern der Plakatdruck des Frauenbildes von Cranach, die Braut von Cleve. Über dem Tisch die Weltkarte. Wie großspurig! Anke Hennig maßt sich an, die Welt mit einem Blick zu erfassen! Die Weltkarte war ihr peinlich, sie war fehl am Platz, sie erinnerte an lauter Versäumnisse, an unterlassene Reisen, an verdrängte Hilfen, an die vielen kleinen maßstabgerechten Lügen der Geographie. Anke nahm sich vor, die Karte wegzustecken.

An Schlaf war nicht zu denken. Das Herz schlug, es schlug so laut, dass sie aufstehen musste und nach einer Ablenkung suchte. Zeitungen mochte sie nicht mehr anfassen. Für Bücher hatte sie jetzt keine Geduld. Mit der halb vollen Bierflasche ging sie ins Nebenzimmer und schaltete den Fernseher ein. Über den Bildschirm wanderten die bekannten Männergesichter der Partei, der Anke einige Jahre angehört hatte. Ach, die ehemaligen Vorbilder, nun war ihre Zeit abgelaufen, sie hatten die Zeit vertan, sie hatten überall den Ausgleich gesucht und dabei die Orientierung verloren, sie hatten sich so lange angepasst, bis sie nicht weiterwussten, nun fühlten sich die guten Menschen hintergangen und pochten noch einmal auf Mitleid. Anke spürte kein Mitleid mit ihnen. Auch keinen Hass. Es war eine Rückschau, eine Nachruf-Sendung, und sie sah die traurigen, ratlosen Gestalten entschwinden, von ihnen ging nichts mehr aus. Schon spekulierten die Presseleute schadenfroh über die scharfkantigen Herren, die darauf lauerten, die Büros der Macht zu besetzen. Auf den anderen Kanälen beliebige Filme. Ein Mann schlug sich geduckt durch das Buschwerk südlicher Berge.

Sie merkte, sie wich Felipe aus wie er vor ihr, und schaltete den Apparat ab. Etwas berührte sie an diesem Trauerfall, sie wusste nicht was. Das Hin und Her Felipes mit seiner Mutter. Das Hin und Her mit ihr. Er versucht, die Mutter zu verleugnen, er gibt sich sachlich. Diese unfähigen Männer, warum haben sie das nötig? Vor einem Jahr ist sein Vater gestorben, da ist er sofort zu ihr gekommen. Jetzt braucht er ein paar Stunden, um anzurufen.

Warum behauptet er, das Telegramm habe ihn nicht einmal überrascht? Es sei so selbstverständlich wie eine amtliche Bestätigung für einen längst vollzogenen Abschied, wie ein Vordruck vom Ausländeramt. Er habe sich von dieser Familie schon tausendmal verabschiedet und schon tausendmal von der Mutter. Nach den Briefen gefragt, wiegelt er ab, nur Protokolle seien das gewesen, ich lebe noch und mache das und das. Und ihre Briefe, nur nachgeschriebene Formulierungen aus frömmlichen Traktaten und Appelle, die nur zeigten, dass sie nicht das Geringste von ihm wusste und nichts wissen wollte.

Aber das Telegramm, sie hatte es selbst in der Hand gehalten und gelesen, die paar spanischen Wörter waren leicht zu verstehen. Er hatte sie dabei beobachtet. Er verriet mit allen seinen kühlen Sätzen mehr Anteilnahme, als ihm selber lieb war. Der ratlose Mann, der durch die Straßen irrte, sie bedauerte ihn jetzt. Plötzlich die Angst, ihm wird was passieren. Oder er dreht durch. Ich hätte ihn nicht allein lassen sollen, ich darf ihn nicht allein lassen, ich werde ihn suchen, am Adenauer muss er zu finden sein.

Sie überlegte nicht lange, griff die Handtasche und machte sich auf den Weg, hinaus.

Ein unbekannter Täter

– Ist das Ding an?

Wie ein Überfall, eine fremde Stimme, bedrohlich flüsternd. Ein junger Mann, seitlich vor dem Nachtwächter, deutete auf das Sprechfunkgerät.

– Ist das Ding an?, fragte er wieder.

Felipe nickte. Obwohl der Schreck noch pochte, jetzt bist du dran, jetzt erwischt es dich doch, war er sofort bereit, nachzugeben und das Gerät auszuschalten.

– Hallo, Felipe!

Sie standen vor einem Modegeschäft, und Felipe musterte den Jungen auf dem Hintergrund dunkler Bademäntel. Es war der, der sich Tommi nannte. Er sah aus, wie sie alle aussehen, ein schüchternes Bärtchen, ein helles Gesicht, Jeans und Turnschuhe, nichts Eigenartiges.

– Was ist los?

Der Kerl stand im Weg.

– Wegen heut Nacht. Alles klar?

– Auf mich könnt ihr euch verlassen.

Sie gingen einige Schritte nebeneinander her.

– Es bleibt bei drei Uhr.

– Ich weiß.

– Okay.

– Und was willst du?

– Nichts weiter. Nur mal sondieren, wie viele Bullen durch die Stadt schwirren.

– Gab's Rabatz im Stadion?

– Ja.

– Aber hier ist nichts los.

– Kann noch kommen.

– Und wenn, bis zwölf ist Ruhe.

– Also dann. Bis drei, Felipe.

– Ich bin nicht vergesslich.

– Ist ja gut.

– Und macht euch nicht ins Hemd!

Der Junge sah den Älteren beinah bittend an, als hinge das Gelingen des ganzen Plans von dessen Patrouille ab, und entwischte mit schnellen Schritten in eine Seitenstraße.

Zwei Eisesser schlenderten Felipe entgegen, ernst lutschend blickten sie ihn an, eine Frau und ein Mann um die dreißig. Sie hielten einen Moment irritiert inne, als sei es nicht ausdrücklich erlaubt, einem Uniformierten die Zunge zu zeigen.

Hatten sie ihn mit dem Turnschuhjungen beobachtet? Unwahrscheinlich. Aber er musste aufpassen, er war Komplize geworden, er durfte keinen Fehler machen. Während er zu den gewohnten Ladentüren lief und sein Alles-okay an die Zentrale meldete, schnellten die Gedanken an den Einbruch los. Er wusste nicht, was das ist, ein Einbruch. Er hatte sich nie an einem beteiligt, noch nie Einbrecher ertappt. Nun war er Mitwisser, ins Vertrauen gezogen, er wollte sich des Vertrauens würdig erweisen. Genossen werden nicht verraten, Ehrensache. Dem gutmütigen Jungen eben hätte er nicht getraut. Aber Andreas, auf den war Verlass. Wenn der dafür war, konnte er nicht dagegen sein. Ein kleiner Einbruch für einen guten Zweck bei einer üblen Firma, Materialbeschaffung. Drücken Sie Ihre Augen bitte im richtigen Moment zu, Herr Hilfswachmann! Zu Befehl! Er hat gehorchen gelernt, Disziplin. Er wird gehorchen, er wird schweigen.

Aber etwas beunruhigte ihn. Er kannte die Leute nicht, die er schützen sollte. Die müssen ganz schön nervös sein, wenn sie sich von den zwei, drei Mannschaftswagen verwirren lassen. In zwei Stunden wird der Sondereinsatz zu Ende sein, auch Polizisten müssen schlafen.

Was taten die Einbrecher jetzt? Sie sind keine Mörder mit Vorsatz, in denen sich der Tatgedanke langsam festfrisst. Sie sind keine Manager oder Berufsfußballspieler, die sich vor dem großen Coup, vor dem Anpfiff noch einmal alle Muskeln lockern lassen. Wie schlicht, wie anspruchslos, wie vernünftig dagegen die Einbrecher. Die haben alles ein Dutzend Mal observiert, geplant, trinken keinen Alkohol. Fanatiker der Ordnung, der Nüchternheit, nur ihren Plan im Kopf. Alles klar.

Nichts klar, er kannte die Leute nicht. Vielleicht waren es Anfänger. Er kannte das Gelände um das Bürogebäude herum nicht. Vielleicht wohnte in der Nachbarschaft ein Hausmeister mit einem unberechenbaren Hund. Vielleicht rutschte die Leiter. Vielleicht gab es eine versteckte Alarmanlage, die Falle mit dem Echolot. Vielleicht war sogar ein Angestellter im Büro, Handgemenge, Schreie, Schüsse, Sirenen, Schlagzeilen Mord im Steuerbüro, Geschäftsführer Soundso von Terroristen erschossen, möglich, möglich war alles. Ach was! Er brauchte nicht so zu tun, als sei er für alles verantwortlich. Er war eingeweiht und sonst nichts. Weg mit den Schuldgefühlen! Guck weg! Selbst wenn sie einen Geschäftsführer umbringen oder Herrn Ellerbrock persönlich, Felipe Gerlach soll es nicht kratzen, für den wird er kein Mitleid übrig haben, für so einen nicht.

Sollen sie einbrechen, dachte er, von mir aus sofort, überall einbrechen, alle Banksafes und Tresore in einer Nacht, alle Betriebsgeheimnisse und Steuergeheimnisse und Polizeigeheimnisse, alle kostbaren Heimlichkeiten, alle militärischen Geheimnisse aus allen Lagern, alle sauberen Verträge und Klauseln, alle Schwindelgeschäfte, alle halblauten Kartellabsprachen und stillen Beteiligungen, immer heraus mit der Wahrheit, Tommi! Alles auf den Tisch, Andreas! Alles veröffentlicht, Sabine! Alles unter die Leute gestreut, Juan! Und dann? Was wird sich ändern, Olaf, wenn, hochgerechnet, hunderttausend Menschen sich beugen über die anrüchigen Akten und die unwiderleglichen Zitate? Vielleicht schlägt ihnen das Herz einen Takt schneller, wenn's hoch kommt ein minutenlanges Staunen, dann ein Achselzucken, und wie schnell wird die kurze Empörung abgelöst von der langen Enttäuschung, alles schon zu kennen und nicht einmal mehr ausgiebig staunen zu dürfen, nur wieder mal bestätigt in dem, was man den Geldhabern und Machtwaltern sowieso zutraut? Ja, du hast recht, Andreas, ein, zwei Dutzend Leute bleiben am Ball, du zum Beispiel. Also heraus mit der Wahrheit aus den Panzerschränken, Tommi! Die Gesellschaft ist gesund und hat eine gute Verdauung, die Wahrheit darf geprüft werden, die Ausschüsse wollen beschäftigt sein, aber es wird niemand stürzen, die Demokratie wird sich bewähren, aber die Mächtigen werden nicht wanken. Die einmal oben sind, überstehen jeden Skandal, wo alle käuflich sind, weiß keiner mehr, was ein Skandal ist, wo die Bestechlichkeit anfängt und wo sie aufhört, weil alles gegründet ist auf Geldgewinn. Kaufe deinen Nächsten wie dich selbst! Übervorteile ihn im Rahmen der Verordnungen! Trickse ihn aus, wie das Gesetz es befiehlt! Wenn's ums Geld geht, ist alles legal! Immer heraus mit der Wahrheit, was ist schon die Wahrheit! Wenn schon die laufenden Katastrophen nicht mehr nachhaltig schrecken, weil die Leute längst an sie gewöhnt sind und aller Warnungen überdrüssig, was sollen sie sich noch mit der kleinen Akte Ellerbrock aufhalten! Gewiss, Andreas, ist doch klar, Juan, ich weiß schon, Sabine, das brauchst du mir nicht zu sagen, Olaf, dass es genug Leute gibt, die reaktionsfähig sind, und dass die Verteidigung der Indios jeden Einsteigdiebstahl rechtfertigt! Aber was ist mit uns, Andreas, wir müssen auf uns aufpassen, dass wir nicht wieder blamiert werden mit unserer Naivität, wenn wir den soundsovielten Beweis über die landläufige Korruption in Händen halten und schon nicht mehr bemerken, wie weit wir uns mit unseren begriffsstutzigen Idealen von Wahrheit und Ehrlichkeit von der Mehrzahl der Leute entfernen und uns noch toll dabei vorkommen, wir Aufklärer, wir Helfershelfer mit dem Heiligenschein! Ja, ich weiß, es geht nicht um uns. Kein bisschen? Trotzdem, Tommi, alle Akten offen! Brecht ein, so gut ihr es könnt!

In dem Teil der Fußgängerzone, den die Kaufhäuser beherrschten, waren alte Bauernwagen aufgestellt, frisch bemalt und mit leuchtroten Blumen bestückt. Die Wagen sahen einander so ähnlich, als seien sie eben erst von einer Werkstatt für Dekorationsartikel geliefert worden. Zwischen den Glaswänden gaben sie ein besonders trostloses Bild ab, ihr Schmuck diente dem üblichen Zweck. Schräg und quer standen sie mit blockierten Rädern in der Fußgängerstraße, damit die Passanten im Laufen aufgehalten und im Ausweichen unaufdringlich auf einen der Kaufhauseingänge hingelenkt wurden. Eine Gruppe von Türken oder Griechen umkreiste staunend einen der aufgeputzten Wagen. Einer fasste, nach kurzem Zögern, endlich eines der Blumenkastengewächse an, als wolle er prüfen, ob die Pflanze aus Plastik oder echt sei. Er lachte, seine Kollegen lachten, vielleicht hatte er die Wette gewonnen. Die Blumen waren echt, rote Geranien, da ließ sich die Werbegemeinschaft City nicht lumpen.

Felipe lachte mit. Es kam ihm vor, als seien diese Männer viel selbstbewusster und stärker als er, die türkischen Hilfsarbeiter, die griechischen Gärtner. Er hätte sich der Gruppe gern angeschlossen.

An einer Telefonzelle kam er vorbei, überlegte nicht lange, wählte Ankes Nummer, es nahm niemand ab.

Solidarische Empfindungen

Gelandet vor den grauen Leuchtbuchstaben Frankfurt Main, weitergeschubst durch den nächtlichen Morgen in eine andere Stadt, hebt Felipe seinen geretteten Körper behutsam in die neue Welt und weiß sich gegen die ersten Eindrücke noch nicht zu wehren. Die Rotkreuzhelfer mit ihrer militärischen Hilfsbereitschaft. Als wärst du in einem Soldatenvolk untergekommen. Die Routine, mit der sie das Gepäck verstauen und Sehenswürdigkeiten am Straßenrand erklären. Das Wohnheim mit Stacheldraht. Nur wenn du lieb bist, wird dir geholfen.

Der Sprung vom späten Sommer in einen nassen Winter. Die Deutschen, die sich als Genossen vorstellen und noch vor der Frage, wie die Reise gewesen, wie die Unterkunft sei, die Vertriebenen mit der Frage verärgern, welcher Partei sie angehören. Die beinah beleidigt sind, weil niemand auf den Barrikaden mit einem MG gekämpft hat. Die Kälte. Der schlaflose Schlaf. Die breiten, nassen, menschenlosen Vorstadtstraßen. Die vielen Hunde zwischen den Menschen. In jeder Minute die Frage, wo bin ich hier. Tröste dich, du bist nur einer von Millionen, die ihr Land verlassen. Tröste dich, du hast dein Leben und steckst nicht weit vom deutschen Rhein und wirst hier nicht bleiben. Und am vierten Tag brechen die Tränen los, die wochenlang gespeicherten, die von den Schüssen zurückgehaltenen, die durch alle Zollstationen geschmuggelten Tränen.

Nach den Tränen die tastenden Pausen. Schlucken, Aufatmen, Einhören, neue Gerüche, neue Augenreize, und dann tappt Felipe neugierig in ein fremdes Land hinein und sagt überall als Erster Guten Tag. Was ist der Kampf um die richtigen Papiere gegen den Kampf um die eigene Haut! Was sind die hochgezüchteten Köter an allen Straßenecken gegen die Militärposten! Was die Grobheiten gegen die Folter! Er lernt wieder schlafen. Er schläft ganze Tage. Er wacht auf in einem Land ohne Schüsse, er wäscht sich in einem Haus, in dem regelmäßig warmes Wasser aus dem Hahn fließt, er trinkt den Kaffee so stark wie möglich, er kauft ein in Straßen, in denen er nicht überfallen wird, in den Bussen ist noch ein Stehplatz frei, in den Ämtern gibt es Sitzbänke, die Fahrstühle bleiben nicht stecken, der Strom fällt nicht aus, die Mädchen nehmen die Pille, man darf sogar Polizisten anreden ohne verscheucht oder verhaftet zu werden. Gerettet von ein paar Paragraphen des Asylgesetzes und der Milde einer Regierung, pendelt Felipe

Gerlach zwischen den neuen Annehmlichkeiten und dem Echo der Schüsse, das leise im Ohr liegt und auf die Nacht wartet und laut wird bis zum Traumschreck, bis der Aufgeweckte sich an den anderen Körper klammert und wieder taucht ins Behagen der Gefahrlosigkeit.

Aus dem Wohnheim entlassen in ein Studentenwohnheim, hält er sich an die Frauen. Es ist nicht schwer, unter den Studentinnen, auch denen der Solidaritätsgruppen, Freundinnen zu finden. Fast alle sind, was sie nie zugeben, erst neugierig, dann halbverliebt, dann scharf auf die heldenhaften, leidgeprüften Flüchtlinge. Irgendetwas drängt sie, die moralischen Sieger wieder aufzurichten. Sie mischen die solidarischen Empfindungen mit Zärtlichkeit, und Felipe nutzt das mit Vergnügen aus. Er mag die Mädchen alle, er legt sich auf keinen Typ fest, er will sich an keine gewöhnen. Er sucht die wärmenden Körper. Er sucht sich in den fremden Frauen. Jede Nacht die Bewegungen gegen den Tod. Jede Nacht das Echo der Schüsse in den Albträumen, aber davor wenigstens will er geborgen sein in der Mitte eines Körpers. Felipe der Weiberheld, mit vier Frauen in einer Woche, da hat er was, womit er sich brüsten kann. Aber etwas beginnt ihn zu stören. Die Frauen sind nachgiebig in allem, sie zeigen keinen Stolz. Als hätten sie ein schlechtes Gewissen, nehmen sie auf eine beinah diskriminierende Weise Rücksicht auf ihn. Sie dulden seine gehetzte Lebenswut, sie lassen sich alles gefallen. Das macht ihn vorsichtig. Niemals versteigt er sich zu der Behauptung: ich liebe dich. Er fickt sich nach Deutschland hinein, verteilt seinen Samen, und erst nach einem halben, einem ganzen Jahr und langsam begreift er, dass nur sein Körper in Deutschland gelandet ist. Das Herz muss allmählich nachkommen und den Körper wieder einholen.

Wenn er will, kann er Guten Morgen und Guten Abend sagen wie ein Deutscher. Felipe, der weiße Rabe, für seine Landsleute ist er ein Deutscher, und für die Deutschen nur ein halber Flüchtling. Manche zeigen sich enttäuscht, dass er kein echter Latino ist. Sie möchten ihre solidarischen Gefühle auf die Dunkelhäutigen lenken, am liebsten auf die Indios vom Stamm der Mapuchen. Sie müssen mit einem Weißen vorliebnehmen, einem Deutschstämmigen überdies. Diesen Leuten sagt er, es tut mir leid, dass ich eurem Bild nicht entspreche, und verlässt den Raum. Aufregung, Skandal, nein, niemand habe das so gemeint.

Von beiden Seiten wird er als Dolmetscher gebraucht, und er meint, er spricht das falsche Deutsch, das Konservendeutsch, das Auslandsdeutsch. Er lernt die neuen Fremdwörter, abchecken, einbringen, ausdiskutieren. Bei Komiteesitzungen, Vorstellungsgesprächen und Partys, jedem neuen Gesicht muss er erklären, woher er die Sprache so flüssig spricht. Manchmal sagt er, ich hab es den besten Freunden der Mörder zu verdanken. Die jungen Deutschen staunen, sie wissen nicht, dass ihre Sprache auch auf einem anderen Erdteil von ein paar hunderttausend Menschen gesprochen wird.

Der ehrenamtliche Dolmetscher hat viel zu tun, er ist beliebt, Freundinnen und Freunde scharen sich um ihn. Aber die politischen Neigungen der freundlichen Deutschen werden bald auf eine neue Insel der Hoffnung, auf ein neues Land des Mitleids gelenkt. Du kannst dich auf die Sympathiekurven hier nicht verlassen, sagt Pedro, bald hocken wir ganz am Rand dieser vergesslichen, drängelnden Gesellschaft, ausgesperrt, isoliert, und den einzigen Trost kriegen wir vom Sozialamt.

Felipe ist froh, in die Kreise junger Universitätsleute zu geraten, dort nimmt man ihn gern auf, dort vergisst man ihn nicht,

Kollegen sprechen mit Kollegen. Er spürt auch hier den Vorteil, nicht nur als Verfolgter zu gelten, sondern als Kämpfer, wie die jungen Ökonomen mit Ehrfurcht sagen, für Landreform und Gerechtigkeit. Und wenn er abwehrt, ich hab doch nur im Ministerium gesessen, dann bleiben sie beharrlich bei ihrem Bild. Denn sie träumen noch von dem, was Felipe und andere vorerst hinter sich haben. Die leuchtende Praxis. Sie blicken ihm beim Gespräch fest in die Augen, als wollten sie sich bei jedem Satz seiner kämpferischen Sympathie versichern, aber ihm ist nicht nach Kämpfen zumute. Verlegen und zudringlich bieten sie badischen Wein an und Nudelsalate, als käme der Gast aus einem Hungerland. Sie sind auch nach dem dritten Abend noch ein wenig stolz, ein exotisches Exemplar von einem kämpfenden Agrarwissenschaftler auf ihrem neuen Sofa sitzen zu haben. Sie möchten, das ist ihren Gesichtern abzulesen, seine Brüder und Schwestern sein, aber sie können es nicht, sie haben ein schlechtes Gewissen. Hilfsbereit sind sie, und Felipe merkt, durch sein wohlwollendes Misstrauen hindurch, wie ermutigend die einfache Hilfsbereitschaft ist. Selbst wenn sie es nicht für ihn tun, sondern für die internationale Solidarität.

Die Ökonomen nehmen ihn mit in die Universität, sie bestehen darauf, ihm das Mensaessen zu bezahlen, und führen ihn zu einem freundlichen Professor. Auf versteckte Weise werden die Kenntnisse des Wirtschaftswissenschaftlers Gerlach erforscht. Der merkt auf einmal, das ist eine Vorprüfung, und erzählt, die Höflichkeit des Professors bloßstellend, von den Ergebnissen seiner Diplomarbeit und entwickelt neue Fragen daraus. Der Professor hört zu und sagt, interessant, interessant, aber so genau wollte ich das gar nicht wissen. Felipe versteht, der Mann will ihn politisch abhorchen, auch der liberalste Professor will erst wissen, ob er es mit einem gemäßigten, einem radikalen oder einem ganz radikalen Mann zu tun hat, ehe er sich auf seine Thesen und Ergebnisse einlässt. Nach mehreren Sitzungen, nach einigen Anträgen und langen Telefonaten unterschreibt Felipe Gerlach an einem Wintermorgen einen Vertrag, fünf Jahre Assistent mit der Aufgabe zu lehren und zu promovieren. Er einigt sich rasch mit dem Professor, er erforscht den internationalen Zuckermarkt.

Eine Arbeit im alten Beruf! Ein festes Geld! Du Glückspilz! Besser hättest du es nicht treffen können!

Ein Markstück

Der Schweiß auf der Stirn wurde nicht trocken. Kemal kämpfte. Er verteidigte New York. Von ihm hing alles ab. New York war pausenlos Angriffen ausgesetzt, von Norden, von Südosten, es pfiff und knallte über den Wolkenkratzern, Kemal schoss die nächste Rakete ab. Der Feind, aus dem Nichts vom Bildschirmrand herangeflogen, kämpfte mit Laserstrahlen. Die Rakete traf, es krachte und heulte, es fiepten die Treffersirenen. Kemal lehnte den Oberkörper etwas zurück und kniff die Mundwinkel zusammen. Er blieb konzentriert, den nächsten Angreifer im Visier. Er nahm es mit jedem Feind auf, den der Automat anbot. Für eine Mark durfte er alles. Er durfte die Stadt seiner Träume verteidigen, solange das Geld reichte. Die Wolkenkratzer wankten nicht, Kemal hatte noch Reserven. Die Ufos schossen unablässig ihre Laserpfeile auf die Skyline hinab. Kemal antwortete mit Raketen. Die Freiheit, eine Mark auszugeben für die höchste Trefferquote, für die Freiheit zu treffen. Die

Freiheitsstatue wurde angegriffen. Er wich nicht aus, ein Feigling war er nicht, und reaktionsschnell war er auch. Nebenan dröhnten Bomber, links ratterten Maschinenpistolen. Es waren viele Soldaten im Raum, sie waren betrunken, sie trafen schlecht, Kemal hörte sie fluchen und Markstücke nachladen. Er war besser als sie, er ließ sich nicht stören, er trank nicht, er suchte den Kampf. Der Apparat, das war klar, wird am Ende gewinnen und ihn, Kemal Fazilü aus Ünonuz, auf die Schippe nehmen und Aus, game over, game over. Auf den Kampf kam es an, haushalten mit der Munition, das Ende so lange wie möglich hinauszögern, kalkuliert zuschlagen. Mit der rechten Hand das Fadenkreuz auf den Feind richten, mit der linken die Raketen abschießen, in höchster Konzentration und Gelassenheit. Zu den großen Siegern wird er nie gehören, das wusste er, er kannte sein Deutschland genug. Aber ein schlapper Verlierer wollte er nicht sein, niemals. Er war schon besser als viele, die hierherkamen. Er war besser als die Soldaten, die sich anstrengten und zeigen wollten, was sie gelernt hatten. Besser als die Angeber, das war schon viel. Er wollte mehr. Er wollte besser sein als der Computer, gegen den er kämpfte. Irgendwann muss der kleinzukriegen sein, überlistet, konfus, k.o. Der Apparat speicherte die Namen seiner Bezwinger. Nach jedem Spiel ließ er die Punktebestenliste aufleuchten und forderte auf zu neuem Kampf und größerem Ruhm. Kemal wollte seine Initialen ganz oben sehen, KF, mit der unerreichbaren Trefferquote für immer verewigt KF. Unschlagbar, wenigstens im Spiel, wenigstens gegen einen raffinierten Automaten, wenigstens auf diesem Fleck. Schieß! Der Fight war noch nicht zu Ende. Mitmachen, weitermachen, nur das hielt ihn am Leben. Der Spielsalon, die Berufsschule. Kemal war fleißig, er wusste, wer nicht kämpfte, wer den Automaten nicht den Krieg erklärte, die Rennwagen nicht auf die tödliche Piste schickte, die Riesenspinnen nicht mit der Pistole ausrottete und nicht zum TV-Tennis zu bewegen war, wer nur zuschaute, der war hier unerwünscht, der wurde hinausgedrängt. Vom Zuschauen spielten die Geräte nichts ein. Kemal war nicht faul, elf Jahre in Deutschland, er wollte nicht als Ausländer auffallen. Seine Mission war noch nicht beendet, am Himmel über New York waren Ruhe und Ordnung herzustellen. Die letzten Raketen, es ging um Zehntelsekunden. Er kämpfte, er wollte nicht unvorbereitet sein, wenn der Film auf dem Bildschirm Wirklichkeit wurde, wenn der Bildschirm und alles in bunte Scherben fiel. Ein Knopfdruck. Der Blick lenkte die Rakete zum Ziel – vorbei. Ein Knopfdruck. Kemal schickte die letzte Rakete los, Streifschuss. Fass dich, jetzt kommt das Ende. Fluch. Allah. Allah hat es nicht vorgesehen, dass Kemal Fazilü auf einem Bildschirm zerspringt, Leuchtpunkte in alle Richtungen. Ende. Tod auf Probe in Farbe für eine Mark. Kemal lebte auf, er fluchte, die Fehler ärgerten ihn. Er war schon besser gewesen. Er wird wieder besser werden. Er wird auch in seinem nächsten Leben wieder New York verteidigen. Er hatte einmal im Fernsehen Experten gehört, die stritten, ob die Kriegsspielzeuge Aggressionen fördern oder abbauen. Die Experten konnten sich nicht einigen. Sie hatten alle vergessen, was ein anderer Experte am Abend zuvor gesagt hatte, die kommenden Kriege werden ohne Aggressionen geführt. Das Wort Aggression gefiel Kemal, es hörte sich gar nicht so deutsch an. Kemal, der Retter von New York, schritt über grünen Teppichboden. Er brauchte etwas zum Auflockern. In den Spiegeln sah er nicht wie ein Verlierer aus. Troja wurde zehn Jahre lang belagert und verteidigt, das wusste er, denn Ünonuz lag nah bei den Ruinenfeldern. Hartnäckig bleiben, nicht nachlassen, zehn Jahre. Die alten Helden, sie gaben ein Vorbild noch immer.

Kemal kämpfte erst im zweiten Jahr. Er hatte sich schon mit siebzehn hierher geschlichen und sich den Angreifern aus dem All gestellt, jetzt war er achtzehn und verdiente etwas auf dem Wochenmarkt. Abends stapelte er keine Äpfel und Melonen, abends griff er ins Weltgeschehen ein. Wenn New York fiel, fiel der Westen. Der Wohlstand, das Geld, vielleicht krachten sogar die Melonen zusammen. Die außerirdischen Mächte werden wiederkommen, sie wollen besiegt werden. Kemal wird New York nicht im Stich lassen, er braucht nur eine Runde Abwechslung. Das Mädchen. Ja, er wollte das Mädchen befreien aus den Fängen des Affen. Palmen standen im Weg, Gummibäume. Es klingelte, es krachte, es ratterte, Ufos heulten, Monster brüllten, menschenähnliche Stimmen krächzten in englischer Sprache um Hilfe. Kemal hielt Ausschau nach seinem Freund Nazim, er fand ihn im Kampf mit den Riesenspinnen. Neben Nazims Apparat eine gewaltige Gebirgslandschaft auf der beleuchteten Wandtapete, beinah wie zu Hause. Nazim war nicht ansprechbar. Auch die anderen Männer beugten sich tief in die Körper der Maschinen hinein, sie lasen den Bildschirmen jeden Befehl ab und gehorchten, jeder verbissen im Einzelkampf mit dem hochintelligenten Kasten. Einige Soldaten lärmten herum, sie waren nicht mehr kampftauglich. Uniformierte und Besoffne störten. Nüchterne Spieler waren gefragt, fixe Köpfe. Die Soldaten wurden vom Aufseher zur Tür gedrängt. Kemal sah es mit Genugtuung. Die Kämpfe wurden fortgesetzt, der ganze Mann war gefordert. Jeder prüfte seine Reflexe. Alles eine Frage der Geschicklichkeit. Jeder stellte sich ein auf den einzig verlässlichen Partner, den Gegenspieler, der ein kleines Abenteuer spendiert und die Regeln diktiert. Kein Traum war das und keine Phantasie, es war wie in Wirklichkeit. Kemal stand locker und fixierte das Mädchen und den Feind, den Affen. Er warf die Mark ein, es wurde ernst. Er kletterte Leitern hoch. Der Gorilla warf von oben mit Fässern auf ihn. Kemal wich geschickt aus. Das Mädchen, ganz oben in der grünen Ecke, schrie: Hilfe! Immer die Affen, dumm und hässlich, die die besten Mädchen wegschnappen. Das Mädchen war blond und als Kind verkleidet, aber es winkte mit dem Rock, und Kemal hörte es rufen: fick mich! Er kam nur langsam am Gerüst entlang, der Gorilla warf ein Fass nach dem andern auf ihn. Er kannte das Gerät noch nicht gut, es gab auch hier keine Gebrauchsanweisung, die feinen Tricks am Tastknopf mussten fünfzigmal, hundertmal geübt werden. Das Mädchen wurde größer, es stöhnte: komm, Kemal, komm! Er sah es schon vor sich mit ausgebreiteten Beinen im Gras, und kein störender Gorilla in der Nähe. Da flog das Fass, traf ihn auf den Kopf. Volltreffer. Aus. Scheiße. Play me again!, sagte das Mädchen mit Automatenstimme. Kemal war wütend, die Gefühle hatten ihm das Spiel verdorben. Er sah sich um. Er hatte noch vier Markstücke locker. Er hatte sein Letztes noch nicht gegeben. Vier Mark, die letzte Investition heute, für die Verteidigung New Yorks. Doch Kemal spürte auf einmal Hunger und überlegte, ob das Geld für einen Imbiss reichte. Er schritt zu seinem Freund hinüber, Nazim vor den Spinnen.

Nachtstück 2

Wir im Adenauer-Museum zwischen andern Besuchern, die stehend einen Film sahen, Stühle gab es nicht. Der Film wurde teils an die Decke, teils an die Wand projiziert, der Film zeigte den bekannten alten Mann abwechselnd streng und lächelnd. Ich spielte weiter die aufmerksame Zuhörerin und reckte wie die andern den Hals. Aber dann wurdest du immer zudringlicher, ich hielt das Stillstehen nicht mehr aus, und wir verschafften uns Platz zwischen den Museumsbesuchern, wir fielen übereinander her, ohne Rücksicht auf die Leute. Endlich flohen die Zuschauer, einer nach dem andern, erschrocken und empört liefen sie davon, wie Hühner gackernd mit Flugsprüngen in alle Richtungen. Ja, es ging noch weiter.

Wie das Licht fällt

Das Gloriakino entließ betäubte Menschen. Der gute Polizist war noch einmal davongekommen. Die Nahaufnahmen von schießenden und getroffenen Darstellern liefen über die Spulen im Kopf weiter. In den Ohren knallten leise die Echos der letzten Schüsse. Der Gangster blutete noch, er lag an der Straßenecke. Die Zuschauer hatten ihn erlegt, sie waren die Gewinner, sie durften sich weiter zu den Siegern rechnen. Sie besetzten die Straße vor dem Kino, wunderten sich noch, dass sie selbst und die andern menschlichen Gestalten so winzig waren im Verhältnis zu den Akteuren, zu denen sie eben noch aufgesehen hatten.

Der Hilfswachmann machte einen weiten Bogen um den Eingang des Kinos. Es rempelte ihn trotzdem einer an, ein junger Mann. So viel Kraft steckte in dem erschreckenden Stoß, dass es Felipe beinah wehtat.

– Pass doch auf!, rief er dem Jungen nach.

Er war gewohnt, dass man Abstand von ihm hielt, wenn er Uniform trug. Er suchte nach einem schärferen Wort des Protests gegen den jungen Mann, der nicht einmal Entschuldigung! murmelte, kam sich aber lächerlich vor mit seinem beleidigten Schreck über die Berührung und mit seinem Wunsch nach Zurechtweisung, und schon war der andere verschwunden in der Menge der Kinobesucher, die sich verteilten und mit ihrem noch schläfrigen, tappenden Gang die Innenstadt für kurze Zeit belebten.

Die Stadt rühmte sich ihrer Einkaufsparadiese. Irgendjemand hatte die Länge aller Schaufenster zusammengerechnet und die Zahl der Kilometer verkündet, als sei das die größte und unwiderstehlichste Attraktion. Wenn Felipe aus dunkleren Straßen in die Schaufensterzone kam, wenn er an hellbeleuchteten Fenstern vorbeilief, dann schnurrte seine Aufmerksamkeit, seine Neugier auf die ausgestellten Herrlichkeiten zusammen. Die Auslagen, redete er sich ein, sind alle gleich. Die Waren zeigen wie immer nichts als ihre Neuheit und ihre Preise. Sie waren raffiniert ausgeleuchtet, jedes Stück eine Wertsache hinter Glas. Alles glitzerte auf so ähnliche Weise, dass Felipe im Vorüberlaufen kaum einen Unterschied wahrnahm zwischen Videorecordern und Ferngläsern, zwischen Werbetafeln für Medikamente und für Brillen. Die Hosen und Blusen und Jacken und Mäntel ein einziger Ramschhaufen. Felipe, ein schlechter Konsument. Schon eine Hose in diesen Textilhallen zu kaufen, kostete sieben Stufen der Überwindung. Was Schaufensterbummel hieß, ließ ihn kalt. Wo Einkaufsspaß, Sparpreise und Sonderangebote versprochen wurden, sah er lieber weg. Nur bei Fotogeschäften, bei Büchern und manchmal bei Büromaschinen und Schuhen erlaubte er sich einen näheren Blick. Aber was sonst gestapelt lag oder lässig pappegestützt schräg stand, geordnet nach den Lehrbüchern und Phantasien der Dekorateure, hinter täglich gesäuberten Frontscheiben und gesichert von Alarmanlagen, das übte keine Anziehungskraft auf ihn aus.

Sein Widerwille hätte nach Ladenschluss nachlassen können, aber Felipe lief so misstrauisch durch das autofreie Gehege, als werde er persönlich gezwungen, noch am späten Abend ein bestimmtes Quantum an Umsatz zu erbringen. Das geht mich nichts an, versuchte er sich einzureden, als fürchte er, dem Glanz der Dinge zu verfallen. In Landschaften von Sofas und Betten und Kissen zu tauchen, Stereoklänge ohne jede Verzerrung abzuschmecken, jeden Morgen in eine neue Hose zu steigen, durch Lampenstraßen zu wandeln und am Steuer eines Mercedes zu triumphieren, all das war ihm verdächtig, weil es zum Leben der Reichen gehörte. Wo fing es an, das Leben der Reichen? Fing es schon an mit den begehrlichen Blicken? Er wollte nicht reich sein, oder? Es war ihm, als hätte er immer noch mit den Resten der Angst zu kämpfen, von teuren Gegenständen umgeben, die Welt zu vergessen, ein anderer zu werden.

Seit drei Monaten lief er regelmäßig die Front der Waren ab, und es überkam ihn immer noch die Versuchung, Gedanken daran zu verschwenden, Gedanken, die für Alarmanlagen, Sperrgitter, Kontrolluhren und verdächtige Passanten reserviert sein sollten. Die teuren Gegenstände, die schönen Gebrauchsstücke standen im Licht, und der Blick des Wachmanns, der ins Halbdunkel, ins Schattige gerichtet sein sollte, wurde zum Licht hin gezogen. Der Fotograf und das Licht. Das Licht in allen seinen Formen sehen und messen, diese Fähigkeit hatte er sich einmal angeeignet. Auch wenn mich der Ramsch hier nichts angeht, sagte er sich, ich darf doch eins nicht vergessen, wie das Licht fällt. Er verlangte einen Test seines fotografischen

Verstands, sofort. Er blieb stehen, blickte bekleideten Puppen ins Gesicht. Zuerst ist zu prüfen, aus welcher Richtung das Licht fällt. Mäntel, Hosen, Jacken und Hüte der Herbstmode wurden von oben und unten und von der Seite beleuchtet. Dann ist zu unterscheiden zwischen weichem und hartgerichtetem Licht, zwischen Streulicht und Lichtbündel, zwischen kaltem und warmem, zwischen weißem und farbigem Licht. Was sehen Sie, Fotograf Gerlach?

Der Engel im Ofenrohr

Das Licht, das Glühen, das Ofenrohr, der Film, neulich, in dem Kino dahinten. Die Nahaufnahme vom Ofen mit dem langen, mattsilbrigen Rohr und der dunklen Tapete dahinter. Das Ofenrohr löst sich aus dem Film heraus, der behäbig weiterschnurrt, es bleibt im Kopf, ein starres, isoliertes Ding, das sich über die Filmbilder legt. Felipe im ersten Schuljahr, eines Morgens die Mutter erzählt aufgeregt und belehrend, ein Engel sei erschienen. Als sie am Abend mit dem Vater im Wohnzimmer saß, da ist plötzlich ein Engel erschienen und hat ihr gesagt, sie soll sich umdrehen, und sie hat gehorcht und sich umgedreht. Da hat sie tatsächlich, erzählt sie, mit Schrecken hat sie gesehen, wie das Ofenrohr glühte und die Tapete vor Hitze sich wellte und beinah Feuer fing, und wenn der Engel nicht gekommen wäre, dann hätte das Haus gebrannt. Das Wohnzimmer, das Haus und wir alle wären verbrannt, aber der Engel hat uns beschützt und gerettet, Felipe.

In der Schule erzählt der Junge sofort die Geschichte weiter, wie er sie gehört hat, ein Engel hat uns gerettet. Auch vor Vetter Sergio, dem Stärkeren, dem Listigen, dem Rivalen prahlt er mit dem Engel. Sergio lässt ihn alles gläubig und stolz nacherzählen, dann fängt er zu lachen an, lacht heftig los und steckt die andern Kinder mit dem Lachen an, sie lachen Felipe aus. Und dann der ganze Hohn von Sergio, dem Siebenjährigen, der dem Sechsjährigen begreiflich macht, dass man ein heißes Ofenrohr auch ohne Engel bemerken könne. Das fühlt man doch, wenn's heiß wird, haha, dafür braucht man keine Engel, und Engel gibt's sowieso nicht, oder glaubst du etwa an den Osterhasen?

Felipe weiß keine Antwort, schleicht blamiert und gekränkt davon. Er, dem nichts so streng verboten wird wie die Lüge, ist angelogen worden auf das gemeinste. Ausgelacht, ausgespielt, ausgeschlossen, sammelt er Wut an.

Er wird allergisch gegen alle Engelgeschichten. Wo immer Engel auftauchen, wittert er Betrug. Die Mutter hat verspielt, es gelingt ihr nicht mehr, ihn an Engel und Himmel und Götter glauben zu lassen. Und was in ihrer beim Beten und Singen schwingenden, tröstlichen Stimme noch an Wärme lag, das fror fest. Das Ofenrohr, die erste Aufklärung, ein später, verfluchter Dank dem glühenden Blech im Sessel des Kinos.

Warten auf den Mann der Zukunft

Ellerbrock mochte keinen Cognac mehr, er bestellte Ginger-Wasser. Endlich Feierabend, der lange Montag überstanden mit den Sonderterminen in den Abendstunden. Er streckte die Beine aus und blickte in die Runde, noch kein Feierabend, er nannte es Bereitschaftsdienst, er hatte bereit zu sein zum Lächeln, zum lockenden oder zum abweisenden Hallo! Der Handelsclub war fast überfüllt. Begrüßungen, Händeschütteln, Verneigungen, vornehmer Lärm, die Geschäftsfreunde der Stadt und der weiten Umgebung waren versammelt, zufriedene Gesichter, gesund, braungebrannt, aufgeräumt. Die Herren standen beieinander, jeder gesprächsbereit mit jedem, sie hatten etwas zu sagen in den Betrieben, im Rathaus, in den Gerichten, in den Kammern aller Gewerbe. Sie waren in guter Stimmung und hatten nichts weiter vor, als zu warten auf den Ehrengast, den Minister.

Ellerbrock hatte sich neben Möbel-Hellfritz einen Sessel in Barnähe gesichert und schlürfte das bittere Wasser. Er hatte hier nicht mehr viel zu gewinnen, ein Viertel der Mitglieder waren bereits seine Kunden. Neue mochte er in diesem Kreis nicht suchen, die Kollegen Steuerberater waren schon neidisch genug auf ihn, den sie den Hecht im Karpfenteich nannten, sie wünschten keinen Monopolisten. Deshalb hatte er den Bereitschaftsdienst im Handelsclub in letzter Zeit vernachlässigt. Es war sein erster Besuch seit der Renovierung, und irgendetwas störte ihn an der neuen Einrichtung.

– Die Wände sind zu dunkel getäfelt, das gibt dem Club so einen konservativen Anstrich, sagte er zu Möbel-Hellfritz.

– Ich hätte auch andres Mobiliar hier reingestellt, bisschen leichter, bisschen luftiger. Aber unsre jungen Freunde vom Vorstand, die drehn die Mode wieder um und schwärmen fürs Dunkle, für diese fetten Sessel.

– Na, Hauptsache, es sind nicht deine Sessel und deine Schrankwände, Dieter.

– Werd nicht frech.

– Deine Schlafzimmer hier, die ließ ich mir noch gefallen.

– Hör auf, Kurt, ich hab's schwer genug mit meinem Zeug.

– Ihr pennt ja auch, ihr Möbelleute. Ihr müsstet längst schon umgeschwenkt sein auf die Schwedenmasche.

– Das weiß ich auch. Das hat mir mein Unternehmensberater auch gesagt. Und mir für diese Weisheit zehntausend Mark abgeknöpft.

– Der Mann ist zu billig.

– Wieso, zweitausend pro Tag. Der war fünf Tage da, und die Spesen dazu.

– Den Ratschlag hätt ich dir umsonst gegeben, wenn du das Geld bei mir investiert hättest. Du denkst zu viel ans Geschäft und zu wenig an deinen Steuerberater. Und das Geld hättest du in zwei, drei Jahren wieder raus.

– Na, ich weiß nicht.

– Dein Fehler. Du zögerst zu viel und wunderst dich, dass du in der Scheiße sitzt. Rasch und zackzack entscheiden. Der nächste Steuertermin …

– … kommt bestimmt. Hör auf, ich hab andere Sorgen.

– Wann kommt denn der Minister?, fragte Ellerbrock. Ein anderer Herr grüßte und trat zu den beiden.

– Wissen Sie, Brinkmann, wann der Minister kommt?, fragte der Steuerberater.

– Der muss den Rekruten erst den Eid abnehmen, im Stadion draußen, dann wird er wohl kommen.

– Ist doch schon zwanzig vor elf, die müssten längst fertig sein, die Soldaten müssen allmählich ins Bett, Zapfenstreich.

Die Herren lachten.

– Es hat ja wieder Zoff gegeben, meinte Hellfritz, alle Chaoten der Stadt waren unterwegs, und überall noch Polizei, als ich vorhin hierher fuhr.

– Na, das wird jetzt auch aufhören, sagte Brinkmann.

Die Herren zeigten triumphierende Gesichter. Die Nachrichten aus der Hauptstadt konnten nicht besser sein. Nun warteten sie gelassen auf den Minister, der zwar nur ein Landesminister war, aber einen guten Draht nach ganz oben hatte, ein Mann der Zukunft, mit eigenen Ideen und kräftiger Sprache. Der Mann der Zukunft hatte es abgelehnt, am späten Abend noch eine kernige Rede an die Anhänger seiner Partei zu halten, aber er hatte den Mitgliedern des Handelsclubs ein offenes Ohr versprochen, für eine gute Stunde ab 22 Uhr.

– Möcht Sie grad mal sprechen, Kurt, sagte Brinkmann, vertraulich.

– Gern, sagte Ellerbrock und stand auf. Der Chemiemanager hatte immer mal wieder ein kleines Bündel Geld anzulegen.

Sie gingen in den größeren Raum und schoben sich in eine leere Ecke vor.

– Nicht, dass Sie denken, es ginge um mich, sagte Brinkmann und drückte die Fingerkuppen seiner Hände nervös aufeinander.

– Um mich?

– Ja, nur ein Hinweis.

– Schießen Sie los!

– Ich hab neulich mit meinem Bruder über die Südamerika-Grundstücke gesprochen.

– Ist der nicht Staatsanwalt?

– Ja. Er hat mir abgeraten, mich bei Ihnen länger zu engagieren.

– Was versteht der denn vom Geschäft?

– Da ist irgendwas am Kochen. Er darf ja nichts sagen, aber ich hab so viel erfahren, dass sich ein paar Leute gemeldet haben, die Ihnen was vorzuwerfen haben.

– Und was?

– Sie beschweren sich, dass Sie das Geld zwar schnell kassieren, aber sich zu viel Zeit lassen, den Besitz auf den Namen der Anleger zu überschreiben.

– Das ist schon alles?

– Man wird vielleicht ein Ermittlungsverfahren eröffnen.

– Gerne. Ich hab nichts zu verbergen.

– Es gibt auch Investoren, die beklagen sich über miserable Bewirtschaftung ihrer Parzellen, und die Sägewerke funktionierten auch nicht optimal.

– Na, dann muss ich meine Anleger wohl noch besser informieren. Sonst noch was?

– Nein.

– Na, danke für den Hinweis, Brinkmann. Es gibt wirklich viele Leute, denen können Sie nichts recht machen. Die könnten ja erst mal zu mir kommen, ehe sie die Staatsanwälte heiß machen.

– Sie sehen, ich komm zu Ihnen.

– Gut, Brinkmann. Haben Sie auch Zweifel?

– Ja, ehrlich gesagt.

– Ich klär Sie gern auf, jetzt gleich?

– Nein, ich will einen Termin.

– Jetzt gleich?

– Ja, so schnell wie möglich.

– Dann rufen Sie morgen meine Sekretärin an.

Die beiden gingen auseinander. Man wurde ungeduldiger. Der Minister ließ auf sich warten.

Rondo 3

Wie war das heute Morgen, mit der ewigen Lauferei um den Busbahnhof. Lauter Busse, leer und keiner für mich. Die Lauferei bis zu den Haltestellen, ich suche die richtige Haltestelle. Es regnet, es schüttet wie neulich, und die Ampellichter leuchten durch den Regen wie neulich, tröstlich, still, im gleichmäßigen Takt. Endlich fährt ein Bus vor, ich steige ein. Das Steigen tut weh, der Schmerz in den Beinen, ein Muskelkrampf. Aber ich brauche nichts zu bezahlen, der Fahrer winkt mich durch. Ein einziger Sitzplatz ist noch frei. Glück gehabt, denke ich, und möchte sofort schlafen. Ich sehe meine Faust müde auseinanderfallen, ich beobachte, wie meine Hand schon einschläft. Aber ich bleibe wach, denn etwas hebt mich nach oben, erst werde ich gehoben, dann der Sitz, dann der ganze Bus. Der Bus ist ein Flugzeug und steigt und steigt.

Azúcar, sugar, Zucker

Das Echo der Schüsse bleibt im Gehör und schwillt bei den unpassendsten Gelegenheiten auftrumpfend an, in der Eisdiele, in der Telefonzelle, in der Herrentoilette möchte der Assistent Gerlach plötzlich in Deckung gehen. Die einmal für immer eingeprägten Verhaltensregeln, nie mit dem Gesicht zur Wand, immer den Rücken geschützt halten, die Augen wach im Weitwinkelblick. Es ist nicht leicht zu begreifen, auf deutschem Boden liegt das Schussfeld nicht, seines nicht. Aber die Gesichter der Verschwundenen verschwinden auch bei Spaziergängen unter deutschen Buchen nicht. Die toten Freunde stehen plötzlich an der Bushaltestelle. Manchmal geraten die Fotos von Leichenbergen vor die Augen und stellen die alten Fragen.

Von alldem möchte er sich nichts anmerken lassen, und lässt sein Tag! und Tschüs! im Stockwerk der Wirtschaftswissenschaftler so deutlich hören, dass er als freundlich und zugewandt gilt. Das summende Echo der leise klickenden Schüsse in den eingeschalteten Neonleuchten. Die Schüsse arbeiten weiter, sie fachen immer wieder die alten Debatten an über die Gründe der Niederlage, den Streit um die richtigen Erklärungen. Auf die Verschwörertheorie, die alles den Geheimdiensten und der Rechten zuschiebt, folgt die soziologische, die alles der Unreife der Linken zuschreibt, dann wird die These vom subjektiven Versagen aktuell, und alle Erklärungen werden in den Parteien mit eigenartigen klassentheoretischen Variationen hin und her diskutiert. Verschwendete Taggedanken, endlose Nachtstunden, Jahre braucht es, bis Felipe und seine Freunde anerkennen, dass alle Faktoren gleichwertig zusammengewirkt haben. Er passt nicht in das Raster der Parteien und spürt nicht die geringste Lust, noch eine neue zu gründen. Die Gruppen, in denen er offen reden kann, werden kleiner.

– Wir haben uns maßlos überschätzt, sagt Pedro, wir dachten, wir seien die Größten und unverletzlich, weil wir an Menschlichkeit glauben, wir seien identisch mit unserm Land, bis so ein paar Generäle daherkommen und uns vom einen Tag auf den andern die Illusion nehmen, wir seien was Besonderes.

– Wer bist du denn?

– Und du?

– Ich?

Die simple Frage, seit den verschwitzten Zeiten der Pubertät unterdrückt und zugedeckt vom Eifer, von der Arbeit, von der Flucht, da ist sie wieder und lässt sich auf fremdem Boden nicht mehr so leicht umgehen. Der Zirkus aller vorstellbaren Identitäten zurück bis in die Apotheke von Osorno und vor zum Guerillakämpfer oder zum Landwirt oder zum akademischen Rentner, wer bist du, du bist alles, du bist nichts, du bist nicht wichtig, du bist ein kleiner Assistent und kannst im Exil nur so viel lernen: Du musst aufhören, ein Opfer zu sein, ein Verfolgter, sonst gehst du kaputt, stürz dich lieber in die Arbeit.

Felipe Gerlach am Unischreibtisch steigt ein in den Zuckermarkt und merkt allmählich, dass er eins der wahnsinnigsten Kapitel der Weltwirtschaft aufzudecken hat. Die Agrarexporte aus der Dritten Welt, das spricht sich in den siebziger Jahren langsam herum, führen in aller Regel zur Verarmung der armen Länder und zur Bereicherung der reichen. Auf die Bestätigung dieses Gemeinplatzes kann der Doktorand sich nicht beschränken. Der Deal läuft beim Zucker anders als bei den gängigen Agrarprodukten wie Kaffee, Kakao, Baumwolle, Soja. Beim Zucker ist alles komplizierter, weil die reichen Länder selber Zucker anbauen. Der Kampf der Zuckerrübe der Industrieländer gegen das Zuckerrohr der Entwicklungsländer. Hinein in die Geschichte und die Strategien dieses Kampfs, in die verwickelte Politik unter dem Dach des internationalen Zuckerabkommens!

Was hängt alles an der läppischen Frage, warum die EG sich dem Abkommen nicht anschließt? Sie hält den wesentlich billigeren Rohrzucker mit hohen Zöllen fern. Die europäischen Rübenbauern wollen auch leben, gut. Aber in Westeuropa produzieren sie viel mehr Zucker, als sie verbrauchen. Zuckerberge, von denen keiner spricht. Also wird der europäische Zucker auf dem Weltmarkt angeboten, zu einem Viertel des EG-Preises, auch das ist keine große Entdeckung und trotzdem ein Skandal, Herr Professor. Der jährlich mit einer Milliarde DM subventionierte Zucker aus den reichen Länder drückt nun den Preis für den Zucker aus den armen Ländern.

Die Preise, ein Kapitel für sich, in London und New York werden die Preise gemacht. Wenn es einmal gelänge, hinter die Geheimnisse der Preisschwankungen zu kommen, Andreas! Ja, es sind wie immer die simplen Geheimnisse der Händler und Spekulanten, die nichts anderes im Kopf haben als ihre Gewinne. An der Zuckerbörse regieren die Zuckergangster, der Clan von gut hundert Männern in New York und London jongliert mit den Preisen, von denen hat kein Zuckerland Gutes zu erwarten. Immer wieder der Beweis: die Verschlechterung der terms of trade. Also sinken, hier haben wir's, Jörg, die Löhne der Zuckerarbeiter in Jamaika, Brasilien, in der Dominikanischen Republik und auf den Philippinen, überall schlagen sie das Zuckerrohr für immer weniger Pfennige ab, hungern und sterben weg, die übliche Geschichte.

Es ist so absurd, sagt Felipe, wenn er ins Eifern kommt bei den Details seines Themas, es ist so absurd, Tausende oder Hunderttausende Menschen krepieren jährlich am Zucker, erstens wegen der fetten Europäer, zweitens wegen der Spekulanten, drittens wegen der Großgrundbesitzer, die unfähig sind, von der mörderischen Monokultur abzugehen, viertens wegen der Korruptheit der Minister der unterdrückten Staaten, die den Zucker brauchen für ihre kaputte Devisenbilanz. Dann die Banken. Die ganze Bande, die Täter sind alle bekannt.

Und dieser Wahnwitz wird noch absurder, wenn du bedenkst, Klaus, dass der Zucker praktisch überall in der Welt produziert werden kann und im Überfluss vorhanden ist – und das einzige Agrarprodukt, das niemanden satt macht und niemanden wärmt. Im Gegenteil, brauch ich euch ja nicht zu erzählen, der Zucker frisst dem Körper die Vitamine weg, macht dick und süchtig, die Zähne, und so weiter.

Das sind die Pausengespräche, aber nicht die Hauptprobleme des Doktoranden Gerlach. Einmal eingestiegen in den Kosmos der Zahlen und Prozente, in das Geflecht von Inflation und terms of trade, Verschuldungsbeträgen und Preiszyklen, merkt er, wie schön es ist, sich im unendlichen Irrgarten der Fakten zu verlieren. Es ist zwar leicht herauszufinden, wenn man an den richtigen Begriffen entlangklettert. Aber die Fakten üben einen immer stärkeren Sog aus. Wöchentlich den Washington Food Report, F.O. Lichts Europäisches Zuckerjournal, Zuckermarkt, Zuckerindustrie und Czarnikows Sugar Review, monatlich die Sugar World und vierteljährlich Food Policy, und das sind nur die Zeitschriften. Das Material zieht und lockt, es ist so herrlich sachlich und es hört nicht auf. Jede These ködert einen neuen Gedankenschwarm. Die Schaubilder über Produktion und Verbrauch, Lagerbestand, Preis und Export, sie sind reinlich und abscheulich. Jeden Tag das Wegwischen der Opfer unter dem Leichentuch der Statistik. Die Toten, die sich auf dem Schreibtisch noch einmal kurz bewegen. Immer häufiger muss Felipe aus dem Fenster blicken und einen Moment warten, bis sie verschwinden. Sie verschwinden nicht immer.

Die angebliche Genauigkeit seiner Wissenschaft macht ihn misstrauisch, auch die Genüsslichkeit, mit der die Theoretiker die Statistiken des Grauens zitieren und die Schandtaten der Praktiker von der anderen Seite, der Gegner in den Ministerien und Konzernetagen bloßlegen. Auf beiden Seiten sind sie scharf auf die Genauigkeit bis hinters Komma, auf die fachgerechteste Deutung des Gewispers im feinen Geäst der Bilanzen, und sie reden alle um die Menschen herum, die an den Bilanzen krepieren oder elend in ihren Hütten vor sich hindämmern oder geboren werden mit fehlenden Gehirnneuronen, weil ihre Mütter, weil die Bewohner ganzer Dörfer, ganzer Bezirke und Zuckerprovinzen nur ein paar Bohnen und Maniok zu essen kriegen monatelang, jahrelang.

Auch Felipe Gerlach promoviert elegant und gut bezahlt über die Armen hinweg, das ist ihm klar. Weil das schlechte Gewissen die Forschung nicht besser macht, redet er sich ein, kein schlechtes Gewissen zu haben. Aber er lernt die Erschöpfung über den Karteikästen kennen, die müden Tage, an denen er die Nachrufe und Klagen nicht mehr übersetzen mag in das sterile Zahlenwerk einer mit sich zufriedenen Wissenschaft. Er lernt die europäische Gedankenmühle kennen, die sich dreht um die Frage: wozu das Ganze? Denn was er herausfindet bei seinen Studien über den Zucker, enthält so viel Wahrheit, dass die Ergebnisse nicht zu gebrauchen sind – außer für die Solidaritätsbewegung.

Es gibt die erschöpften Tage, da merkt er, in welcher Falle er sitzt. Er ist es nicht gewöhnt, er muss es noch lernen, keinen Einfluss zu haben. Früher, bei der Arbeit in der Abteilung Landreform im Ministerium, da hatte er teil an der Macht. Mit den Bürostunden, so routiniert oder chaotisch sie abliefen, wurde etwas bewirkt, die Landarbeiter brauchten ihn. Es wurde etwas getan für die Leute, der Draht zur Praxis, der Anwendungsbezug, alle Träume der Intellektuellen waren erfüllt, aber nun, artige sechs Jahre später? Und wenn die Arbeit fertig ist, gedruckt und weg? Eine Anstellung an einer deutschen Universität ist damit nicht zu gewinnen und außerhalb der Uni sowieso nicht. Versuch's doch mal spaßeshalber bei den Verbänden der Zuckerbarone! Die werden dich aufhängen. Ach was, das sind doch Zyniker, die werden die Arbeit genau studieren und sich freuen, wie genau du ihnen ihre Erfolge nachgewiesen hast. Vielleicht lernen sie sogar von dir!

Da und da in Amerika, das weiß Felipe, gibt es Bauern, die sich wehren. Da und da in Asien Arbeiter, die sich nicht alles gefallen lassen. Da und da gibt es Gewerkschaftssekretäre, die dankbar sind für jeden, der ihnen etwas erklärt, was sich außerhalb ihrer endlosen Zuckerrohrfelder abspielt. Er versucht, daran zu denken, die Verbindung herzustellen, es fliegen Briefe um die Welt.

So hält er sich fünf Jahre am Thema fest, mit Hilfe des Zuckers überspringt er die Täler der Depressionen und wird einer der Zuckerfachleute Westeuropas. Er hat die Möglichkeit, seine kritischen Bemerkungen zum Weltmarkt Zucker auf Kongressen in sanfter Form vorzutragen. Aber er hat zu wenig Ehrgeiz und schließt mit Skrupeln im Vorwort und Skrupeln im Nachwort und mit Verspätung seine viel zu umfangreiche Arbeit ab.

Mit einem deutschen Titel versehen, schlägt er sich von Lehrauftrag zu Lehrauftrag durch. Er mag keine Tabellen und Statistiken mehr sehen, aber all das Material von Profit und Elend, von Betrug und Handel sichert ihm ein schmales Überleben.

Es gibt Tage, da merkt er, der Bonus als politischer Flüchtling ist längst verbraucht. Der Terror in anderen Ländern, die Schüsse in anderen Städten der Erde haben ihn zu einem Mann von gestern gemacht. Er kommt sich alt vor. Er wird bedauert. Man schleppt ihn so mit. Die Kollegen werden ungeduldig. Warum lebst du immer noch hier?, fragen sie. Nein, sie fragen es nicht, sie halten ihr Gesicht nur so, als würden sie das fragen. Warum nimmst du uns die Arbeit weg? Haben wir dich nicht schon lange genug versorgt? Warum gehst du nicht rüber und beteiligst dich an der Revolution? Warum machst du immer noch Wissenschaft, statt zu kämpfen? Dein Kontinent im Aufruhr, und du hockst hier noch? Du bist doch zum Kämpfen da, die Theorie machen wir schon! Das sagen sie nicht, aber das denken sie, Felipe sieht es genau und immer öfter. Die Kollegen mit der Kämpfermoral kämpfen auch, aber um Stellen. Der Zucker-Gerlach stört.

Er hat begriffen, er ist im Weg. Einer, den das Gerangel um Posten und eine für das Jahr 2010 errechenbare Rente nicht kümmern und der gerade deshalb in den Strudel der Intrigen und Personalkämpfe gezogen wird. Da er sich nicht einmischt, gilt er als nicht berechenbar und besonders gefährlich. Plötzlich ist er ein Konkurrent. Gestern noch gefeiert als der tapfere Genosse aus dem sympathischen Kontinent, für den alle Akademiker eine sonderbar schwärmerische Liebe hegen, ist er nun einer von denen, die nicht mehr ins Institut passen. Den einen zu kritisch, den andern zu lateinamerikanisch orientiert, den Dritten zu freundlich mit den Studenten, plötzlich haben sie alle etwas an ihm auszusetzen und an seinem kleinen Lehrauftrag. Sie haben sogar recht, Gerlach passt nicht auf die zu besetzenden Stellen. Aber es ärgert ihn doch, wenn er sieht, welche Kollegen durch die Fraktionsmühlen kommen und als Kompromisskandidaten nach oben schwimmen, die ausgewogen bornierte, profilsüchtige Mittelmäßigkeit, die kleinen Ebenbilder von Ministern. Er wird es leid, eine dünne Hoffnung auf eine Zukunft bei den Wirtschaftswissenschaftlern an irgendeiner Universität oder auf einen zwei- oder dreijährigen Forschungsauftrag zu setzen. Sie sollen ihm Arbeit geben, wenn sie ihn brauchen, die Professoren. Aber er nimmt sich vor, die Oberwissenschaftler, die Gremiensitzer, die geldgebenden Ausschüsse in keiner Form anzubetteln und zu umschmeicheln, und wird nach fünf fetten und zwei mageren Jahren arbeitslos.

Meter um Meter

Gehen und Gehen, Schritt für Schritt, ein Fuß vor den andern, den andern, der eine, der andre, die Füße wurden nicht müde, gleichmäßig der Gang, die Füße spielten mit, sie stützten den Körper, gaben Halt dem Knochengerüst, die Füße, sie tasteten, die Füße, sie federten, funktionierten, Fersenbein, Sprungbein, Kahnbein, Würfelbein, Keilbeine und Mittelfußknochen und Zehenknochen, alle sechsundzwanzig Teile an jedem Fuß wirkten zusammen und liefen im Einsatz für Ordnung und Ruhe voran, Ballen, Zehen, Ferse, Ballen, Zehen, Ferse, die Fersen dämpften die Rückkehr zum Boden, die Ballen, die Kissen, die Federn, die Zehen ließen Fuß, Unterbein, Knie, Oberschenkel nach oben schnellen, weiter im nächsten Schritt, er lief und setzte die Schritte, die Schritte gegen die Starre, die Schritte gegen die Rollstuhlängste, die Schritte gegen die Zellenphobie, er lief gegen den Wunsch nach Heimkehr an, lief gegen die Phantasien vom Bleiben an, lief gegen die lockende, lief gegen die drohende Einbürgerung an, er lief weiter und weiter über die rausteinigen Bodenplatten, er mochte nicht stehen bleiben, es störten die Zwischenaufenthalte vor den Geschäften, die immergleichen Meldungen an die Zentrale, er lief Meter um Meter und lief, im Laufen alles zu vergessen, im Laufen alles zu erinnern, und schleppte im Laufen alles mit, was der ihm aufdrängte, der mitlief, der hinter ihm herlief und das Tempo bestimmte, der Tod, der zum ersten Mal mitlief, der Anfänger, fünfunddreißig Kilometer die Nacht, eine kleine Marathonstrecke im Gehen, im Siebenstundengang rund um den Adenauerplatz bei Regen, bei Wind, bei milder Kühle wie heute, er lief und war warmgelaufen und hatte den Tod abgehängt, da der Körper im Takt des Laufens den Kopf in Ruhe versetzte, er lief im Schaufensterlicht, im Laternenlicht durch den Bereich der Fußgänger und störte sich an nichts mehr und lief auf der besten Laufflâche der Innenstadt, wo er sich am freiesten bewegen konnte, nach rechts und links ausscheren, nicht den schnurgrad kürzesten Weg zwischen den Objekten nehmen, und nicht auf die fahrenden und nicht auf die parkenden Autos zu achten brauchte, er lief im geruhsamen Takt durch das Reservat, und hier, wo er die Gelegenheit hätte stehen zu bleiben, ohne auf die lebensgefährlichen Rennbahnen geschubst zu werden, wo er die Möglichkeit hätte, auszuruhen auf steinernen Bänken, auf metallenen Bänken, auf Kiespressplatten, da blieb er nicht stehen, da ruhte er nicht aus, da lief er im lockeren Gang seine Strecke ab, tapfer und gleichgültig, lief durch die Fußgängerschneisen, lief auf einem Damm, einem Deich mit Fenstern, lief am Meer entlang, es fehlte der salzige Wind, der Sturm im Haar, doch er lief voran und fühlte sich leicht und aufgehoben im Lauf und trug den Kopf hoch zwischen den glänzenden Fassaden.

Fensterplatz

Kein Passant brach zusammen, keiner flog in die Lüfte, keiner lächelte. Kein Auto wurde vom Asphalt verschluckt. Anke starrte hinaus, sie erwartete keine Überraschungen. Der Platz hielt still und kippte nicht. Alle Fenstergläser standen fest und heil in ihren Rahmen. Die plump hochgezogenen Häuser neigten sich der Mitte des Platzes zu, der von den bunten Bändern der Leuchtschriften zusammengehalten war. Anke stützte die Ellbogen auf einen plastikbeschichteten Tisch, auf dem ein Dosenbier stand. Der Platz war wie immer, grell, eng, abstoßend.

Der Platz hatte sich völlig verändert. Das war einmal die Attraktion der Stadt gewesen, der Treffpunkt, alle Straßen führen zum Wilhelm, wie man vor zwanzig Jahren sagte. Hier fing die Großstadt an, das Geschiebe, das Gedränge, der Lärm, die Hochhäuser. Das knisternd Neue, am Wilhelm war es zuerst. Die erste heimliche Cola, der erste BH da drüben im Textilhaus mit den eiskalten Fingern der Verkäuferin, die im Schaufenster laufenden Bilder der frühen Fernsehapparate, die erste Liebe, aber was war davor? An der Hand ihres Vaters, des Lokführers Hennig, der in der Freischicht gern mal mittags eine der Kneipen am Wilhelmplatz ansteuerte und ihr eine Limonade vorsetzen ließ, hatte sich Anke zuerst in das Gewühl gewagt. Verschreckt vom Getöse der Kraftwagen und Straßenbahnen, richtete sie den Blick auf die Kanzel in der Mitte des Platzes. Dort regierte ein Polizist den Verkehr, er schaltete die Ampeln für die Fahrzeuge aus allen sechs Richtungen, er lenkte die Fußgängerströme. Doch die Autos stauten sich, Jahr für Jahr wurden die gerade verbreiterten Straßen enger und gefährlicher, die Passanten mussten immer länger warten, bis sie die

Fahrbahnen überqueren durften. Die Bäume wurden beseitigt, aber auch das half nicht. Der Wilhelm wurde ein Platz des Gedrängels und der Unfälle. Der Polizist da oben in seiner Kanzel bewahrte Ruhe, er schwebte gütig über allem, manchmal schien er zu winken. Anke sah sich herangewunken, sie war erwünscht, sie wurde mit offenen Armen empfangen, der nette Polizist, der Kinderfreund, der gute Gott in Uniform, er saß oben und regierte mit seinen Ampeltasten die Welt. Immer mehr Autos rollten heran, sie überrollten ihn, die Kanzel war im Weg, der Hochsitz des guten Gottes musste gefällt werden, der Stoß eines Baggers genügte, der Polizist wurde wie die Fußgänger unter die Erde verbannt. Die Autos hatten ein Jahr lang freie Fahrt, dann fingen die Staus wieder an und die Klagen über die neue Zeit.

Anke trauerte der alten Zeit nicht nach. Sie wartete auf Felipe. Sie saß in der einzigen Gaststätte, die direkt am Adenauer lag, Fensterplatz. Sie kannte seine Route nicht genau, aber irgendwann musste er hier vorbeikommen, gleich oder spätestens in einer halben Stunde.

Die Gaststätte war keine Gaststätte, kein Ort, der zum Bleiben eingerichtet war. Die Leute, die hungrig hereinkamen, wurden von starkem Licht geblendet und traten vor bis zur Theke, bestellten einen Fleischfladen mit Teigmasse und ein Getränk, wurden sofort versorgt, zahlten, streckten die Beine unter enge, glatte Tische, kauten und schluckten und verließen das Lokal nach zehn bis zwanzig Minuten.

Zuerst hatte Anke nur ein Bier verlangt. Das auf großen Farbfotos angepriesene Essen mochte sie nicht. Nun kitzelte sie plötzlich der Hunger. Sie beschloss, den Fladen zu holen, um den sich hier alles drehte. Aber sie durfte Felipe nicht verpassen. Sie lief zur Eingangstür, blickte aufmerksam über alle Bürgersteige rund um den Platz, erkannte keine uniformierte Gestalt, eilte, als sie niemanden dort warten sah, zur Theke, bestellte den Hamburger in der einfachsten Ausführung, legte das abgezählte Geld hin, griff das warme, halb mit Papier bedeckte Ding, lief wieder zur Tür und prüfte die Vorübergehenden. Als sie sicher war, den Hilfswachmann Gerlach nicht verpasst zu haben, setzte sie sich und biss durch Teig und Fleisch, den Blick nach draußen. Der Vorgang des Essens war so mühelos, dass es ihr vorkam, als werde sie gefüttert. Sie brauchte nur den Mund aufzusperren, zu kauen und zu schlucken und wurde satt, wie ein Kind.

Sie hatte einmal beobachtet, wie am Nachmittag die Kinder diese Futterstelle betraten. Hier durften die Zehnjährigen allein essen gehen, ohne Aufsicht und Befehle. Sie mussten nicht warten. Ihnen wurden keine dummen Fragen gestellt. Hier brauchten sie nicht mit Messer und Gabel zu hantieren, sie durften das Essen anfassen. Ketchup gab es, solange die Groschen reichten. Wahrscheinlich war es nicht einmal der Hunger, der sie in diese Stätte zog. Bei aller Lässigkeit sah es aus wie ein feierlicher Akt, wenn sie, das von den Eltern erbettelte Geld in der Faust, zu zweit oder dritt und noch bange den Tempel betraten und zum ersten Mal als selbständige, selbstzahlende Kunden ernst genommen wurden und das Hackfleisch, die Fritten, die Cola befriedigt verkauten wie Hostien, die nach Mehr schmeckten, nach Mehr und Mehr und Immerwieder. Das war die wirkliche heilige Kommunion, das Fest der Konfirmation, der Initiationsritus, die feierliche Aufnahme der Kinder in die Gesellschaft. Anke hätte es früher genauso gemacht.

Früher. Früher zog der Platz an, heute stieß er ab. Der Adenauer, einfach umgepolt wie ein Magnet. So deutlich hatte sie das noch nie gemerkt. Je länger sie hinausblickte, desto mehr wünschte sie, das Weite zu suchen. Zwei Fußgängerstraßen und vier Fahrstraßen als Fluchtwege. Sie zwang sich, sitzen zu bleiben und hinauszusehen. Mit Sirene und Blaulicht raste ein Polizeiwagen vorbei, dahinter ein stattlicher Mercedes, dem ein zweiter Polizeiwagen folgte, der kleine Konvoi fegte über den Platz, Reifen quietschten, irgendein hohes Tier wurde an seinen Bestimmungsort befördert. Einige Leute wendeten die Köpfe, sonst geschah nichts. Auf der gläsernen Wand gespiegelt konnte Anke die kauenden Backenknochen der anderen Gäste erkennen. Junge und matte Gesichter an den anderen Tischchen. Man biss langsam und ergeben und sprach stimmlos. Eine teure Kälte lag über den Fliesen. Nur an einem Tisch weiter hinten waren lebhafte Gespräche, war Lachen zu hören. Selbst die drei türkischen Jungen nebenan redeten leise.

Es kam ihr immer verrückter vor, in diesem verlorenen Lokal auf Felipe zu warten. Vor der Glaswand, wie ausgestellt und beleuchtet für die Freier draußen. Aber es war der einzige Sitzplatz mit Aussicht auf den Adenauer.

Sie wusste nicht mehr, was sie von ihm wollte. Ihn sehen, ihn beruhigen, ihm helfen. Sie war doch nicht seine Krankenschwester. Ihn nicht allein lassen, warum eigentlich, er wollte doch allein sein.

Zwei Soldaten wankten heran und fielen auf die Sitzbank am Nachbartisch. Sie verlangten Bedienung. Immer lauter riefen sie:

– Herr Ober! Frollein! Bedienung!

Sie hatten nicht bemerkt, dass sie in ein Lokal geraten waren, in dem die Kunden die Esswaren sich selbst vorsetzten. Schon wieder von Soldaten umgeben, fühlte sich Anke sofort angegriffen. Sie überlegte, was zu tun sei, wenn die ihr frech kämen. Aber die beiden waren mit sich selbst beschäftigt.

– Ich bin hier immer bedient worden, rief der eine. Stillgestanden! Verstanden! Ich hab noch einen heilen Blauen in der Tasche, ich zahle, heute zahl ich, unser großer Tag heute, so ein Tag, so wunderscheiß wie heute. Wo sind die Kameraden, Manne, wir waren doch eben noch ein ganzer Haufen, der ganze Zug. Wo sind sie, komm, hier ist nichts los, hier bist du weg wie nichts, komm, wir gehn! Wir lassen keinen hängen, komm!

Anke schlürfte den Rest des Dosenbiers.

Sachdienlicher Hinweis 1

Die unbekannten Täter sahen fern. Täter 1 und Täterin 2 hatten den Abend im Kino verbringen wollen, aber sie konnten sich nicht entscheiden. Sie hatte den Film «Vermisst» gewünscht, er hatte auf «Asterix erobert Rom» bestanden. Nach der Nachrichtensendung waren sie vor dem Apparat sitzen geblieben und hatten das Machtgeschiebe in der Hauptstadt verfolgt, wie es die Fernsehanstalten darboten. Die Kameras zeigten ausgiebig die Fassaden und Flure der Regierungsgebäude. Ab und zu, wenn Polizeiwagen vorbeijagten, trat der junge Mann ans Fenster. Die kleinen Scharmützel nach der Demonstration gegen das Militärspektakel ebbten ab. Ab zwölf ist Ruhe, dann haben die Bullen genug Überstunden gemacht, sagte er. Täterin 2 nickte. Im Fernsehen stellte ein Komiker Höchstleistungen aus dem Buch der Rekorde vor. Ein Franzose fuhr mit dem

Fahrrad über eine Reihe von Bierdosen, zehn Meter, zwanzig Meter, dreißig Meter, bis die erste Dose kippte, die Strecke von 366 Dosen, neuer Weltrekord.

Einzelgänger

Nach elf lag der Platz schon mitternachtsleer da. Straßenlaternen schickten ein träges Licht aus, und der helle Ring der beleuchteten Schaufenster hatte nichts Blendendes mehr. Man konnte aufatmen. So gefiel Felipe der Adenauerplatz beinah. Der Stehausschank war geschlossen, Spielhalle und Schnellgaststätte blieben nur bis Mitternacht geöffnet. Immer häufiger griff die Stille auf den Platz über, immer öfter gab es eine halbe Minute lang kein lästiges Geräusch. Die Besucher der Kinos, Kneipen und Veranstaltungen hatten sich wieder verflüchtigt, und nun, da immer weniger Autos und Bahnen und Busse die City kreuzten, gehörte der Platz den einzelnen Passanten. Jeder hob sich auf seine Weise von den anderen ab, mit der Gangart, mit den Umrissen der Kleidung vor den wechselnden Bühnenbildern der erhellten Schaufenster. Die Einzelgänger hatten es nicht mehr eilig. Sie ließen sich von keiner Ampel das Tempo vorschreiben, sie wagten leichtfüßig den Weg bei Rot über die Straße oder hielten an, wie es ihnen gefiel. Manche schienen zur Spezies der Nachtbummler zu gehören. Einige warteten auf die letzten Bahnen und Busse, die in die Außenbezirke abfuhren. Andere durchquerten das harmlose Revier von Felipe Gerlach und zogen in die Gegend um den Bahnhof, wo sie noch Bartüren aufreißen konnten, wo Frauen zu beschauen und zu mieten waren, wo auf Rot oder Schwarz oder Zahl gesetzt wurde, wo das Gift zu haben war und die größeren Scheine die Taschen der Kellner und Geschäftsführer polsterten. Am Adenauer dagegen wurden schon die Abrechnungen gemacht.

Die vereinzelten Passagiere der Nacht gaben dem hässlichsten aller Plätze plötzlich etwas Lebendiges, etwas Rätselhaftes. Die protzige Lieblosigkeit der Verkehrsfläche war ein wenig gemildert, und Felipe schritt lockerer als in der ersten Stunde das vertraute Gelände ab. Nichts war hier so überflüssig wie ein Hilfswächter. Für die kleinen Gefahren gab es genug Polizisten und flinke Wachleute in ihren Streifenwagen. Es war für alles gesorgt, doppelt und dreifach. Alles Unvorhergesehene war längst ausgeschaltet. Jeder hatte sich gegen die unmöglichsten Widrigkeiten versichert. Der Reichtum und die Verkehrsordnung; der Fleiß und die Steuerparagraphen und die Haushaltspläne nach dreifach gelesenen Gesetzen, nach ergänzenden Verordnungen und einschränkenden Erlassen hatten alles geregelt, bis hin zu den normierten Gehsteigplatten, bis zum Regelmaß der Leerung der Papierkörbe und zum Sekundentakt der Grünphasen der Ampeln zwischen Mitternacht und Frühverkehr. Bald werden sie auch hier über den dunkleren Ecken und in den Gängen des Adenauertunnels die Videokameras einbauen, auch das ist beschlossen und geregelt, nur noch eine Frage der Finanzierung. Bis dahin brauchen sie, weil sie die Bedingungen der Versicherungen erfüllen müssen, noch einen wie dich, Felipe, ein Paar aufmerksamer Augen, einen bedächtigen Dauerläufer, einen hellen Kopf und ein Sprechfunkgerät, noch brauchen sie dich, um das Restrisiko zu verringern, für ein paar Wochen noch, einen Überflüssigen, einen Asylanten, einen Beschützer, einen Engel vom Adenauerplatz, ha!

Rolling Stones, Landreform

An Samstagabenden, in den ruhigeren Ecken fremder Wohnungen, in Küchen neben Käsebrocken und Brotlaiben gibt Felipe seine Interviews stehend.

– Es war ja nicht nur so, dass die Großgrundbesitzer immer weniger produzierten, weil sie an dem wenigen, was sie verkauften, schon gut genug verdienten, weshalb die Agrarproduktion in den sechziger Jahren immer mehr zurückging. Es war ja auch so, dass die Lage der Landarbeiter und der Kleinbauern immer katastrophaler wurde. Drei Viertel von ihnen litten an Mangelernährung, auf dem Land, das musst du dir mal vorstellen, wo rings um sie rum alles weggeerntet wurde, ihre Kinder schon fürs Leben krank gemacht durch Proteinmangel, von den Wohnverhältnissen und der Gesundheitsversorgung mal gar nicht zu reden. Die übliche Katastrophe, die übliche Scheiße, die keiner hören will.

Felipe blickt in fragende, neugierige Gesichter, die etwas hören wollen von ihm. Er nimmt die Rolle an, der Fachmann spricht, der Fachmann mit Erfahrung. Er möchte ernst genommen werden, die solidarischen Blicke auffangen, während im Hintergrund schon die Stones durch die Lautsprecher rollen und die ersten Gäste zu tanzen beginnen.

– Alle Regierungen, fährt er fort, waren daran gescheitert. Jede Regierung hatte eine Agrarreform verkündet. Nicht alle waren so genial wie die Reaktionäre, bei deren Reform kein einziges Grundstück den Besitzer gewechselt hat. Dann kamen die Christdemokraten, die ließen immerhin einige Latifundien enteignen. Aber das war nur möglich, wenn konkrete Mängel bei der Betriebsführung, der Verwaltung oder Produktion festgestellt und bewiesen werden konnten. Da wurde meistens so lange herumprozessiert, bis die Richter endlich doch ihren Vettern, den Großgrundbesitzern, recht gaben. Aber nicht immer – wenn man bedenkt, dass schon vor uns rund tausend Latifundien wegen nachgewiesener Betrügereien der Besitzer enteignet werden konnten, dann kannst du dir vorstellen, mit welch einer Bande von Gaunern wir es zu tun hatten.

– Und was habt ihr gemacht?, fragt ein Ungeduldiger mit Brille.

Felipe spürt, es gilt nicht als aktuell, was er zu erzählen hat. Seine Erlebnisse haben nichts Heldenhaftes. An der Küchenwand wirbt ein Plakat für eine Guerillaorganisation in Mittelamerika. Seine Zuhörer, sie sind Lehrerinnen, sie sind Sozialarbeiter, sie sind Biologen, freuen sich über die Siege der Befreiungskämpfer, sie sammeln Geld, sie prangern die Mordregierungen an. Auf dem Plakat liegen Leichen. Vier Körper, ermordet, schwarzweiß. Felipe versteht nicht, weshalb sie sich Leichenbilder in die Küche holen. Es ekelt ihn, er wendet sich ab. Aber der mit der Brille fragt hartnäckig nach, und das Interview wird im Flur fortgesetzt.

– Was wir getan haben? Zunächst mal, wir mussten mit dem dürftigen Reformgesetz arbeiten, denn wir hatten ja keine Mehrheit im Parlament, ein Seiltanz ist nichts dagegen.

Er macht eine Pause, er hat das schon zu oft gesagt, er wiederholt seine eigenen Wiederholungen, er möchte lieber über Fußball reden oder den neuen Klugefilm. Die beiden Frauen und drei junge Männer, die zuhören und fragen, erwarten von dem politischen Flüchtling ein politisches Gespräch. Er ist zu träge, der Erwartung zu widersprechen, nimmt einen großen Schluck Wein, fügt sich, antwortet und spricht vor allem für die Blonde, die sich mit einer zaudernden Bewegung die Haare von der Stirn streicht.

– Wir durften den legalen Rahmen nicht sprengen, sonst hätte uns die Rechte gleich zerfetzt. Also mussten wir das Gesetz extensiv auslegen, die Enteignungsverfahren schnell durchziehen. Wir haben argumentiert, dass die Anbauflächen, die die Großgrundbesitzer ja immer nur teilweise bearbeiten ließen, vollständig genutzt werden müssten zur Erhöhung der allgemeinen Produktivität. So bekamen die Landarbeiter und die Kleinbauern zwar endlich etwas Land, aber die Maschinen und das Vieh behielten die Chefs immer noch. Diese Ungerechtigkeit wollten die Leute natürlich nicht hinnehmen, und da hatten sie recht, sie wollten wenigstens die Maschinen. Und wir saßen nun im Ministerium und versuchten, ihre Aktionen zu kanalisieren hin zu einer legalen Landreform, obwohl wir ihnen gern recht gegeben hätten und ihnen am liebsten geholfen hätten, die Traktoren und die Sämaschinen zu klauen – stattdessen musste die Regierung massig Geld ausgeben für neue Landmaschinen aus dem Ausland, während die der Großgrundbesitzer in den Schuppen herumstanden.

– Deshalb ging's also abwärts, ökonomisch?, fragt die Blonde mit dem weichen Blick.

– Abwärts? Nein, abwärts ging's erst mal gar nicht. Trotz der miserablen Bedingungen stieg die landwirtschaftliche Produktion, die seit Jahren nicht mehr gestiegen war, deutlich an. Das lag daran, dass die Leute als Mitglieder einer Kooperative ganz anders motiviert waren. So eine Enteignung, die kannst du dir nur als einen Schock vorstellen, ein positiver Schock. Von heute auf morgen kein Chef mehr, keine Diskriminierung, keine Befehle. Dafür ganz neue Aktivitäten, wie Vollversammlungen, Diskussionen, Entscheidungen, Abstimmungen, die ganzen Umständlichkeiten einer Demokratisierung, und trotzdem konnte keine Abstimmung daran rütteln, dass es vorn und hinten an Material fehlte! Es ging immer drei Schritte vorwärts und zweieinhalb zurück.

Von der Agrarreform weiß Felipe Gerlach flüssig zu erzählen. Er weiß, was man von ihm zu hören wünscht, er sperrt sich dagegen oder sperrt sich nicht, ganz nach Laune. Die Blonde macht ihm Laune. Wenn er das Gespräch fortsetzen will, erwähnt er den deutschen Akzent, den deutschen Einfluss, die deutsche Macht. Nur von seiner Flucht und von den Schüssen kann er nicht erzählen, da winkt er unwirsch ab, da geht er endlich tanzen, und nach dem dritten Tanz fragt er die Blonde nach ihrem Namen.

– Anke.

Zärtlichkeiten im Dienst

– Felipe!

Eine Frauenstimme, die bekannte Stimme, er wandte sich um. In die Arme lief ihm Anke.

Verwirrt, sie zu sehen, mitten in der Stadt, mitten in der Nacht, sagte er nichts.

– Ich hab auf dich gewartet, sagte Anke, ich wollt noch mal zu dir heute.

Er freute sich, aber es machte ihn verlegen, nach beinah drei Stunden regelmäßigen Marschierens durch die kantige, lichtdunkle Stadt plötzlich auf einen Körper zu treffen, etwas unerwartet Lebendiges, Warmes. Wie der erste Mensch, den er seit endlosen enthaltsamen Monaten berührte. Darauf war er nicht gefasst. Er stand mit ihr im gelben Leuchtreklamenlicht vor einer billigen Essstätte und merkte, wie er noch starrer wurde, ein halbmilitärischer Uniformträger, ein Mann im Dienst, ein Ritter im Eisen. An Ankes hellen Haaren vorbei sah er durch die Frontscheibe des Spielsalons die Lichter der Automaten aufflackern, wirbeln und wegzucken. Er konnte nicht zeigen, was ihn bewegte, er wusste es nicht.

Sie sagte, sie wolle ihn ein Stück begleiten.

– Jahnstraße ist dran, sagte er erleichtert.

Die Starrheit ließ nach, er hakte einen Arm in ihren, und sie setzten sich in Bewegung. Gewiss, dachte er, gibt es irgendwo einen Paragraphen, der den Wachleuten Zärtlichkeiten im Dienst verbietet. Er drückte die Freundin enger an sich und versuchte dabei, den Kopf im Gehen vorschriftsmäßig nach rechts und links zu wenden und die ganze Straße im Blick zu behalten. Mit jedem Schritt wurde die Situation komischer. Er lachte. Sie lachte mit. Ein ganz neues Nachtwächtergefühl, mit der Braut im Arm bei der vorbeugenden Schadensverhütung! Eine Frau in der Nähe, und schon war sein Job vollends der Lächerlichkeit überführt. Die Frau und diese Arbeit, das schien sich völlig auszuschließen. Die Wärme, die von dem anderen Körper ausging, betäubte die Aufmerksamkeit für alle Sicherheitsfragen. Er ahnte, wie rasch ihm die Uniform wegschmelzen, das Sprechfunkgerät zu heiß und die Schlüssel weich werden könnten. Noch hundert, dreihundert Meter so laufen, und er müsste seine Rolle ablegen wie lästige Kleidung. Er sehnte sich danach, aber nahm sich das Gegenteil vor: die Beherrschung nicht aufzugeben, jetzt nicht.

– Und?, fragte er. Warst du im Stadion?

– Ja.

– Hast du ihn gesehn, deinen Bruder?

– Nein. Aber die Panik hab ich gekriegt, die kalte Panik.

Felipe zögerte, dann legte er ihr doch den Arm auf die Schulter.

– Eine Sirene, eine Sirene heulte die ganze Zeit. Und, die Knüppelei wieder, und mittendrin diese Soldaten, diese einfachen Soldaten … Ach, muss ich dir später erklären. Ich war ganz aufgeregt, und zu Hause konnt ich mich gar nicht beruhigen. Und dann hab ich plötzlich das Gefühl gehabt, ich sollte dich nicht so allein lassen heute, so als müsste ich dich beschützen.

– Beschützen?

– Ja.

– Schutz brauch ich wirklich nicht. Du siehst doch, ich bin voll und ganz gerüstet.

– Das mein ich nicht.

– So sicher wie ich ist keiner, ich hab keine Feinde hier.

– Das mein ich nicht.

– Ich weiß.

Er lief auf die Glastüren eines Schallplattengeschäfts zu und ruckte an den Griffen. Während er den Kontrollzettel durchsteckte und der Zentrale meldete, am Objekt Vier Eins Null sei alles o. k., ließ Anke den Blick über die ausgestellten Hüllen fahren.

– Schon wieder ein neuer Udo, sagte sie.

– Ich bin mein eigener Schutzmann, brummte Felipe und hielt Abstand.

– Na, überschätz dich mal nicht.

Sie fragte, wie er sich fühle. Er wusste es nicht zu sagen, er nahm nur seine Unruhe wahr, die falsche Heiterkeit, den Druck im Kopf, die dumpfen Erinnerungen und die klarsichtigen, die großspurigen Pläne, alles, was ihm den ganzen Abend wie im Rausch durch den Schädel drängte, als wolle er mit Hilfe der galoppierenden Gedanken früher am Ende der Nacht ankommen als in Wirklichkeit. Nichts davon konnte er ordnen, zusammenfassen und zum Gegenstand eines kurzen Gesprächs machen.

– Frag mich was Leichteres.

Er dachte, ich müsste sie nach der Militärfeier fragen, nach den Gründen ihrer Panik, aber er merkte rechtzeitig, dass er keinen Willen zum Zuhören hatte und seinen Weg am liebsten schweigend fortsetzen mochte.

– Ich weiß, woran du denkst.

– Wieso?

– Ist doch klar.

Er ging trotzig voran und sagte nichts. Die Neugier der Frauen auf die Mütter ihrer Männer. Was ging sie diese fremde, ferne Mutter an? Er mochte nicht befragt werden, nichts erzählen, schon gar nicht unter den dämlichen Blicken der Schaufensterpuppen. Dabei fiel es ihm nicht so schwer wie einem Deutschen. Es war seltsam, noch nie hatte er einen erwachsenen deutschen Mann von seiner Mutter sprechen hören, die Back- und Kochkünste vielleicht ausgenommen. Alle schimpften mehr oder weniger laut auf die Väter, aber die Mütter wurden auf eine merkwürdig sentimentale Weise ausgespart. Nur die Töchter redeten von ihren Müttern, vorwurfsvoll, wie die Söhne von den Vätern.

– Ich hab sie gar nicht gekannt, sagte er leise vor sich hin.

Der Satz, der ihm so weggerutscht war, verriet mehr von seiner Anteilnahme, als ihm lieb war. Er schämte sich, es war ihm unbehaglich, er wollte allein sein. Schweigend den Weg durch die Nacht fortsetzen. Einmal ungestört alle Gedanken passieren lassen, ohne gleich verwundert angeschaut zu werden. Einmal ohne Ablenkung sich ablenken lassen von allem. Einmal alle Dummheiten denken dürfen, alle Vorstellungen aufeinanderschichten und wieder über den Haufen werfen. Einmal alle Möglichkeiten von Felipe bis Philipp durchspielen, einmal Felipe sein.

– Schön, dass du gekommen bist, sagte er, aber ich will jetzt allein weiter.

– Okay. Aber Angst vor deiner Zentrale hast du nicht?

– Wieso?

– Dass sie dich mit einer Frau erwischen.

– Ach was.

Zwei Küsse, und sie kniff ihn in den Arm.

– Bis später.

Ihr Gesicht lebte auf beim Abschiednehmen. Er winkte ihr nach, plötzlich drehte sie ab, eine Frauengestalt im weinroten Anorak verschwand um die Ecke. Vor ein, zwei Stunden noch hatte er sie heftig herbeigewünscht, nun schickte er sie fort. Er bereute es, er bereute es nicht.

Nachtstück 3

Die Zuschauer geflohen, aber wie ein Filmheld setzte Adenauer das Programm fort und sprach von einem Vertragswerk, während wir auf dem Parkett lagen. Aber dieser letzte Zuschauer da oben an der Wand störte mich doch, und ich schob dich, oder du mich, durch den Vortragssaal, vorbei an Bronzeköpfen des Adenauer und an Reliquien, hin zu einer Tür mit einem roten

Kreuz drauf, in einen Raum mit einer Liege. Sofort wurde die mahnende, schleifend singende Altmännerstimme im kölnischen Dialekt leiser, aber sie verstummte erst, als wir nackt waren, wir beide.

Trauermarsch

Ein Schritt für die Unbekannte, ein Schritt für die fromme Seele, ein Schritt für Elena. Ein Schritt für ihr zerknittertes Leben, das sie empfänglich machte für die religiösen Einflüsterungen. Ein Schritt und ein Tritt für die Werberinnen der pietistischen Sekte, die Frau Hernandez Ladewig ohne viel Widerstand gewannen und ihr Leben auf den Kopf stellten. Ein Schritt für die, der die Kirche nicht genug war. Ein Schritt für die, die auch zu Hause nicht mit dem Beten und Singen aufhören konnte. Für das Kirchenlied morgens vor dem Frühstück ein Schritt, für den Bibelspruch ein Schritt, für die säuerlichen Anweisungen für den Alltag ein Schritt, für das Vaterunser vor der Frühstücksmilch ein Schritt. Ein Schritt für das Gebet vor dem Mittagessen und ein Schritt für den Dankvers nach dem Mittagessen. Für den Dankvers vor dem Abendessen ein Schritt und ein Schritt für das Abendgebet danach. Ein Schritt für das Abendlied vor dem Einschlafen und ein Schritt für das Nachtgebet. Ein Schritt für den Vater, der das Vaterunser morgens pflichtschuldig mitbrummte und erst zum Abendessen wiederkam, möglichst mit Verspätung. Ein Schritt für Augusto Gerlach, der bis zum Amen die Augen ergeben geschlossen hielt, wenn Felipe zu ihm herüberschielte. Ein Schritt für den jeder

Gefühligkeit und Frömmelei abgeneigten Ingenieur, der sich nicht dagegen zu wehren schien, dass in seinem Haus sechsmal täglich gebetet und mindestens zweimal täglich vor und nach den Mahlzeiten gesungen wurde. Ein Schritt für den, der seiner Frau die Herrschaft über die Familie und die eisernen Rituale am Morgen, am Abend, beim Essen kampflos überließ. Ein Schritt für den Vater, der ein schlechtes Gewissen haben musste, der aus irgendeinem Grund in Angst vor ihr lebte. Ein Schritt für die andere Frau, die vielleicht dahintersteckte. Ein Schritt, warum sonst ließ sich der Vater alles gefallen, ein Schritt, warum sonst aß er so selten wie möglich zu Hause, ein Schritt, warum sonst machte die Mutter aus ihrem Haus ein Bethaus, ein Schritt, warum sonst sprach sie das Wort Sünde so verächtlich aus wie kein anderes? Ein Schritt, warum sonst dieses Stillhalteabkommen auf dem Rücken der Kinder? Ein Schritt für die, die vielleicht daran glaubte, dass ihr Mann, wenn sie nur beharrlich bliebe, eines Tages zurückkehren und ihr recht geben und neben ihr kniend die Hände falten werde. Ein Schritt für die, die vielleicht die Vorstellung hatte, ihre Kinder mit den Gebeten auf die richtige Bahn lenken zu können, und ein Schritt für die, die damit das Gegenteil erreichte. Ein Schritt für die, die herunterstutzte und kleinmachte, was außerhalb ihres religiösen Gebäudes lag. Ein Schritt und ein Tritt für die unerbittliche Moral, Christ oder Heide, Gut oder Böse, Ja oder Nein. Ein Schritt für die, die mit Gebeten und Sprüchen die Liebe zu ihren Kindern mehr und mehr einfror, bis sie nicht mehr zu spüren war. Ein Schritt für die, die sich kalt machte. Ein Schritt für die, die sich unnahbar machte. Und ein Schritt für den, der neben ihr war und der zu wenig schützte vor der kalten Religion und dem giftigen Selbsthass. Ein Schritt für den Vater, der in aller Ruhe seine Brücken entwarf und die

Baustellen inspizierte und die Tragfähigkeit prüfen ließ mit schweren Lastwagen und gemütlichen Dampfwalzen. Ein Schritt für den Bastler und Konstrukteur, ein Schritt für den heimlichen Liebhaber, ein Schritt für den, der sich nicht im Staub wälzte vor einem allwissenden Gott. Ein Schritt für den Träumer, der einmal in seinem Leben eine richtige, eine weitgespannte Hängebrücke bauen wollte, nicht nur die gewohnten kleinen Bogenbrücken und die simplen Balkenbrücken für die schmalen Landstraßen. Ein Schritt für den, der seinen Traum bewahrte, obwohl er wusste, dass der kleine Bauingenieur Gerlach aus Osorno kein Partner für Großaufträge war. Ein Schritt für den, der von schlanken Stahltürmen zu schwärmen wusste und von der komplizierten Physik der Hängebrücken, von Zugkräften und Druckkräften, von Fundamenten und Widerlagern, Verankerungen und Schwerkraftproblemen. Ein Schritt für den, der den vierzehnjährigen Felipe für das Ziel der absoluten Stabilität der Brücke zu begeistern versuchte und für die Poesie der verwickelten Berechnungen, die dafür notwendig waren. Ein Schritt für den, der weiterredet, obwohl sein Sohn sich hartnäckig weigert, die Formeln zu verstehen und zu behalten. Ein Schritt für den Mann mit dem unvergesslichen Satz von der Längsversteifung. Ein Schritt für die Längsversteifung, die Längsversteifung muss stimmen, sonst gibt es Wellen in der Brücke durch den Verkehr, und der Seitenwind wird gefährliche Schwankungen und Schwingungen verursachen, und dann stürzt dir alles wieder ein. Ein Schritt für den alten Gerlach, der nie eine Gelegenheit bekommen hat, seine Hängebrücken zu bauen, und nicht einmal traurig darüber war. Ein Schritt für den Träumer, der abends am Reißbrett stand und die größten Brücken der Welt noch einmal entwarf. Ein Schritt für, ein Schritt über die großen New Yorker Brücken mit Spannweiten über zwölfhundert Meter, ein Schritt über die Golden-Gate-Brücke von San Francisco, die unter einer Reißbrettleuchte in Osorno entstand. Ein Schritt und ein Schritt für die letzten Aufnahmen des Gedächtnisses, für die Bilder beim letzten Besuch bei den Eltern vor über zehn Jahren, ein Schritt für die böse Stille im Haus. Ein Schritt für die Mutter, die einen letzten Versuch machte, mit frommen Ermahnungen ihm vom rechten Weg, vom Weg Gottes vorzuschwärmen, die seine Arbeit für die kleinen Bauern, für das Volk allen Ernstes als Weg des Teufels hinstellte, die alt gewordene Frau, die ihm nur noch leidtat, wie sie im Netz ihrer konfusen Argumente dasaß, gefangen im Widerspruch zwischen dem kolonialen Überlegenheitswahn und den Sprüchen von der Kleinheit und Sünde der Menschen, die missmutige Frau, die nicht einmal die innere Ruhe einer Gläubigen gefunden hatte und nicht von ihren gröbsten Ängsten errettet schien. Ein Schritt für die, die das Pech hatte, dass sie mit ihrer fanatischen Religionsausübung nichts gewann, nicht mit sich selbst ins Reine kam, geschweige denn auf eine versponnene Weise glücklich geworden war. Ein Schritt für den Schrecken darüber, und ein Schritt und ein Schritt noch für den alten Vater, der sich gern ausfragen ließ über die technischen Feinheiten beim Brückenbau und über die Fehler, die gemacht wurden beim Einsturz einer Brücke irgendwo in Kanada. Ein Schritt für Vater und Sohn im begeisterten Gespräch über Fehler, Unfälle, Katastrophen, und weißt du auch, warum die Eisenbahnbrücke am Firth of Forth einstürzte? Ein Schritt für den Alten, der plötzlich fragte, ob Felipe nicht doch sein Ingenieurbüro übernehmen wolle, ein kurzes Studium, Brückenbauer, das sei doch eine solide Sache, Brückenbauer werden immer gebraucht, besser als die Arbeit im Ministerium, die Politik wird sich ändern, es kommen auch mal wieder andere ans Ruder, aber Brücken werden immer gebraucht. Ein Schritt für den, der dem verlorenen Sohn, dem Revoluzzer, dem roten Felipe ein aus seiner Sicht vernünftiges Angebot machte. Ein Schritt für Felipe, der nur lachen kann über die Möglichkeit, ausgerechnet im deutschen Sumpf Osorno zu bleiben und sich anzupassen, ein schweigsamer Ingenieur, ein einsamer Zyniker, ja, er hatte die Wahl, es war keine Wahl. Ein Schritt für den Vater, der vielleicht ehrlich gewesen war, greifbar und angreifbar. Ein Schritt für die Mutter, die sich schon längst aus dem Leben verabschiedet hatte. Ein Schritt für den letzten Schritt hinaus aus diesem Haus, aus dem ihn die biederen Sprüche des Vaters ebenso trieben wie die frommen der Mutter. Und noch ein Schritt für die beiden, ein Schritt und ein Schritt und ein Schritt.

Zwei Komplizen

– Wie weit wirst du dein Spiel treiben? Wirst du eines Tages so weit gehen und dich für die Bewachung einer Bank hergeben?

– Niemals.

– Und wenn es nicht so eine Groß- und Protzbank ist, sondern eine schlichte Sparkasse, eine kleine Volksbank an der Ecke?

– Nein.

Pedro, der alte Provokateur, er hört nicht auf, Felipes Gewissen zu testen.

– Und wenn du sonst keinen Job kriegst?

– Nein, auf keinen Fall.

– Warum zögerst du? Warum nicht ein bisschen unverfänglichen Service für die Würgeengel des 20. Jahrhunderts?

– Warum so höhnisch?

– Ich frage ja nur. Aber, sag mal im Ernst, warum? Warum machst du den feinen Unterschied?

– Also, im Ernst. Ich zögere gar nicht. Denn Wachleute vor den Banken sind immer bewaffnet. Bewaffnen lass ich mich nicht, von denen nicht.

– Und ohne Waffen?

– Auch nicht. Ich würde sowieso jeden Bankräuber laufen lassen. Ich hab kein Talent, jeden gleich mit Pistolenkugeln niederzustrecken, der mit ein paar tausend Mark in der Plastiktüte um die Ecke rennt. Ich hab das Talent nicht, solche Befehle zu befolgen. Wegen des lumpigen Geldes, das sowieso versichert ist!

– Pass bloß auf, Felipe, du musst nur lang genug dabei sein. Wenn du jahrelang durch die Nacht läufst und nach Dieben, Räubern und sonstigen Tätern Ausschau hältst, dann ist doch jeder Alarm wie eine Erlösung. Dann wirst du auch, wie jeder kleine Wachmann, plötzlich, wenn es irgendwo klingelt, losrennen und endlich einen echten Bankräuber verfolgen, die Rolle deines Lebens, der wahre Krimi läuft, der Ruhm und so weiter!

– Ach was, da kriegt mich keiner hin.

– Erinner dich, der Satz von Carpentier, den ich dir neulich gezeigt habe. Hüte dich vor dem Rausch der Uniform …

– … einen schlimmeren gibt es nicht. Ich weiß. Aber ich hab meine Prinzipien. Banken, nein danke.

– Aber was du machst, deine Runden um die Stätten dieser verbrecherischen Verschwendung, beitragen zu Ruhe und Ordnung in der City, das ist doch auch nicht besser als Banken bewachen? Oder? Wenn du hilfst, die Kriminalität in den

Einkaufszonen zu bannen, dann kann der Kreislauf der Vergeudung, der die Banken fett macht, reibungslos weitergehen, oder nicht?

– Mal langsam, es ist ja nicht nur der Kreislauf der Vergeudung, du Moralist. Du solltest eigentlich wissen …

– Ja, ja, ich weiß. Aber lenk nicht ab. Du hilfst mit, auch hier, du bist ein Komplize.

– Du bist auch ein Komplize, Pedro, du profitierst genauso von diesem Zustand. Wo käm denn das Geld für eine Sozialhilfe her, wenn der Laden hier nicht flutschte wie geschmiert?

– Aber ich halt mich aus den Schweinereien raus. Schweinerei ist kein politischer Begriff.

– Hier schon.

– Eine Schweinerei, in der sie dich leben lassen.

– Mich schon, das ist hier so Sitte. Aber wenn ich ein paar tausend Kilometer weg wär, sie hätten mich schon gefressen.

– Gefressen! Du machst dir die Hände nicht schmutzig. Und die, die gar nicht anders können als sich die Hände schmutzig machen? Welches Recht hast du denn, die Europäer, diese Deutschen als Menschenfresser zu beschimpfen? Die machen sich doch auch nur krank und kaputt.

– Die Nutznießer, die Mittäter, die Ausbeutungsgewinnler, krank und kaputt!

– Geschenkt! Wir durchschauen wieder mal alles und ändern auch nichts und sind sogar noch erleichtert darüber, weil für uns immer noch ein Happen abfällt.

– Jetzt wirst du aber zynisch.

– Ach, wir nehmen uns zu wichtig. Ob du nun zu Hause hockst oder ich draußen rumlaufe, durch uns zwei Nasen ändert sich gar nichts. Ich pass schon auf, Pedro.

– Ich pass schon auf, das sagen die Anpasser immer.

Sachdienlicher Hinweis 2

Die unbekannten Täter saßen bei Dionysos. Täter 3 und Täterin 4 bestellten bescheiden, die junge Frau Salat, der junge Mann Souvlaki mit Reis. Sie wollten nicht mit vollem Bauch auf Tour gehen, die griechische Küche sollte nur das hohle Angstgefühl aus dem Magen treiben. Sie tranken keinen Alkohol und sprachen über eine Rede eines Fußballers zum Thema Frieden, dann über einen Film von Fassbinder. Das Paar an Tisch 14, mit alten Jeans, Pullover und gelockten Haaren, sah unverdächtig aus, eines von tausend beliebigen Studentenpaaren. Sie rauchten zu viel, nach dem Essen eine nach der andern. Die Hälse trocken, Mineralwasser wurde nachbestellt. Über den Plan kein Wort. Den Plan im Kopf, zogen sie die Filmdebatte in die Länge. Nach dem zweiten Kaffee und einer längeren Gesprächspause sagte die Täterin 4, ich zahle, Tommi. Bald danach verschwanden die beiden unauffällig.

Gift

Die Apotheke neben den roten Ampelpunkten an der Berliner Straße sah so neu aus, als sei sie über Tag fertig geworden oder einfach vom Himmel gefallen. Felipe überlegte, ob er sie an dieser Ecke noch nie bemerkt hatte und ob sie zu denen gehörte, die er zu kontrollieren hatte. Er musste im Revierbuch blättern. Da stand das Objekt Drei Sieben Acht verzeichnet, Wohlers-Apotheke Berliner Straße. Er hatte sie also gestern und in allen Nächten schon bewacht, und doch hätte er geschworen, sie niemals vorher gesehen zu haben. Vielleicht wurden die Geschäfte immer verwechselbarer, und es fiel ihm schon nicht mehr auf, dass die Apotheken eingefügt waren in die Reihen der Goldgruben wie Boutiquen und Juweliergeschäfte, der Läden für Videogeräte oder Delikatessen.

Die Gitter vor den Eingängen, die Elfmillimeter-Sicherheitsscheiben und die fest verankerten Kellerfenster schienen den Inhabern nicht ausreichend, um die aufzuhalten, die im wachsenden Wunsch nach Betäubung nachts auf die Kasse, das Inventar, auf Giftschränke und Morphiumtresore losgingen. Felipe versah die Außenkontrolle nach Vorschrift. Die Gitter und Schlösser der Apotheke saßen fest. Die Apotheker saßen fest im Sattel, sie ritten durch das Paradies der Beschwerden, die Beschwerden nahmen zu an Tiefe und Vielfalt, es wurden immer mehr Heilmittel gebraucht, ohne pharmazeutische Gaben fielen die Menschen nach wenigen Tagen heulend und schreiend übereinander her, es wurde an jeder Ecke ein Platz zur Linderung der Schmerzen gebraucht, eine Apotheke zeugte die nächste, längst gab es mehr Apotheken als Bäckereien und Metzgereien und Zeitungskioske, das Überangebot war schon abzusehen, die Schwemme, die Krise, die Schrumpfung, die Sanierung, noch schien alles gesund, die Apotheker, die Wirte, die Fernsehhändler, sie hielten das Leben im Gleichgewicht.

Der Hilfswachmann ging um das Haus herum und prüfte die Kellerfenster. Von hinten kam ihm das Gebäude wieder vertraut vor, die Kellertreppe, der Lichtschalter, die Reihe der Müllbehälter, die parkenden Autos. Die Erinnerung setzte wieder ein und der Gedanke an die nie nachlassende Abneigung gegen die Apotheken. Schon der Geruch in den Verkaufsräumen, die sterile Mischung aus Medizin und Silbermünzen, aus Gift und täuschendem Parfüm der Verkäuferinnen! Nein, die Abneigung saß viel tiefer, ging viel weiter als bis in diese Gesundheitsboutiquen, sie ging bis Osorno zurück, bis zum Apotheker von Osorno, dem Vater seiner Mutter. Carlos Hernandez, der hatte ihm das Misstrauen gegen diese Zunft eingeimpft für alle Zeiten, der rätselhafte Großvater. Einen Tag nach der Hochzeit seiner einzigen Tochter war er eines natürlichen Todes verschwunden und hat ihr mit seinem Abgang so viel Schuldgefühl hinterlassen, dass er all die Jahrzehnte weiterlebte in ihrem Gewissen.

Die Schlüssel der Wohlers-Apotheke noch in der Hand, gedachte Felipe des fernen und unbekannten Großvaters, von dem er nur wusste, dass er mit einer Frau Ladewig verheiratet war, die sehr jung gestorben ist. Der spanische Apotheker, welche Motive hatte er, seine Tochter auf die deutsche Schule zu zwingen und in die deutschen Kreise zu schleusen? Großvater Carlos, er war der Hauptverdächtige, er hatte die Schlüssel für den Giftschrank, er musste verantwortlich sein für die Neigung zur giftigen Frömmigkeit seiner Tochter. Irgendwo musste das Gift herkommen, Elena muss es aus der Apotheke ins Haus der Gerlachs geschleppt haben, die auszehrende, herzfressende Angst, die sie bekämpfte mit dem gezuckerten Guss der frommen Lieder und Gebete.

Der Hilfswachmann meldete der Zentrale, am Objekt Drei Sieben Acht sei alles okay.

Alles okay diese Nacht, keine besonderen Vorkommnisse. Eine tote Nacht, wie die Kollegen sagten. Kein Alarm, keine frische Tat, kein Unfall halfen ihm, von seinen Gedanken wegzukommen.

Rondo 4

Wie ging es dir, da auf dem Busbahnhof, wie geht es zu, wenn du auch im Traum deine Lauferei fortsetzt, die Lauferei durch die Nacht? Der Busbahnhof, Hunderte von wartenden, leeren Bussen. Und es regnet, du suchst die richtige Haltestelle, es gibt irgendwo eine richtige, es muss eine geben. Als es ganz still wird, fährt ein Bus vor, du steigst ein. Die drei Stufen fallen dir schwer, als hättest du Schmerzen im Oberschenkel, Muskelkrampf. Der Fahrer will kein Geld und winkt dich durch, schnell setzen, ein einziger Platz ist noch frei. Du möchtest sofort einschlafen und beobachtest immer wieder deine Hand beim Einschlafen. Plötzlich hebt dich etwas nach oben, dich, den Sitz, den ganzen Bus. Der Bus wird ein Flugzeug, der Bus ist ein Flugzeug. Stockfinster draußen, du kannst keine Piste erkennen, keine Landschaft, keine Wolken. Das Flugzeug steigt und hört nicht auf zu steigen. Die Passagiere flüstern. Es wird ein munteres Spanisch gesprochen, allmählich lauter und lauter. Du hebst dich aus dem Sitz und drehst dich um. Voll ist das Flugzeug, es sieht aus, als sei es voll mit Landsleuten! Noch eh du deine Arme hochstrecken kannst zur Begrüßung, zieht dich eine alte Frau auf den Sitz zurück und flüstert dir etwas ins Ohr. Einen geheimnisvollen Satz, den du schon kennst.

> Wussten Sie schon, dass ein Wachmann im Jahr
> ca. 10 000 km läuft?

Geh weiter, wohin gehst du zurück, wenn du zurückgehst? Steigst du wieder auf die Bäume von Pemuco oder wünschst du erst den Landarbeitern Guten Tag, stellst dich als Freund vor: Seht her, es gibt nicht nur Faschisten unter den Gerlachs? Nein, so nicht, das ist dein Problem, nicht ihrs. Geh weiter, geh zu ihnen in die Holzhütten, in die Kneipen, was wirst du ihnen erzählen? Ihr könnt euch nicht vorstellen, welche Angst Ernesto hatte, ich hab's noch im Ohr, wie er einmal in Wut geriet, weil einige von euch das Alphabet lernten und ihn an einem hellen Sonntagnachmittag angrinsten, wir lernen lesen und schreiben, habt ihr gesagt, und Ernesto dachte, nun fängt die Revolution an! Geh weiter zurück, zehntausend Kilometer zurück, gehst du auch zu Ernesto und sagst: He, Onkel, du wolltest mir doch mal das Schießen mit dem Luftgewehr beibringen, komm, wir ballern auf Spatzen, wir fegen die Wäscheklammern von der Leine, wir kappen den Hähnen die Schwanzfedern mit dem Gewehr, komm, Onkelchen, auf deine Arbeiter wird jetzt nicht mehr geschossen, verstanden?

Wohin gehst du zurück, in Osorno, läufst du zuerst auf den Friedhof, welche Blumen bringst du mit, wie lange wirst du still stehen als Trauernder, als Hinterbliebener? Eine Minute für den Vater, dessen Traum es war, unter den Brücken zu schlafen, die er entworfen hat? Eine Minute für die Mutter, die ihre Träume nicht verraten hat? Wie trittst du ins Haus, das einmal dein Zuhause war? Wirst du wieder an der untersten Treppenstufe stolpern wie beim letzten Besuch? Werden dich die hochgehängten Lampen mit dem ewigen Fliegendreck wieder an die hohen Werte erinnern, die unbarmherzig von oben drohende Moral? Wie lange wirst du es vor den weißen Fensterkreuzen aushalten, an die sich die frühen Phantasien vom Aufhängen knüpften? Wirst du so weit gehen und die Küchenschublade öffnen und vor den kleinen Messern erschrecken, die seit Kindergedenken eine sichelförmige Schneide haben vom vielen Schärfen und Schleifen? Die alten und scharfen

Messer, die von den gleichen Händen gehalten wurden, die in Sekundenschnelle zum Beten gefaltet und zusammengequetscht werden konnten? Wird dein Hass wieder aufsteigen, weil man dich in jedem Winkel dieses Hauses zu einer körperlosen Liebe zwingen wollte? Wirst du dich trauen, noch einmal so lange durch das Bethaus zu gehen, bis die Balken zu flüstern anfangen: Du sollst deinen Nächsten lieben wie dich selbst? Bis du in den Tapeten deines früheren Zimmers deine kindlichen Selbstzweifel wieder knistern hörst, weil du nie wusstest, wie du dich selbst liebst, und noch weniger, wie du deinen Nächsten zu lieben hattest und wer dein Nächster war, und ob die Lehrer dazugehörten und die ganze Menschheit bis hin nach Wladiwostok und nach Mekka? Und wirst du im Büroraum, wenn der Zeichentisch noch steht und der Aktenschrank, die gezischelten Kampfworte des Vaters gegen die Mutter hören, mit denen er dich befreien wollte aus der religiösen Zwangsjacke?

Geh weiter, wie weit wirst du zurückgehen, traust du dich fünfundzwanzig Jahre und Zehntausende von Kilometern zurück zu dem Augenblick, als du zum ersten Mal die Koffer packtest, mit fünfzehn ins erste ersehnte Exil, die Hauptstadt? Dein Glück, dein Alter wollte keinen Frommen und keinen Büchermenschen haben, sondern einen starken Sohn mit Lust am Leben, einen Praktiker, möglichst Brückenbauer und Nachfolger. Dein Glück, er stieß dich ins Leben, als klar war, dass Vetter Sergio mitkommen und ihr bei Sergios Onkel Bolaender unter familiärer Aufsicht bleiben konntet. Du wirst auch die peinliche Abschiedsrede des Alten nicht abstellen können, oder? Du bist einer der guten Schüler von Osorno, hat er dir eingeschärft, du sollst auf eine bessere Schule kommen, denn aus dir und aus Sergio, den Urenkeln des Philipp Gerlach, soll etwas werden, tüchtige Gerlachs, clevere Chefs, gebildete Ärzte, hohe Richter, tapfere Generäle, berühmte Professoren, ihr werdet, wenn ihr fleißig seid, die freie Auswahl haben, die Gerlachs werden es immer zu etwas bringen. Und hat es nicht Sergio zu etwas gebracht? Arzneimittelgroßhändler, na bitte!

Geh weiter, geh zurück, du müsstest diesen Aufbruch noch einmal wiederholen, wenn du zurückgehst, die Nachtundtagfahrt in die sagenhafte, riesige Hauptstadt? Wie war es, als Sergios Vater Enrique euch verbot, von den Plätzen der ersten Klasse in den Wagen der dritten Klasse zu laufen, wo die Bauersfrauen und die Landarbeiter eingeklemmt mit Körben voll Hühnern auf dem Schoß und Kürbissen und Kartoffelsäcken im Gepäcknetz ins nächste Provinzstädtchen fuhren und die jungen Männer mit der Hoffnung auf Arbeit und Geld in der Ferne? Du rolltest auf gepolsterten Sitzen durch die lange, die endlose Nacht, eine Nacht wie heute? Konntest du nicht schlafen vor Begeisterung, nie mehr beten zu müssen? Oder vor Aufregung, das Leben sticht dir entgegen? Oder vor Erwartung, ein Chef oder Richter werden zu sollen, was dir im Voraus schon schmeichelte? Oder war es der Flug der Gedanken zurück und nach vorn, in einer Nacht wie dieser, ohne Kälte, ohne Regen, alles vorweggenommen und nichts begriffen, in dieser ersten durchwachten Nacht des Fahrens und Haltens und Fahrens?

Lauf weiter, zehntausend, fünfzehntausend Kilometer zurück, bis in die Flure der deutschen Schule, da drängelt einer nach der Pause in die Klasse zurück, ein Braver, Fleißiger, Angepasster unter lauter Braven, Fleißigen, Angepassten. Sieh, da ist er, der Schüler, der die Hauptstädte der kleineren Staaten Asiens, der die Ströme Afrikas und die Bodenschätze Südamerikas zu nennen weiß, unschlagbar im Fach Erdkunde. Da sitzt er zu Hause und unternimmt die Fingerfahrten auf dem großen Atlas, die Panamericana entlang, die transsibirische Eisenbahn, die Durchquerung der australischen Wüste, und Brücken möchte er nicht bauen, aber Kartograph möchte er werden. Da ist der sechzehnjährige Felipe, der auf der Straße als Nazi beschimpft wird, der kein Nazi sein will und sich auf einmal für die Deutschen interessiert, der zu den Vorträgen im Deutschen Club geht, der den Wiederaufbau in Deutschlands Westen bewundert und die Unterdrückung in Deutschlands Osten verabscheut, der sechzehnjährige Anhänger von Konrad Adenauer. Da sind sie, die Mitschüler, denen der Bart schon kräftiger wächst, und die Papasöhnchen, die von den Chauffeuren vorgefahren werden und im Sommer vom Tennis und Schwimmen und im Winter vom Skifahren sprechen und das ganze Jahr über von Cocktailrezepten und den gerade aktuellen Offizierstöchtern. Sieh, da steht der ungeschickte Felipe, der nicht weiß, wie er ein Mädchen für sich gewinnen kann, und hört den Prahlern neidisch zu und träumt, auf der Schulbank sitzend, einen Harem herbei und träumt weiter in eine Zukunft hinein als Weltreisender, dem die weißen, die schwarzen, die braunen Frauen zu Füßen fallen. Sieh, da schlendert Felipe im Pulk der gehobenen Schüler, die sich für die Größten halten und nichts bemerken von der Wirklichkeit um sie herum, die niemals Arbeiter zu Gesicht bekommen, weil sie zu anderen Zeiten Bus fahren, und das Leben der Verkäuferinnen und Angestellten, die in den Pausen über die Straße in die Cafés eilen, für nicht beachtenswert halten, und die das Elend der Slumbewohner vom Hörensagen kennen und es mit drei Worten weggeschoben haben: selbst dran schuld. Ein guter Schüler soll die meisten Staaten der USA aufzählen können, aber keinen Konzern zu nennen wissen, der die Dollars aus dem Land zieht.

Lauf weiter, zehntausend Kilometer, ein diesiger Herbstmorgen, zurück in die eine Schulstunde, in der ein neuer Lehrer aus Deutschland ein Buch herumreicht voll Bildern von den Gräueln in den Konzentrationslagern, zurück zu den unvergesslichen Schrecken in Schwarzweiß, zurück zu diesem Herrn Krüger, der mit seinem Fotoband das Geschwätz der anderen Lehrer, der Eltern und Onkel der ganzen deutschen Kolonie Lügen straft, und zurück zu dem unvergesslichen Schulleiter, der den jungen Lehrer rügt, weil er den Schülern Unzumutbares, Ekelhaftes, Einseitiges gezeigt habe. Der Direktor, mit seinen aufklärenden Argumenten: Diese Leichenberge, die haben doch nichts mehr mit sachlicher Information zu tun. Und: Es war doch nicht alles Mord und KZ bei Hitler, sonst hätten ihn die Deutschen doch gar nicht gewählt und ihm so lange die Treue gehalten. Der Direktor, der das Wort Mumie auf sich zieht, das unter den wenigen aufsässigen Schülern in Umlauf kommt. Es ist die viele tausend Kilometer entfernte Zeit, in der eine Mumie Präsident werden will und von allen Plakaten mit dem Finger auf jeden zeigt mit strafendem Blick und nur dem Gnade verspricht, der ihm die Wahlstimme gibt ohne Wenn und Aber. Sieh, da läuft Felipe unter den Platanen und weiß auf einmal ganz genau, dass er nicht von einer Mumie regiert werden will und keine Mumie werden will und nicht mehr zur Familie der Mumien gehören will. Da läuft er, der achtzehnjährige Nestflüchter, und nähert sich, weil er nie mehr zurück will in den alten Sumpf, den Linken.

Geh weiter, da geht er, der Student der Agrarwissenschaft, der endlich eine glückliche Verbindung gefunden zu haben glaubt zwischen der Praxis des Landlebens und der Neigung zur Theorie, zum Großvater kurz vor dessen Tod, zum alten Adam Gerlach, der dem Enkel freundlich zunickt, obwohl er nicht recht versteht, was es da zu studieren gibt. Na, vielleicht wirst du besser mit den Großhändlern fertig, sagt er. Und hat es den Studenten nicht gefreut, die Freude des Alten zu sehen, dass einer seiner Enkel der Landwirtschaft treu blieb? Na also. Aber dann läuft ihm Onkel Ernesto über den Weg und macht die Fronten wieder klar mit dem Witz, den er bei jeder Gelegenheit wiederholt: Ein akademischer Bauer, dass ich nicht lache! Dich lass ich erst auf den Acker, wenn du mir Weizen aus dem Doktorhut zaubern kannst!

Die deutsche Spur

Felipe fährt über Land, in der Marburger Universität wird der Agrarwissenschaftler Gerlach Hernandez zu einem Vortrag erwartet. Der ist sechs Jahre in Deutschland und hat immer noch nicht gewagt, das Dorf seiner Urgroßeltern anzusteuern. Jetzt aber fühlt er sich stark genug, die deutsche Spur zu verfolgen. Hinein ins Hessische, ins Marburger Land! Er biegt von der Autobahn auf die Bundesstraße ab, von der Bundesstraße auf die Landstraße, er hat Zeit, er nimmt die Apfelbaumkurven mit dreißig, er schunkelt die Bergkuppen hinauf, er überspringt die Täler nicht, die kurvenreichen Strecken in wenig angetasteter Landschaft, wo der Sommer bis an die Radkappen wächst, was für ein Fest! Das Herz schlägt immer schneller, und er fährt immer langsamer. Schon kann er sich vorstellen, hinter dem nächsten Wald geboren zu sein.

Er hält auf der Anhöhe. Hier ist Philipp Gerlach zu Fuß gegangen, der Schlammweg unterm Asphalt. Das könnte die

Stelle sein, von der aus die beiden noch einmal zurückgeblickt haben. Da vorn das Dörfchen. Es ist ein Ortsteil geworden, nicht mehr verhässlicht als die anderen Nester auch, der alte Ortskern eingekreist von breifarbenen Bungalows und ein paar grellen Fertigbauhallen am Rand. Der stumpfe, schiefergedeckte Kirchturm wird in den hundert Jahren seit Philipps und Elisabeths Abschied nicht verändert worden sein. Wo haben sich die beiden getroffen, da, unterm Turm auf dem Platz, oder im Wald da drüben, abends oder sonntags, in den Scheunen, im Kornfeld?

Eine Parknische vor der Kirche ist noch frei. Felipe schließt das Auto ab, als hätte er Schmuck im Handschuhfach versteckt, sieht sich um und läuft zögernd zwei Dorfstraßen entlang und wieder zurück. Er fühlt sich beobachtet. Ein Fremder, ein Spion. Ein Traktor mit leuchtrotem Überrollbügel scheucht ihn an den Straßenrand. Seine Grüße werden von den Bäuerinnen faul erwidert. Die Leute drehen sich weg, sie haben zu tun. Plötzlich ist der Mut weg, nach den Gerlachs zu fragen.

Neben einer Gastwirtschaft die gelbe Telefonzelle. Ruf doch mal an. Noch nie kam ihm die amtliche Aufforderung so lächerlich richtig vor. Er ist vorgestoßen bis ins Dorf seiner Vorfahren, er ist am Ziel, und was tut er, er flüchtet ratlos in die Telefonzelle. Es wundert ihn, dass der Apparat nicht demoliert ist. Er könnte mit jedem auf der Welt ein Gespräch anfangen, hier und jetzt, Auslandsgespräche mit Fünfmarkstücken rund um die Welt. Der Gedanke an ein Gespräch nach Osorno. Er blättert im Telefonbuch und findet fünf Gerlachs in diesem Ortsteil und noch zwei im Hauptort. Ein Gerlach in einer Gerlachgegend. Was will er von diesen Gerlachs? Und was könnten die von ihm wollen? Er rührt den Hörer nicht an. Aber notiert die fünf Vornamen, Adressen, Telefonnummern.

Als er aus dem Dorf hinausfährt, entdeckt er einen Laden, ein Schild Feinkost Gerlach. Er lacht und hält an. Feinkost Gerlach hat geschlossen, Mittagspause. Nicht weit der Friedhof, Gräber sucht Felipe nicht ab, es reicht ihm das wuchtige Kriegerdenkmal. Das erdrückt die Toten noch einmal, Gerlach Johannes, Gerlach Wilhelm in der Rubrik 1914–1918, Gerlach Conrad, Gerlach Ernst, Gerlach Ludwig 1939–1945. Das sind ihm schon zu viele Gerlachs. Er fährt weiter, fährt wieder schnell und trägt am Abend in einem nach frischer Farbe stinkenden Hörsaal seine Forschungsergebnisse über den internationalen Zuckermarkt vor. Den gepanzerten Gesichtern der Studenten ausgesetzt, bereut er, nicht nach dem Bauern Gerlach gefragt zu haben.

Wochen später hält er inne, als er in seinem Notizbuch die fünf Gerlachs wiederfindet. Er ruft sie alle an, in alphabetischer Reihenfolge. Einer ist nicht da, drei, darunter Feinkost Gerlach, antworten belästigt und ablehnend. Der Einzige, der sich an südamerikanische Verwandtschaft erinnert, ist ein Landwirt namens Hermann. Er lädt den ausländischen Vetter ein, eine Verabredung wird getroffen. Drei Tage vorher will Felipe absagen, aber dann fährt er an einem regnerischen Sonntag die frisch asphaltierte Dorfstraße hinab.

Im Regen sieht der Ort nicht besser aus. Nasse Fassaden, und der Lichtfleck hinter den Wohnzimmerfenstern strahlt aus dem Fernsehapparat. Es ist die Zeit des Internationalen Frühschoppens. Bei der ersten Ortsbesichtigung kam sich Felipe noch wie ein Kundschafter, wie ein Stellvertreter seiner Urgroßeltern vor, der zurückkehrt, befangen in einem ungewissen Heimatgefühl. Nun hat er ein Programm vor sich. Er fährt im geliehenen Kleinwagen vor, er ist angemeldet, ein Mittagessen wartet auf ihn, er kommt nicht als Rückkehrer, er kommt mit gemäßigter Neugier und prüft, ob eine Verbindung zur so genannten Verwandtschaft herzustellen ist, wenn ja, gut, wenn nein, auch gut.

Er parkt neben einem Fachwerkhaus, ungepflegt und unbewohnt. Die Hausnummer stimmt. Er muss um das alte Haus herum, dahinter liegt das neue Wohnhaus des Bauern Gerlach. Der abweisende Neubauklotz. Felipe, vor der geschlossenen Haustür, kann sich nicht vorstellen, hier willkommen zu sein. Die deutsche Metalltür, die für Diebe gemacht ist und nicht für Besucher. Aber er hat sich bis hierhin vorgearbeitet, jetzt fehlt nur noch ein zarter Druck auf den Klingelknopf, dann legt er die Hand auf den Stoßgriff.

Die Tür wird aufgerissen, Felipe begrüßt wie ein lang erwarteter, hoher Gast. Der Landwirt Hermann Gerlach sagt, das ist Ulrike, meine Frau. Der Agrarwissenschaftler übergibt der Bauersfrau Blumen. Die beiden nehmen den Vetter aus Amerika in die Mitte, sie sehen ihm lange und aufmunternd ins Gesicht, sie duzen ihn, sie tragen reichlich auf und machen ihn schnell satt. Die beiden halberwachsenen Kinder halten Abstand. Felipe ist überrascht von der Freundlichkeit der deutschen Gerlachs. Mit einem Mal ist er kein Ausländer mehr, er wird weder bedauert noch verdächtigt, er ist kein Bittsteller und kein Sonderling, er wird von Gleich zu Gleich behandelt, ein Mann vom Dorf und doch eine Sensation. Die Gastgeber scheinen stolz darauf zu sein, einen Vetter aus Amerika in ihrem Wohnzimmer zu haben, sie erwarten Geschichten aus der Neuen Welt und von den alten Verwandten. Hermann erinnert sich an die Pakete nach dem Krieg von Onkel Adam aus Pemuco. Felipe weiß nicht recht, wie viel Schlechtes er von seinen Gerlachs erzählen soll, die die deutschen Gerlachs kaum dem Namen nach kennen. Er hält sich an den Stammbaum, Philipp, Adam, Augusto, Felipe und geht die Reihe der Augusto-Geschwister durch, Rosa, Ernesto, Enrique. Mitten in der Konversation fällt ihm auf, die breitgemusterte Tapete, die viel zu breiten Schrankwände, solch eine Einrichtung hätte es in Pemuco nicht gegeben. Kein Gegenstand, der an den Beruf des Landwirts erinnert. Er fragt nach der Größe des Hofs, und ob er noch was abwirft. Felipe kann mitreden, ein Städter, der weiß, was ein Hektar ist, und der sofort versteht, warum sich die Gerlachs auf Schweinezucht spezialisiert haben.

Felipe trinkt zu viel von dem Verdauungsschnaps, er braucht frische Luft. Er verlangt das alte Haus zu besichtigen. Das Haus, aus dem sein Urgroßvater gedrängt worden ist und in dem Hermanns Urgroßvater bleiben konnte. Der Vetter sträubt sich, er sagt, das Ding sei schon baufällig, faulende Balken unten und der Hausbock oben hätten ganze Arbeit geleistet, er sei kein Freund von Abrissen, aber. Seit dem Tod seiner Eltern stehe das Gebäude unbewohnt, er habe sich mit seiner Familie rechtzeitig in den Neubau abgesetzt, Fäule, keine Heizung, bröckelnder Putz, ein Segen, dass wir raus sind!

Der Gast drängt und wird eingelassen.

– Aber nur, weil du's bist.

Es ist kein besonders altes Haus.

– Achtzehnhundertsechsundzwanzig, sagt Hermann.

– Kein Haus, das man auf Ansichtskarten drucken würde, sagt Felipe, aber nichts zum Wegwerfen, so ein Haus schmeißt man doch nicht weg!

– Ich schenk's dir auf der Stelle!

Die Zimmer leer oder mit Gerümpel gefüllt. Der Staub hebt sich vor Felipe und neigt sich zum Boden. Hier sind keine Entdeckungen mehr zu machen. Der Vetter zählt alle Krankheiten der Balken auf, beschwört die Gefahr, die vom

Hausschwamm ausgeht, und klagt über die Schwierigkeiten, die ihm die Behörden wegen der alten Bruchbude machen. Hermann redet, als hätte er ein schlechtes Gewissen. Die Treppenstufen knarren so, als wäre noch Leben im Haus. Felipe kommt sich vor wie der letzte Besucher in einem feuchten und staubigen Familienmuseum. Nichts mehr zu besichtigen außer den Generationen von Tapeten, die in einer Ecke aufblättern. Das Museum ist geplündert, das Haus stirbt seinen toten Bewohnern langsam hinterher, es braucht etwas länger. Felipe möchte sagen, jetzt hab ich's gesehn, jetzt kannst du's abreißen, von mir aus.

Er fragt nach der Familie der Urgroßmutter, Elisabeth Lotz.

– Die gibt's schon lange nicht mehr hier, sagt Hermann.

Vor dem Kaffeetrinken muss er das neue Wohnhaus bewundern, Ulrike und Hermann weisen auf jede Mauer hin, die sie selbst gezogen haben. Alt sieht Hermann aus, ein verfaltetes, abgearbeitetes, graues Gesicht, wie Ende fünfzig, wenn er erzählt, tags die Schweine und nachts der Hausbau. Hermann ist Mitte vierzig. Draußen im Regen rostet eine Hollywoodschaukel. Der Besucher bittet um die Besichtigung des Schweinestalls, doch Hermann sagt:

– Nach dem Kaffee, dann kannst du gleich mitkommen zum Füttern.

Nach dem zweiten Stück Kuchen fragt Ulrike, weshalb er eigentlich nach Deutschland gekommen sei. Er gibt in wenigen Sätzen Auskunft und wundert sich, dass die Verwandten nicht nachfragen. Sie zeigen weder Abscheu noch Verständnis, sie wollen sich nicht einmischen, sie können das nicht beurteilen. Das ist Politik. Politik trennt. Sie mögen das Trennende nicht.

Die ganze Woche über mit Zucker beschäftigt, möchte

Felipe, bei der Gelegenheit, die Meinung eines deutschen Bauern dazu hören. Aber der Vetter winkt ab.

– Auf unsern Böden, da lohnt sich's nicht, auf Zucker zu gehn. Mit Fleisch fahrn wir hier besser. Aber was ich vom Zucker so höre, da unten aus der Wetterau, da bist du ja wirklich nur Sklave der Zuckerfabrik, nee, das wär nichts für mich. Bei den Schweinen, da hängst du wenigstens nur an der Leine der Metzger.

– Und der Eurometzger.

– Hör mir auf mit denen. Alle zwei Jahre machen sie uns wieder die Preise kaputt.

– Aber ihr kommt hin?

– In den Schuldturm. Immer wenn du denkst, endlich mal bisschen Überschuss, dann haun sie dir da oben wieder eins rein. Die ganzen Bauern hier, wenn du dich mal umhörst, die arbeiten doch nur für die Bank.

– Ihr auch?

– Das kannst du laut sagen.

Zum Schluss die Schweine. Hermann macht die Fütterrunde, und der Agrarwissenschaftler läuft hinterher. Als die Stalltür geöffnet wird und das Tageslicht einfällt, scheinen die Schweine zu erschrecken, sie werden lauter und fliehn, so weit sie können, weg vom Licht.

– Die sind das Licht nicht gewöhnt, sagt Hermann. Die kennen Licht nur, wenn sie verkauft werden und wenn's abgeht zum Schlachthof.

Im quiekenden Lärm der hungrigen, aggressiven Tiere ist der Bauer kaum zu verstehen. Die Schweine in den Verschlägen drängeln, stoßen, drängeln Leib an Leib. Sie brauchen drei Kilo Futter pro Tag und Stück. Das Kraftfutter rieselt in Röhren vom Dachboden hinab in die Tröge. Die Allesfresser kämpfen um die Plätze, das Gemisch beschert ihnen achthundert Gramm Gewichtszunahme pro Tag. Die Tiere, die sich noch nicht zur Fressstelle vorgekämpft haben, balancieren über Lattenroste, sie kippen ab mit ihren schmalen Klauen und fassen wieder Tritt. Hermann betont, wie wichtig die gleichmäßige Raumtemperatur sei für einen optimalen Zuchtprozess.

– Zucht ist Stress, sagt er und grinst. Kannst zum Beispiel keine Kinder in den Stall lassen. Wenn die laut zu kreischen anfangen, kriegen meine Sauen den Herzinfarkt, wirklich wahr.

Blass und blond sehen die Schweine aus, unter ihren dünnen Borsten schimmert es roh und rosa, als wüchsen die verbrauchsfertigen Schnitzel direkt an der Haut. Felipe betrachtet alles mit Fachmannblick, er ist kein Tierschützer. Mitleid mit den Tieren, mit diesen Tieren, das ginge ihm zu weit. Nur die Frage nach den Hormonen will er stellen, aber als der Vetter merkt, wohin die Frage zielt, wird er fuchtig.

– Bis jetzt hab ich dich für einen vernünftigen Menschen gehalten.

Dann gibt er zu, er halte seine Hausschweine getrennt von den Marktschweinen, mit Licht und Auslauf und richtigem Futter.

Da könnte ein Gespräch anfangen, aber es ist Zeit zum Verabschieden. Es sind angenehme Leute, ich werde sie bald wieder besuchen, denkt Felipe. Er hinterlässt seine Adresse, verspricht baldiges Wiederkommen, winkt aus dem Auto und hält sein Versprechen nicht.

Plastik

Da stolperte aus einem Hauseingang eine Gestalt über den Bürgersteig auf Felipe zu und breitete die Arme aus. Zu spät zum Ausweichen. Schnell erkannte er den Verrückten, der oft gegen Mitternacht in dieser Gegend zu treffen war, ein schlecht gekleideter Mann unter fünfzig mit Glatze, der ein entlassener Turnlehrer sein wollte. Der begrüßte den Nachtwächter wie einen alten Freund, packte ihn am Arm und versuchte ihn festzuhalten. Obwohl das stopplige, grinsende Gesicht und der Mundgeruch des Mannes ihn anwiderten, ließ Felipe es zu, dass der andere ein Stück neben ihm die Kölner Straße entlang lief und sofort gierig losredete.

– Wir sind alle verrückt, sagte er aufgeregt und strahlte den Wachmann an. Wir sind alle verrückt! Wir leben in Plastik, alles Plastik. Plastik ist keine Natur oder ist Plastik Natur? Nein, künstlich, Herr Nachbar, alles künstlich und nicht natürlich. Das ist der Unterschied. Sehn Sie die Menschen, alle wie Schaufensterpuppen, Plastik, wie Schlafwandler. Plastik, sieh sie dir an!

Ein Polizeiwagen raste die Straße entlang, ein größerer Mercedes folgte, und noch ein Polizeiwagen dahinter. Felipe blickte den Autos nach, konnte aber keine Gesichter erkennen, nur das blitzende Metall und Chrom über den Rücklichtern. Der Verrückte ließ sich nicht ablenken und sprach weiter. Immer noch hielt er den Ärmel fest, das schien ihn zu beruhigen. Erleichtert, einen Zuhörer und Verbündeten gefunden zu haben, drängte er nicht näher an Felipes Körper heran und wandte sich wieder der Straße zu.

– Ich sag nur eins, ihr seid alle verrückt, wacht auf, wacht auf aus euerm komischen Traum, Plastik-Traum, früher oder später, bald merkt ihr sowieso, wie verrückt ihr alle seid, und euch wird geoffenbart werden, ich sage euch, wie verrückt ihr schon immer wart. Wacht auf aus dem Plastiktraum! Habt keine Angst! Es wird aufbrechen eine ungeheure Freude! Habt keine Angst!

Er schrie nicht. Er sprach halblaut. Er richtete seine Stimme nicht auf die geschlossenen Fenster. Er wandte sich an die Menge der Passanten, der Käufer und Bummler und Geschäftigen, an die Schulmädchen und an die Rentner, an die mit Tüten und Aktentaschen beladenen Leute, die tagsüber diese Straße belebten und nun schliefen, weit weg. Als er sich ausgesprochen hatte, ließ seine Aufdringlichkeit nach.

Felipe gab dem Irren recht in allem und ließ ihn stehen. Er bedauerte den Mann nicht. Der schien seine passende Rolle gefunden zu haben. Felipe hatte nur die leise Angst, ihn noch einmal zu berühren, ihm eben schon zu nahe gekommen zu sein. Er fürchtete die Ansteckung. Warum predigte der Turnlehrer ausgerechnet ihm? Sah er vielleicht aus wie einer, der sich bekehren lässt? Woher roch der kranke Prophet die Verwandtschaft zu dieser Sorte Verrücktheit, die aus den Ermahnungen, Traktaten und Appellen kam? Felipe ging schneller und warf einen vorsichtigen Blick zurück. Der verrückte Bruder stand mit ausgebreiteten Armen auf dem Gehsteig wie auf einem Schwebebalken.

Hinwendungen zu Deutschland

Was kann einer lernen nach wochenlangen, monatelangen, jahrelangen Irrfahrten durch Wohnheime, Gesundheitsämter und Sozialämter, durch viele hundert Kilometer Behördenflure, an denen rechts und links Tausende von Beamten hocken in ihren Wohnungsamtsstuben, Arbeitsamtsnischen und Professorenzellen? Nach Tausenden von stummen Antworten der um das Wohl des Asylanten bemühten Beleidiger, nach den zehnmal täglich ausgeschickten Blicken: Du bist hier unerwünscht, du machst mir Arbeit! Nach der Entzifferung des unsichtbaren Spruchbands in den Zimmern der Ausländerbehörde: Wann verschwindest du endlich? Nach Kenntnis aller Lächelgesichter der Vorschriftenmenschen, die ein Dach, eine Decke, einen Stempel und vielleicht sogar eine Arbeitsstelle gnädig gewähren, welche Einsichten gelingen da noch? Nach Anfällen von Ungeduld und weggeschluckten Depressionen, nach Hunderten von stillen Gegenangriffen auf die, die Deutschen, die Verwaltungsangestellten, die Beamten, macht Felipe Gerlach eines Mittags eine Entdeckung. Nicht nur Ausländer stehen da und warten und fühlen sich schikaniert und werden schikaniert, es sind auch Deutsche dabei, immer mehr Deutsche vor den Personalbüros, im Wohnungsamt, vor den Bafög-Anträgen, streitend und wartend und feilschend um Hilfe und ihr Recht. Die meisten Deutschen haben es auch nicht besser als die Fremden. Wie sie sich fluchend über Formulare beugen, wie sie mürrisch und kaputt nach der Arbeit in die Straßenbahnen drängeln, wie sie überfordert und überwältigt die Einkaufswagen durch die Discountmärkte schieben, sie kämpfen, auch wenn sie hier und da dank Pass und Sprache vorgezogen werden, ähnlich wie die als Ausländer deklarierten Menschen um Arbeit, um Geld, um ein Dach, auch ihnen wird nichts geschenkt.

Diese Entdeckung hat Folgen. Der Gedanke an eine Einbürgerung ist nicht mehr tabu. Du bist deinen Gastgebern viel ähnlicher, als du denkst. Wenn du schon ein Halbdeutscher oder ein Vierteldeutscher bist, warum sollst du nicht ein Ganzdeutscher werden? Einfach einbürgern lassen, und ein paar deiner Probleme wären gelöst? Mit seiner Abstammung hätte er es leichter als andere, an einen deutschen Pass zu kommen. In aller Heimlichkeit tut er einen Schritt in das zuständige Amt und lässt sich informieren. Die Einbürgerung setzt eine freiwillige und dauernde Hinwendung zu Deutschland, Grundkenntnisse unserer staatlichen Ordnung und ein Bekenntnis zur freiheitlich demokratischen Grundordnung voraus. Felipe denkt lange darüber nach. Mit dem Bekenntnis zu der freiheitlich demokratischen Grundordnung hat er keine Probleme, diese Ordnung hat ihm das Leben gerettet. Die Kenntnis des staatlichen Gefüges, klar. Aber was ist mit dieser merkwürdigen Hinwendung, freiwillig und dauernd? Er muss sich noch einmal sachkundig machen. So ist das also gemeint. Wenn du in deinem Emigrantenverein bleibst oder wieder einmal die Lateinamerikagruppe besuchst, dann werden dir die Bürokraten, die alle deine Aufenthaltsorte erspitzeln lassen, antworten: Das ist keine Hinwendung zu Deutschland, lieber Herr Gerlach. Aha. Nur die Braven dürfen Deutsche werden. Wer seine Heimat verlassen musste, weil er den Terror dort nicht überlebt hätte, darf im Zufluchtsland Bundesrepublik nicht über den Terror informieren, sondern muss schweigen und sich von der Politik fernhalten. Na gut. Felipe Gerlach hat für manche deutschen Marotten Verständnis, aber auf null reduzieren lässt er sich nicht.

Auch mit der Grundordnung, erzählt man ihm, hat es seine Tücken. Der Einbürgerungsbewerber muss nach seinem Verhalten in Vergangenheit und Gegenwart Gewähr dafür bieten, dass er sich zur freien demokratischen Grundordnung bekennt und für ihre Erhaltung eintreten wird. Alles schön und gut auf dem Papier, aber man weiß ja aus Erfahrung, welche Pappnasen entscheiden, wer irgendeine Gewähr bietet. Personen, die in innerer Abhängigkeit zu totalitären Ideologien stehen, ist die Einbürgerung zu versagen. Gut, aber wo fängt für einen deutschen Beamten die totalitäre Ideologie an? Wie totalitär ist die Gerechtigkeit für sie? Die müssen sich grad dick tun mit ihrer politischen Moral! Nein, es hat keinen Sinn. Es wird nur Ärger geben mit der Einbürgerei. Er versucht sich damit abzufinden. Einmal heimatvertrieben, gibt es keine Heimat mehr, mit welchem Pass auch immer, nur Heimatgeschwätz. Das Gerede vom Integrieren, vom Verwurzeln, er mag es nicht mehr hören. Er prägt sich den Satz des alten Juden ein, Bäume haben Wurzeln, der Mensch hat Beine.

Danach kann er wieder freier reden an den Abenden mit Pedro, Mario, Miguel und den andern. Die Deutschen, das ewige Thema. Ihre Kälte, ihre Gleichgültigkeit, das dauernde Zackzack, Entladungen von Hass und Verachtung. Aber die Klagen über diese Erlebnisse werden zum Ritual. Immer wenn die Hoffnung sinkt, wenn das Geld fehlt, dann richten sich die Freunde auf an ihrer Einigkeit über die herzlosen und feindseligen Deutschen. Es ist angenehm, die Deutschen für die eigene Misere verantwortlich zu machen, es ist leicht, alles auf sie zu schieben, sie liefern ein ergiebiges Feindbild. Es wird langweilig, das ewige Thema.

Mario, ausgerechnet Mario ist der Erste, der seine oft verfluchten Gastgeber verteidigt.

– Ich bin durch halb Europa gefahren, um ein besseres Land zu finden als dieses, ich bin durch Italien gefahren und wurde für einen Griechen gehalten, in Griechenland wurde ich misstrauisch als Türke betrachtet, und in der Türkei wurde ich mit der deutschen Frage «du Libanon?» angesprochen. Am Schwarzen Meer in Bulgarien haben sie mich als Zigeuner verdächtigt, in England als Inder, in Frankreich als Algerier, in Spanien als Araber. Überall haben sie mich in die Ecke der bedrohlichen, kleinen Minderheit gesteckt, und ich kann nur noch lachen, wenn die Verkäuferinnen beim Metzger mich für einen Türken halten.

In helleren Stunden spielen die Freunde zur Abwechslung das Spiel, was findest du gut in Bundesdeutschland, in Europa?

– Die Wasserleitung funktioniert.

– Der Bus fährt pünktlich.

– Es gibt Platz im Bus, meistens.

– Du wirst nicht überfallen.

– Geld, auch wenn du nicht arbeitest.

– Die Frauen.

– Theoretisches Denken.

– Autobahnen.

– Intercity-Züge.

– Das Bier.

– Hallenbäder.

– Joghurt.

– Made in Germany.

– Die Supermärkte.

– Radwege.

– Waldlehrpfade.

– Die Komik der Deutschen.

– Die Komik?

– Ja, die Komik. Oder findest du das nicht komisch: Der Wahn, um keinen Preis verlieren zu dürfen.

– Mit dem sie ihre Niederlagen immer wieder aufs gründlichste vorbereiten.

– Ich weiß noch was Komisches: Es gibt kaum ein Volk auf der Welt, dem es so gut geht, und du triffst nirgends so viele Leute wie hier, die jammern, wie schlecht sie es haben. Das ist doch komisch, oder?

– Schlechtes Gewissen.

– Mit Grund.

– Besser als wenn sie wieder stramm und stolz wären.

– Welche Deutschen meinst du? Die im Arbeitsamt vor dir in der Schlange stehen? Oder die mit Mercedes in einer Garage voll Kaminholz? Oder die zerschlagenen alten Leute im Park? Oder die Lehrer, die für eine Werkstatt in Nicaragua sammeln? Oder die Rocker auf ihren Maschinchen? Die handzahmen Studentinnen oder die aggressiven Drogisten, die Geflügelzüchter, die Modellbootbauer und Hobbygärtner? Die langsamen Hausfrauen vor der Wursttheke?

– Hört doch auf, sagt Pedro, es ist mir scheißegal, wie es den Deutschen geht und was sie treiben, ich will so schnell wie möglich weg hier.

– Aber ein bisschen Realismus, solang du noch hier bist, könnte dir nicht schaden, sagt Felipe. Ich werde den Deutschen jedenfalls nicht den Gefallen tun und mich als ihr Opfer hergeben. Ich weigere mich, an diesem komischen Völkchen zu leiden.

– Und die uns hassen, uns Kanaker schimpfen und verprügeln und vertreiben und vergasen wollen?

– Ich behaupte mal, die hassen uns gar nicht, die hassen sich selber. Was haben wir denn mit der Unzufriedenheit dieser

Leute zu tun, mit der Spannung, die sie quält und zufällig uns trifft, wenn wir als Blitzableiter in der Nähe stehn? Die meinen uns doch gar nicht, uns Ausländer, uns Außenseiter, uns als Personen.

– Die meinen uns nicht, sagt Pedro, aber sie hauen uns auf die Rübe und meinen uns nicht!

– Wenn wir nicht da wären, dann würden sie sich andere Opfer suchen, andere Blitzableiter.

– Beruhigend.

– Wir machen ihnen Angst.

– Wir doch nicht.

– Wir wären ja schön blöd, wenn wir ihnen keine Angst machten. Dann wärn wir aber kaputt!, sagt Mario.

– Ach, sollen sie uns verübeln, dass wir ein weniger gehetztes Leben führen als sie! Sollen sie sich selbst hassen, so viel sie wollen, solange sie uns dulden. Sollen sie sich bejammern und zerfleischen, solange sie mich in ihrem Land leben lassen. Ich werd mich nicht über sie beklagen. Ich werd mich nicht beschweren, dass sie mir Asyl geben.

– Sei nicht so bescheiden, Felipe.

– Doch. Man müsste Bescheidenheit lernen können, richtig bescheiden werden und eines Tages sagen können: Ich bin nicht so wichtig.

– Ach ja, unser guter Felipe.

Zappelphilipp

Ohne von dem Verrückten verfolgt zu werden, erreichte Felipe das Textilhaus, in dem er gewöhnlich die Pause verbrachte. Zuerst hatte er die Innenkontrolle zu versehen, dann durfte er sich für zwanzig Minuten setzen. Er betrat das Gebäude durch den Personaleingang, warf einen Blick auf die Pförtnerloge, wo seine Thermosflasche und ein Plastikbeutel mit drei Brötchen warteten, nahm den ersten Schluck Kaffee und begann den Rundgang. Er mied, wie es vorgeschrieben war, den Fahrstuhl, stieg die Treppen hinauf, schaltete alle fünf Sinne ein und streifte durch das obere Stockwerk, öffnete jede Tür, leuchtete in die Verkaufsräume, lenkte den Strahl der Taschenlampe mal rechts, mal links auf die prall gefüllten Kleiderreihen, steckte den Schlüssel in die Kontrolluhr, sah auf die Fenster, fand weder einen Dieb noch Feuer noch eine Wasserlache und schlenderte mit gleichbleibender Aufmerksamkeit durch die beiden anderen Stockwerke. Im Erdgeschoss angekommen, griff er Thermosflasche und Brötchen, trug sie hinab in den Personalraum und lief, wie es die Begehungsvorschrift verlangte, durch die Büro- und Lagerräume im Untergeschoss, bis er wieder vor dem Personalraum landete, aber erst zur Toilette ging und endlich auf den Stuhl fiel, der auf ihn wartete. Er streckte die Beine. Den zweiten Schluck Kaffee trank er weniger hastig. Erst Meldung, dann Pause.

– Leo acht an Zentrale.

– Zentrale an Leo acht?

– Objekt Eins Vier Neun, alles okay. Mache jetzt Pause. Ende.

– Verstanden. Ende.

Immer diese trockene, strenge Stimme von Dornberg aus der Zentrale. Der hätte mir ja auch mal guten Appetit wünschen können, dachte Felipe und packte das mit Schinken belegte Brötchen. Der Hunger war größer als der Durst. Nach Stunden des Laufens und Schweifens kam es ihm wunderlich vor, auf einem abgewetzten Tisch in der Pförtnerloge, neben einem fremden Telefon und unter einem Kalender mit dem Datum des gerade vergangenen Tages die vor vier Stunden gefüllte Thermosflasche und die selbst geschmierten Brötchen zu finden. Ein paar Stunden auf den Beinen im schattigen Reich der Wachsamkeit, und schon wurde ein normaler Vorgang wie Essen und Trinken zu einer absurden Episode. Die Versorgung klappte. Der Kollege Schott, der mit dem Auto auf Tour war, brachte jede Nacht pünktlich den Imbiss vorbei. Fast immer traf Schott vor Felipe ein, selten konnten sie ein Wort wechseln. Wenn der Einsatzplan einmal Begegnungen der Wachmänner zuließ, dann nur für zwei oder drei Minuten. Schott machte morgens gegen fünf die Schlussrunde im Textilhaus, wenn Felipe schon Feierabend hatte.

Die Pause hätte er lieber mit Kollegen irgendwo in einer Gaststätte verbracht. Aber die anderen Leos waren über die Stadt verstreut, hatten wechselnde Pausen, und Gaststätten durften während der Dienstzeit nicht betreten werden. Die Angst der Chefs vor dem Alkohol. Als trauten sie keinem Wachmann zu, Mineralwasser zu bestellen.

Die kräftigsten Farben im Personalraum blinkten von der Ansichtskartenwand. Auch in der Pause saß der Hilfswachmann wie in Einzelhaft. Seit zwei Wochen erst war er für dieses Objekt eingeteilt. Die Stille des Hauses drückte gegen die dicken Wände. Felipes Zelle war stabil. Angst regte sich auch in diesem Raum mit den geschlossenen Kippfenstern nicht. Das

Uhrwerk schob den Zeiger eine Minute weiter. Noch sechzehn Minuten Pause. Die Stille knisterte in den Ohren.

Ich hätte den verrückten Turnlehrer mitnehmen sollen, dachte er, ihn mal ein bisschen länger anhören zur Abwechslung, was hat er nur mit Plastik, was macht er, wenn er meinen Plastikbrotbeutel sieht? Wieder ein schweres Vergehen gegen die Dienstanweisung! Unbefugten ist der Zutritt der Wachobjekte unter keinen Umständen ... Und wenn du doch den Mut hättest, ihn einzulassen? Nein, stell dir vor, wenn der Typ hier ausrastet und in die Verkaufsräume hochrennt, sich zwischen den Mänteln und Kleidern versteckt oder im Rausch alles umschmeißt ... und dich machen sie nachher haftbar.

Ach, wie brav, wie vorsichtig wieder! Der brave Felipe, er tut seine Pflicht. Er tut, was sie ihm sagen, was sie von ihm erwarten. Er möchte keinen enttäuschen, nicht mal die Herren der Wachgesellschaft Secura. Wie immer, Felipe, wie immer? Ein nach außen hin fügsamer Sohn, ein braver Schüler, ein unauffälliger Student, ein besonnener Sozialist, als Emigrant ruhig, als Wissenschaftler tüchtig, als Nachtwächter zuverlässig, so hätte es in den Zeugnissen stehen können.

Das bewachte, das gesicherte, das fest gefügte Haus, es flüsterte und summte von oben und seitwärts und die Wände entlang, drei Stockwerke voller Stoffe und Kleider und Hosen, Unterwäsche, Miederwäsche, Büstenhalter, Kindersöckchen, Mützen und Schirme und Hemden, die machten feine Geräusche, wispernde Stimmchen aus den Ritzen, oder war es der Nachhall der Stimme des Verrückten, der über ihn herfiel? Er kaute das zweite Brötchen zu Ende, er räusperte sich, aber das Flüstern blieb im Ohr: Ein guter Kontrolleur bist du, immerzu beherrscht und versteckt, braver Felipe.

Das vertrug er nicht, auf seine Bravheit angesprochen zu

werden. Seine Bravheit gefiel ihm noch nie, mit den Braven wollte er nichts zu tun haben. Aber auf die andere Seite? Nein, das konnte er nicht, die Aufsässigen, die Unruhigen, die Irrwitzigen, die Gesetzesbrecher, sie zogen ihn an und machten ihm Angst, er wagte nicht, sich ihnen anzuschließen, vielleicht weil er wusste, er konnte doch nicht so werden wie sie. Immer die Furcht vor den Folgen des Ungehorsams, vor der Erschütterung durch ein heftiges Gefühl. Die Angst zu explodieren oder in sich zusammenzusinken wie ein fachmännisch gesprengtes Hochhaus. Ein angepasster Moralist, ein entschiedener, aber in seinen Mitteln stets maßvoller Vertreter der Gerechtigkeit auf Erden, ein Holzkopf des Guten, ein Idealist.

Er witterte die große Chance, einmal sich selbst zu widerlegen, einmal über seinen Schatten zu springen und wie einer, wie viele seiner Vorgänger im Dienst zum Beispiel ein paar Anzüge mitgehen zu lassen und sie an Freunde zu verkaufen, mit einem Hehler kleine Geschäfte machen, oder Hemden stapelweise verscherbeln, Kleider, Jeans mitnehmen, verschenken, bis der Schwindel eines Tages auffliegt und die Strafe so guttut, weil er sich bewiesen hat: Es geht auch anders, du bist nicht der Gute.

Nein, er blieb vorsichtig. Ein Gerlach hat es nie nötig gehabt zu klauen und nie nötig gehabt durchzudrehen. Immer gut gefahren, immer mit Sicherheitsabstand, Hindernissen und Risiken ausgewichen. Student, Angestellter im Ministerium, Emigrant, unter den gegebenen Umständen war es immer ein angenehmes Dasein, immer konnte er seine Überzeugungen mit Bequemlichkeit verbinden. Konnte sich den Luxus von Beschäftigungen erlauben, die ihm weder die Lunge versauten noch die Hand wegschnitten, noch das Herz aus dem Takt brachten, und sein Kopf fühlte sich nach der Arbeit nur manchmal erschlagen. Er konnte sich Vorsicht leisten und Beherrschung und die Einbildung, gut zu sein. In den vierzig Jahren seines Lebens hat er keinen Menschen umgebracht, aber keinen davor bewahrt, umgebracht zu werden. Er hat das Militär gemieden, aber noch keinen Soldaten, keinen Panzer zum Stehen gebracht. Er hat keinen verhungern lassen, aber noch keinen satt gemacht – selbst die Arbeit für die Landreform, was war das schon, ein erster Spatenstich!

Er sah auf die Uhr, schraubte die Thermosflasche zu, faltete den Plastikbeutel zusammen, wischte die Krümel vom Tisch und erhob sich.

Mach es wie deine Vorgänger, greif zu, jetzt hast du die Gelegenheit, dich selbst zu widerlegen, dem guten Felipe einen Streich zu spielen und etwas Unberechenbares zu tun, geh hinauf in die Herrenabteilung, kleid dich neu ein, zieh dich für den Erfolg an, du weißt doch, mit den richtigen Klamotten steht dir die nächste Karriere offen, versteck deine Uniform und verlass als neuer Felipe das Haus, geh zum Bahnhof, zum Flugplatz als Philipp und flieg weg als neuer Philipp. Felipe der Chaot, der Spinner, der Unzuverlässige, der zappelnde Philipp, wie wär's mit dieser Version für die nächsten vierzig Jahre?

Ehe er das Licht ausschaltete, warf er einen Blick durch den Raum. Die Pausenräume sind in dem Zustand zu verlassen, in dem sie betreten wurden. Von der Ansichtskartenwand leuchteten die Meere der Welt im gleichen blendenden Blau.

Renn weiter!, flüsterten die Urlaubsbilder. Du Idiot von einem Nachtwächter!, flüsterten die giftblauen Himmel. Bleibe im Rahmen und wahre den Anstand!, flüsterte der Lichtschalter. Lass dich endlich einbürgern und einsargen!, flüsterte die Türklinke. Du ordentlicher Deutscher!, flüsterte das Treppengeländer. Du gutwilliger Bürger!, flüsterte der Feuerlöscher. Du guter Mensch vom Adenauerplatz!, flüsterte Felipe und versuchte zu lachen.

Er brachte die Thermosflasche an den vereinbarten Platz in der Pförtnerecke. Schott wird sie mitnehmen am Morgen und auf Gerlachs Schrank bei der Wachgesellschaft stellen. Am Abend wird Gerlach mit seiner zweiten Kaffeeflasche kommen, die Schott ihm wieder an seinen Pausenplatz transportieren wird, während er am Morgen darauf mit dieser ersten wieder nach Hause gehen und sie am Abend wieder füllen wird, alles im Takt, alles im Lot.

Nachtstück 4

Ja, es ging weiter. Wir auf der Liege, dann wälzten wir uns runter, ohne uns wehzutun, wir rollten miteinander durch den Saal. Der Altkanzler schwieg, die Besucher blieben verschwunden, wir hatten freie Bahn. Wir rollten die Treppenkurven des Museums hinab und über die Straße, wir wälzten Zäune und Sträucher und Bäume und Häuser und Kirchen nieder, eine Schneise durch Rhöndorf, eine Liebesschneise hinunter zum Rhein, wir kamen heil über die Schnellstraße, heil über die Bahnlinie, wir rollten ins Rheinwasser und waren zu zweit ein Schiff und rollten weiter flussabwärts und legten irgendwann in einem Hafen an. Ich schlug die Augen auf, und du knöpftest die Hose zu. Weißt du, was ich dachte? Wie ein Matrose im Puff. Dann stiegen wir wieder irgendwo ein.

Dialog Nord-Süd

– Mensch, was hab ich mich heut wieder geärgert, sagt Pedro.

– Über den Vortrag?

– Nein, Felipe, nach dem Vortrag, wir saßen in der Cafeteria, zu fünft oder sechst, und ich komme mit zwei Studenten ins Gespräch. Erst ganz freundlich und interessiert, und dann sind es plötzlich ganz bierernste Dritte-Welt-Fanatiker.

– Sind doch eher milde Leute.

– Ja, aber als ich länger mit ihnen sprach, da merkte ich plötzlich, wie sie über mich nachdachten und mich im Stillen fragten: Warum lebst du eigentlich noch hier?

– Genau, die kennen wir doch.

– Aber ich hab den Fehler gemacht und da nachgebohrt, und dann wurden sie grob auf ihre liebe, solidarische Art. Ja, warum sitzt du hier und kämpfst nicht, wenigstens in Mittelamerika? Wenigstens!

– Als seien wir alle geborene Guerillakämpfer.

– Genau. Sie möchten uns vorschreiben, wie militant wir sein sollen.

– Und sind immer überzeugt, dass sie Bescheid wissen, was richtig für uns ist. Und dass sie das Monopol haben auf die politische Moral.

– Ich hab sie dann provoziert und gesagt, mich interessieren zurzeit nur zwei Dinge, die Theorie der Wertschöpfung und die chemische Sprache der Insekten.

– Verräter! Feigling! Bravo, Pedro.

– Sie konnten es auch gar nicht begreifen, dass man es ganz gut findet in Europa und sogar in diesem Germany. Sie erwarten ja gar nichts Gutes mehr hier. Die regen mich auf, weißt du, wie sie da hocken in einem der freiesten Länder der Welt, im Ausnahmezustand einer erträglichen Demokratie, und was hörst du? Alles Krieg, alles vergiftet, alles verrottet, kaputt, und dann der Traum von der Revolution, die wir gefälligst durchzuziehen haben, sofort.

– Zum Glück sind nicht alle so.

– Jetzt kommst du wieder und differenzierst fein säuberlich.

– Bittschön, wenn sie nicht so viel Ekel an ihrem schönen, reichen und halbwegs informierten Europa hätten, könnten sie sich gar nicht für uns engagieren.

– Für uns?

– Für unsere Länder.

– Das können sie doch den Kirchen überlassen.

– Du Zyniker. Nein, das ist schon ein Phänomen, dass so viele Leute was tun.

– Aber sie tun's aus schlechtem Gewissen.

– Nicht nur. Sie sind gut informiert, sie wollen nicht nur schmarotzen, sie haben die ganz einfache humane Regung, etwas Vernünftiges tun zu wollen.

– Aus schlechtem Gewissen, aus Schuldgefühlen.

– Den Kindern in der Schule in Mozambique oder den Bauern in Nicaragua ist das egal, Pedro.

– Gut, aber ich rede von den Leuten hier, und ich meine diese komische Identifizierung. Das geht ja bis zur Anhimmelung manchmal, die angehimmelten Indianer, die angehimmelten Opfer der Multis, die angehimmelten Kämpfernaturen! Als müssten sie sich persönlich reinwaschen mit ihrer kleinen Anbetung der Dritten Welt, als müssten sie die alten Sünden ihrer Väter und Großväter wiedergutmachen.

– Ja, aber du musst schon unterscheiden zwischen anhimmeln und engagieren.

– Erklär ihnen das mal. Sie flüchten ja zu uns, sie werfen sich uns an die Brust, und wir sollen auch noch ihre ganzen Dritte-Welt-Hoffnungen auf dem Buckel mitschleppen.

– Aber es gibt Solidarität.

– Bist du sicher, Felipe? Mit fünfzig Millionen Verhungerten jedes Jahr kannst du nicht solidarisch sein. Mit zweihundert Millionen Todeskandidaten geht es auch schlecht. Oder hast du schon mal was gehört von Solidarität mit KZ-Insassen oder mit den Gefangenen in sowjetischen Straflagern. Nein, mit denen kannst du nicht mehr solidarisch sein, und unsere emsigen deutschen Freunde auch nicht.

– Und die Schulen, die Waffen, die Brunnen?

– Jede Mark ist in Ordnung. Aber vergiss nicht, auch die deutsche Linke lässt sich ihre Träume was kosten.

– Bist ganz schön frech heute, Pedro.

– Ein bisschen Geld hergeben, damit man nicht selbst zupacken muss!

– Aber du kannst doch nicht abstreiten, dass es richtig ist, oder sagen wir, ein Fortschritt, wenn so viele Leute sich überhaupt kümmern um die Probleme außerhalb der deutschen Mauern.

– Das streit ich nicht ab. Aber würdest du es auch einen Fortschritt nennen, im 19. Jahrhundert, als es Mode wurde, dass die Gattinnen der Fabrikbesitzer einmal im Jahr Almosen verteilten? Na bitte.

– Langsam, langsam. Du kannst ja schlecht behaupten, die Gattinnen der Fabrikbesitzer hätten die Mechanismen der Ausbeutung aufgedeckt und attackiert.

– Schon gut, der Vergleich kam mir grad in den Kopf.

– Also gibst du zu, es wird wenigstens ein bisschen Wahrheit ans Licht gebracht?

– Mit Worten, mit Papier.
– Wie denn sonst?

Der Freund Amerikas

Ellerbrock verließ die Clubräume nüchtern, den Mantel knöpfte er auf der Straße zu. Endlich frische Luft in die Lungen! Gern ging er zu Fuß die paar hundert Meter zum Büroparkplatz, wo sein Wagen stand.

Der Abend war enttäuschend verlaufen. Der schneidige Minister, erst hatte er die Herren warten lassen. Dann ein kurzer Auftritt mit langen Entschuldigungen für die Verspätung. Die Soldaten hätten nach der gestörten Gelöbnisfeier den Wunsch gehabt, mit dem Minister zu sprechen, dem Wunsch habe er selbstverständlich entsprechen müssen. Dann folgten gestanzte Belanglosigkeiten über die Notwendigkeit einer neuen Politik, die Probleme der Staatsverschuldung, das übliche Kurzreferat, das die Parteioberen bei jeder Gelegenheit von sich gaben. Der Minister war am späten Abend nicht mehr in Form, er hatte seine Zuhörer im Handelsclub nicht überzeugt.

Auch der Steuerberater Ellerbrock hatte mehr Zündendes und Anregendes erwartet und ärgerte sich. Es war dumm, von den hohen Parteifreunden irgendwelche Perspektiven zu erwarten. Jeder Unternehmer, jeder Möbelfritze wusste besser, wohin der Marsch zu gehen hatte, man musste froh sein, wenn die Parteileute das dann im politischen Raum durchfochten. Er ärgerte sich über das Ministerchen, das für eine Dreiviertelstunde angerauscht kam, Freundlichkeiten austauschte und dann wieder verschwand, sich entschuldigend mit der üblichen Entschuldigung, die Termine morgen früh. Nein, er ärgerte sich mehr über Brinkmann als über den Minister. Er ärgerte sich, nun gestand er sich's ein, so richtig nur über Brinkmanns Bruder. Ein Staatsanwalt pfuscht ins Geschäft, das fehlte noch! Er musste das ernst nehmen, diesen Wink. Den ganzen Abend hatte er an den Staatsanwalt denken müssen, der Staatsanwalt war ihm näher als der Minister, der Staatsanwalt hatte ihm den Clubabend verdorben. Ellerbrock nahm sich vor, sofort zu handeln. Wieder hatte er das Gefühl, alles allein machen zu müssen. Er überlegte, ob er gleich ins Büro gehen und eine Strategie entwerfen sollte noch in dieser Nacht.

Nein, nicht mit müdem Kopf, sagte er sich.

Eins stand fest: Ein neuer Prospekt musste her, farbiger, aufwendiger und mit vielen sachlichen Fakten und Beispielrechnungen. Der Anleger will informiert sein, er will auch hin und wieder ein Risiko genannt bekommen, er ist kritisch und weiß, todsichere Geschäfte gibt es nicht. Ellerbrock stöhnte. Man muss den Idioten wirklich alles im Detail erklären. Da nimmt man ihnen die Sorge um ihre Steuern ab, fährt um die ganze Welt, um ein warmes Plätzchen für ihre Anlagen zu finden, man sichert ihnen das Geld vor den Russen, vor den Sozis, verschafft ihnen sogar noch eine Freikarte in ein Land, das weit weg ist von allen Unruheherden, und dann rennen sie, wenn der Rubel nicht gleich rollt, zum Staatsanwalt.

Offensiv werden, das ist die Parole. Wie in der Indianerfrage. Den ewigen Ärger mit den Indianern, die nicht von den Parzellen weichen wollten, und mit den komischen Heinis, die sich hier in Europa für sie stark machten, pflegte er mit einem simplen Versprechen zu dämpfen. Bei jeder Pressekonferenz, bei jeder Gelegenheit ließ er verkünden, er kenne das Schicksal der Indianer, das Problem liege ihm am Herzen wie jedem Freund Amerikas, deshalb sei er bereit, von seinen rechtmäßig erworbenen Ländereien etwas abzugeben, eine Schenkung von tausend Hektar stelle er in Aussicht.

Das reichte jetzt nicht mehr, er musste an der Heimatfront kämpfen. Die Vorwürfe aufgreifen, die der Staatsanwalt prüfte, und in ausführlichen Briefen an die Anleger entkräften, ehe die Lawine losgeht. Und den Flankenschutz nicht vergessen. Öfter mal spenden für kirchliche Organisationen. Oder einen Presseempfang geben, vielleicht einen Trockene-Brötchen-Empfang zugunsten der Hungernden der Dritten Welt, vielleicht mit einer eingeflogenen Nonne aus einem Armenviertel, zu albern so etwas, aber das war's, was die Leute überzeugte. Flankenschutz, vielleicht ein paar Abgeordnete mit gutem Ruf einladen und rüberfliegen lassen auf Firmenkosten, sollen sich mal alles in Ruhe ansehen, mal objektiv prüfen, warum die deutschen Steuerzahler so gern im Ausland investieren, und dann sollen sie pressewirksam schwärmen!

Die Leuchtschrift der Tropic-Bar in der Kammgasse zog ihn an. Noch einen Whisky auf den Ärger?

Drei Schritte bis Sibirien

Der Hilfswachmann blieb auf der vorgeschriebenen Route, umkreiste den Platz und stieg hinab in die Unterführung, hin zu den Schluchten der U-Bahn, hinein in den Adenauertunnel. Treppabwärts, auf breiten, flachen Stufen ging er gern, das lockerte die Beine. Die Rolltreppen standen still. Energie wurde gespart.

Ein Trupp Jugendlicher kam ihm ungestüm entgegen. Der Tunnel verstärkte ihre johlenden Stimmen.

– Scheiß-U-Bahn, riefen sie, schon wieder alles zu!

Sie rückten in breiter Front auf den Uniformierten zu, als wollten sie ihn, dessen Kleidung irgendeine Beziehung zu höheren, ordnenden Mächten signalisierte, in die Mitte nehmen, einkreisen und zur Verantwortung ziehen. Es waren sechs oder acht Burschen, die sich ihren Spaß damit machten, andere einzuschüchtern. Felipe legte unauffällig die Hand in die Nähe des Knüppelgriffs.

– He, Alter, schließ die Bahn auf, wir wolln noch ne Gruppenreise machen!

Nicht provozieren lassen. Mit keinem Auge flackern. Er ging stur geradeaus. Sie wichen aus und drehten ab, vielleicht hatte das Funkgerät ihnen imponiert oder das Kostüm, das nicht zu den städtischen Verkehrsbetrieben gehörte. Schimpfend und johlend zogen sie weiter, sie kosteten die Echos des Tunnels aus. Er blickte ihnen nicht hinterher.

Die Scherengitter vor dem Eingang zu den unterirdischen Bahnsteigen waren zugeschlagen. Die Unterführung diente bis zum Morgen nur noch als Fußgängertunnel. Jetzt wurde es ernst. Die gewöhnlichen Passanten mieden nachts diesen Weg, aber da er nicht mit Gittern versperrt war, liefen immer noch Einzelne hier entlang, die Dummen, die Unerschrockenen oder die Lauernden.

Die Geräusche der Jugendlichen am anderen Ende des Tunnels verschwanden. Die Stille klang hohl. Der Hilfswachmann hörte nur seine Schritte, gleichmäßig, langsam, müd. In den Vitrinen, voll mit Handtaschen, Wäsche oder Kinoprogrammen, waren die Neonröhren schon ausgeschaltet. Die Farben der Reklametafeln sprangen aus den Wänden. Dazwischen die gekachelten, gelblich-grauen Flächen, auf denen das Deckenlicht matt spiegelte. Er musste alle Gänge rechts und links absuchen.

Was für ein Humorist musst du sein, sprach er sich Mut zu, dass du beinah freiwillig, dein bisschen Geld zu verdienen an einen Ort gehst, den um diese Zeit alle meiden, in das kälteste Zentrum der Stadt, in die gekachelten Gänge für die Lebensmüden und Penner! Was für ein Humorist, ein bezahlter Flaneur durchmisst mit Augen und Schritten die menschengefährdende Menschenleere! Ausgerechnet du, ein Mann vom Lande, der sich nie an die Städte gewöhnen will, nun kreist du um den Adenauerplatz, wo du nichts bebauen, nichts wachsen lassen, nichts ändern darfst! Ganz schön viel Humor musst du haben, dass du den Aufpasser spielst für Leute, die einen wie dich verachten und die nur eins wollen: dass am nächsten Morgen alles wie gewohnt weiterlaufen kann! Und dafür lässt du dich nachts aus dem Bett und durch die Straßen schicken! Wie lang wirst du dir das noch gefallen lassen, Felipe?

Erleichtert, keine Penner anzutreffen, die er der Zentrale hätte melden müssen, ging er den Weg durch die Tunnelgänge noch einmal zurück. Er schritt kräftiger aus. Nie zuvor war ihm diese Unterführung so scheußlich, so metzgerhaft erschienen. Als hätten sie etwas abzuwaschen hier, von den Kacheln. Was für ein Abstieg, immer tiefer hinab! Der Abstieg in die Nachtwächterei, der letzte, wütende Versuch, einzudringen in das schwarze Loch Deutschland, es ging nicht weiter, nicht tiefer. Der Blick flüchtete zu den Werbeflächen. Badefreuden im Winter auf einer südlichen Insel. Auf einem kitzelnd blauen Meeresbild streckte eine lachende Frau dem Betrachter ihren

Körper entgegen. Die Frau näherte sich, je länger er hinsah. Er schob sie weg. Ihr Bild, das Meerbild, das Reklamelachen, diese Versprechen in der kalten, gekachelten Fußgängerschlucht warfen ihm einen jähen Gedanken zu. Hinter diesen Gängen hört die Welt auf, hört Europa auf, hier fängt die absolute Kälte an, das unbekannte Sibirien, minus 50 Grad Celsius, von hier kann es nicht mehr weit sein bis zur eisernen Grenze, wenn du hier immer weiter läufst, kommst du ins Reich der lähmenden Ängste, der Vorschriften und der Bewegungslosigkeit, wo du nie hinwolltest, das ist der absolute Endpunkt deines Exils, oder wie weit willst du noch vorstoßen in die Kälte? Wie weit bist du schon geraten? Es reicht doch. Wo du gelandet bist, da wünscht sich niemand hin, nicht einmal die Einheimischen. Hier lassen sie dich allein. Hier spricht niemand mit dir. Hier erweist dir keiner die Aufmerksamkeit der Verachtung. Nichts von der Ehre der Berührung durch ein kräftiges Rempeln. Niemand nähert sich. Nicht mal ein Verdächtiger, ein Täter unterwegs, der dir deine Lebendigkeit bestätigt. Niemand spricht dich an. Keiner will deine Geschichte bis zum Ende hören. Sie sagen, wir kennen dich schon, wir wissen schon, was du sagen wirst. Sie schalten ab. Sie haben genug mit sich selbst zu tun. Nein, sie haben etwas mit dir vor. Sie wollen dich sprachlos machen. Sie arbeiten an deiner Vereinsamung. Und du Idiot lässt es dir gefallen. Abgeschnitten von allen deinen Möglichkeiten und machtlos gemacht, gehst du hier spazieren, während sie die Welt verändern und dich mit. Sie arbeiten an deiner Abschaffung, und du siehst ruhig zu dabei, und passt auch noch auf, dass sie dabei nicht gestört werden und ruhig schlafen können!

Es schüttelte ihn, er rannte los, als sei er hinter einem Dieb her, nach oben. Erst vor den gläsernen Mauern einer Bank blieb er stehen. Er atmete laut und starrte auf sein Spiegelbild im Glas, daneben die Tafel der Börsenkurse. Eine lächerliche Figur, eine Schießbudenfigur. Er pumpte die Lungen voll.

Die Meldung an die Zentrale, im Adenauertunnel alles okay, gelang mit fester Stimme. Dann gab er sich einen neuen Stoß, vorwärts, Felipe!

Nach Aktenlage

Vorwärts, Felipe! Wann hat Julio das gesagt? Sind es zehn, elf, sind es zwanzig Jahre her? Dieser leise, ruhige Satz im hektischen Büro?

In der Abteilung Landreform des Ministeriums für Landwirtschaft sitzen die Angestellten, darunter ein Haufen frisch examinierter Ökonomiestudenten, und sehen die Berichte über die Enteignungsverfahren der Latifundien durch, geben den Fall, wenn nötig, an die Juristen weiter, beschleunigen die Prozedur, erledigen die Formalien für die Bewilligung von Krediten und die Lieferung von Saatgut und Maschinen. Sie arbeiten zehn, elf Stunden am Tag, die Schreibtische werden nicht leer. Sie schwitzen, sie sind die zentrale Anlaufstelle für Beschwerden und Probleme eines mühseligen Reformprozesses. Durch knisternde Telefonleitungen schreiend, verlangen die Landarbeiter ihr Recht, als ginge es nur um einen Stempel. Die Anwälte der Großgrundbesitzer sind nicht faul und fordern Antwort auf umständliche Eingaben. Delegierte klopfen an und sagen, sie gehen nicht eher, bis der neue Traktor da ist. Die Regierung, der Minister verlangt strikte Legalität. Standardantwort an alle Ungeduldigen: Wir haben die Gesetze nicht gemacht, wir wenden sie nur an.

Julio und andere sind für die südlichen Provinzen zuständig. Felipe ist einer, der sich um den Norden kümmert. Eines Tages kommt Julio herüber und hält eine Akte in der Hand.

– Schau mal, was ich hier habe, sagt er. Die Gerlachs aus Pemuco, das sind doch deine Verwandten, oder?

Felipe nickt, schiebt den Berg der grauen Aktenmappen beiseite und stürzt sich auf den Bericht, für den er nicht zuständig ist. Der Sommerort der Kinderjahre, das Ferienparadies, der Schauplatz der Träume ist plötzlich ein Fall für die Akten. Die Aktenlage ist eindeutig. Onkel Ernesto hat nur die Hälfte seines Landes bebauen lassen, schon das genügt laut Gesetz, um ihm den größeren Teil davon zu nehmen. Nicht anders als die anderen Herren hat er seine Arbeiter betrogen, die Liste der beeideten Vorwürfe ist mehrere Seiten lang, und gleichzeitig versucht er mit den bekannten Tricks der Provinzanwälte die Enteignung zu verhindern. Der rabiate Ernesto, der Stiefel-Ernst, der Onkel mit der Peitsche hat keine Chance, gegenwärtig nicht.

Der ist für den Neffen ohnehin nicht der rechtmäßige Eigentümer. Felipe phantasiert in einer Vergangenheit herum, in der das Gut noch den Großeltern gehört. Also ein Stück auch ihm. Der Enkel meldet Ansprüche an. Was in den Akten verzeichnet ist, das kennt er, das Haus und die Scheunen und Ställe und Maschinenschuppen. Was auf den Papieren steht als soundso viel Hektar, das sind für ihn die sanft gehügelten Felder, die Obstbäume, die Brombeerhecken, die Bäche und Böschungen. Er kennt die Gebäude, die Räume von innen und außen, die Möbel rücken ihm vor Augen und die Gesichter der Verwandten. Im Lärm des Büros, während ihn die Bilder eines Salzfasses, eines Türgriffs, der abgetretenen Leitersprossen in der Scheune und der wechselnden Dunkelheit im Schuppen begleiten, versucht er, sich an die Gerlach'schen Landarbeiter und Tagelöhner zu erinnern.

Die Gesichter der neuen Besitzer bleiben verschwommen. Aus der Gruppe der schweigsamen, getretenen, unnahbaren Frauen und Männer, wie Felipe sie wahrgnommen hat als Kind, lösen sich keine einzelnen Figuren. Die in den Ställen und auf den Feldern arbeiteten, die waren entfernte, gesichtslose Knechte für ihn. Nur das Gesicht des einen, dem er helfen wollte nach seiner Entlassung durch Ernesto und den er beleidigt hat mit dem Geldschein, nur dieses lauernde, dunkle Gesicht ist im Gedächtnis gespeichert.

Am Schreibtisch sitzt Felipe Gerlach und hält den Bericht über das Ende der alten Ordnung in den Händen. Er möchte nicht wieder Schmarotzer dieser Ordnung sein. Seinen Frieden nie wieder auf Kosten anderer machen. Aber er kommt mit seinen Gefühlen nicht zurecht. Einen Namen wenigstens, einen Vornamen der Landarbeiter von Pemuco versucht er zu erinnern. Wer seine Vergangenheit, wer den Schauplatz seiner Träume, wer den Besitz übernimmt, will er wissen. Er kann leicht sagen: das Volk natürlich, die Landarbeiter, die Produzenten, wir alle, ganz am Ende auch ich. Aber dieser politische Gedanke nimmt nicht die Scham weg, dass er die Menschen gar nicht kennt, für die er die winzige, die durch und durch legale Revolution mitorganisiert. Auch die Namen der Zeugen, die gegen Onkel Ernesto ausgesagt haben, kennt er nicht.

Das Selbstverständliche, das Einfache, das Notwendige der Enteignung, es geht ihm auf einmal zu schnell. Die entscheidenden Papiere, er hat sie in der Hand, er könnte die Prozedur der Enteignung nicht verhindern, aber aufhalten, Vorwände kann man immer finden. Er zögert. Er zögert nicht. Nicht länger als eine halbe Sekunde denkt er an ein Aufhalten der Gerlach'schen Enteignung. Es ist selbstverständlich, nicht für den eigenen Vorteil zu arbeiten, und sei es für den Vorteil einer unangetasteten Kindheitserinnerung. Auch Felipe Gerlach wünscht, die Sippe und vornweg Ernesto entmachtet zu sehen.

Es ist höchste Zeit. Ernesto wird bei dieser gutwilligen Reform nicht einmal entmachtet und bleibt ein stolzer Eigentümer. Er behält das Haus und Hektar genug für seine Familie und das Vieh, die Maschinen, das Saatgut. Der Enteignete wird ein wohlhabender Mann bleiben, reicher als alle Landarbeiter zusammen, die einen Teil seines Landes übernehmen. So schnell sind die Großgrundbesitzer nicht kleinzukriegen, die Enteignung macht sie liquide und kämpferisch. Sie werden nicht zögern, mit den Entschädigungsgeldern ihre Mordkommandos aufzurüsten und den Bankrott der Regierung zu betreiben. Die Ernestos sind nicht zu unterschätzen. Sie werden es nicht kampflos ertragen, dass es in ihrem Land so viel Freiheit und Humanität gibt wie nie zuvor. Sie werden sich erst dann wieder frei fühlen, wenn sie eines Tages wieder den ganzen Besitz auf ihren Namen im Grundbuch eintragen lassen. Sie werden tief beleidigt sein, dass die Landarbeiter, die sie niedrig, krank und hungrig gehalten haben, aufrecht über ihre Felder laufen und säen und ernten und mehr ernten als unter der Peitsche. Sie werden abwarten und zurückschlagen, die großen Besitzer, die Rache der Rachen wird kommen. Wir enteignen sie, und sie werden stärker als je aus dieser Enteignung hervorgehen, und was dann – aber das wagt Felipe im Trubel des Büros nur blitzartig und leise zu denken, er ist voll Hoffnung auf das Gute, die Revolution wird siegen, weil sie vernünftig und deshalb unverletzlich ist.

Das Enteignungsverfahren wird in seinem Kopf entschieden, und er gibt die Zustimmung, dass sein eingebildetes Stück Heimat in Gemeineigentum überführt wird. Ihm gehört kein Quadratmeter dieses Besitzes, aber es kommt ihm vor, als enteigne er sich selbst. Glücklich, etwas verändern zu dürfen, wünscht er die Veränderung und trauert im Stillen, beinah wie ein Eigentümer. Der stille Teilhaber nimmt seinen Verstand zusammen und gönnt den Landarbeitern, die generationenlang unter den Gerlachs gedrückt wurden, alles, mehr als ihnen nach dem Gesetz zusteht, alles. Er ist ihnen sogar dankbar, dass sie ihm den Aufstand, die Vergeltung an seiner Verwandtschaft abnehmen, die auf der andern Seite der Barrikade steht. Gemeinsam entreißen wir denen, die den Reichtum nicht teilen wollen, ein wenig Macht! Die stehen endlich mit dem Rücken an der Wand! Vergiss deine egoistischen Gefühle! Es ist ein Triumph, Genosse Gerlach! Es ist höchste Zeit.

Eilig bringt er Julio die Aktenmappe zurück.

– Na, mach mal schnell damit.

Aber verwirrt und blass sieht er aus, muss sich selbst Mut zusprechen. Julio bemerkt das und klopft ihm auf die Schulter, als hätte sein Freund schon das Schlimmste überstanden, lacht und sagt:

– Vorwärts, Felipe!

Sachdienlicher Hinweis 3

Die vier unbekannten Täter hockten, nachdem sie ihr Werkzeug noch einmal geprüft und den Plan noch einmal besprochen hatten, hinter geschlossenen Vorhängen auf den Matratzen in der

Wohnung des Täters 1. Sie begannen lustlos ein Canasta-Spiel und tranken Kaffee. Täter 3 schwor auf Tee und behauptete, das Kaffeetrinken mache nur müde. Hör auf, sagte Täterin 2. Alle merkten, sie hatten einen Fehler gemacht, sie hatten sich zu früh verabredet, nun wussten sie nicht, was sie in den nächsten beiden Stunden tun sollten, ohne aufgeregt oder schläfrig zu werden. Die Fernsehkanäle zeigten Fernsehschnee. Vor den Augen flimmerten die letzten Bilder eines japanischen Liebesfilms. Die verneinende Geste, der nach innen gekehrte Blick der Schauspielerin aus einer längst verflogenen Einstellung störte Täterin 4 bei der Konzentration auf das Canasta-Spiel. Die Spielregel: Wer zuerst die Müdigkeit zugibt, hat verloren.

Schweinschwein

Stimmen schlugen durch die Stille, Schreie wehten heran aus der Richtung Kölner Straße. Der Wachmann Gerlach deutete sie als Hilferufe, sprintete los und erreichte nach dreihundert Metern einen Haufen junger Leute. Die prügelten sich. Eine Keilerei auf dem Bürgersteig vor dem kleinen Park an der Kölner Straße, neben einer Telefonzelle. Nur eine Laterne beleuchtete die Szene. Er konnte nicht erkennen, wie viele da aneinandergeraten waren und wer da gegen wen kämpfte. Einige schienen im Dunkel des Parks den Streit auszutragen. Zu viele für einen Polizisten, erst recht für einen Wachmann. Er musste aufpassen. Es war nicht seine Aufgabe, Raufereien zu schlichten. Direkt vor ihm trafen zwei aufeinander, fauchten sich an, der eine hob den Arm, der andere deckte das Gesicht.

– Aufhören!, rief Felipe keuchend. Hört doch auf! Die beiden fingen an.

– Komm her, du feiger Kanake!, schrie der eine.

Felipe war nicht gemeint, und doch zog er sich etwas zurück und sprach hastig ins Funkgerät:

– Leo acht an Zentrale! Leo acht an Zentrale!

– Zentrale an Leo acht?

– Hier an der Ecke … Entschuldigung, noch mal … Kölner Straße, Parkeingang, Schlägerei zwischen Jugendlichen.

– Wie viele?

– So zehn, zwölf.

– Verstanden. Alarmieren Polizei.

– Ja, schnell, schnell.

– Verstanden. Ende.

Er hielt sich abseits vom Handgemenge. Der Wachmann ist gehalten, angesichts einer gefährlichen Situation sich zuerst einen Überblick zu verschaffen. Zwischen dem hässlich klatschenden Geräusch von Faustschlägen hörte der Zuschauer die kurzen, heftigen Schreie der Kämpfenden:

– Raus mit euch!

– Halt die Schnauze!

– Ich mach dich alle!

– Uns nicht!

– Komm her, du Sau!

– Ausländerschwein!

– Deutschschwein!

Es lief alles wie ein Film an Felipe vorbei. Boxende, ringende Arme, angewinkelte, sprungschnelle Beine, zum Tritt gespitzte Schuhe, wehende Jacken, blitzende Knöpfe, wütende Gesichter, taumelnde Körper, kreisende Köpfe, bleiche Fäuste. Die sich so unablässig und immer noch ein wenig wie im Spiel, nach eingeübten Rollen schlugen, sahen nicht wie Schlägertypen aus. Aber sie hieben einander ins Gesicht und traten sich in den Bauch, als hätten sie nie etwas anderes getan. Wer zu welcher Partei gehörte, blieb unklar, und ob es überhaupt zwei Parteien gab oder jeder gegen jeden schlug. In den wenig beleuchteten Ecken war nicht auszumachen, ob die angeblichen Ausländer in der Mehrheit oder in der Minderheit waren. Der Wachmann beobachtete alles und empörte sich nicht. Er erwartete das Selbstverständliche, den Höhepunkt, Messer, wer zieht zuerst das Messer. Bis jetzt hätte es eine Rauferei zwischen Schuljungen sein können, aber nun war es Zeit für die ernsthafte Zuspitzung, Messerstecherei, Mord und Totschlag.

Polizeisirenen kamen näher, die prügelnden Partner hielten inne, hörten in die Richtung des aufscheuchenden Heultons und rannten fort. Aus zwei Streifenwagen sprangen vier Polizisten, umzingelten den Tatort, liefen durch Büsche und Parkwege, bekamen vier der Flüchtenden zu packen und drängten sie unter die Laterne. Eben noch in Bewegung, eben noch die Faust unter der Nase, standen die Schläger auf einmal wie nackt da. Mit Handschellen wehrlos gemacht, wurden die Gefangenen unter das dünne Licht gestellt, wie zum Aufhängen bereit. Einer fiel durch sein wirres Haar und Kratzwunden im Gesicht auf. Einem mit schwarzen Locken blutete die Nase. Der Dritte, in der verrutschten Uniform eines Bundeswehrsoldaten, tastete aufgeregt mit Zunge und Lippen seine Zähne ab und murmelte:

– Scheiße, der Zahn ist raus. Scheiße, der Zahn ist raus.

Ein Vierter lag am Boden. Der Krankenwagen wurde gerufen. Zwei weitere Streifenwagen trafen ein und wurden mit dem Befehl zur Suche der Flüchtigen wieder fortgeschickt.

Ein Transporter fuhr heran, und die drei Gefangenen wurden hineingedrängt.

Der Liegende hob mit Hilfe eines Polizisten den Oberkörper etwas an, ächzte und legte sich wieder hin.

– Lieber nicht, sagte der Polizist, Krankenwagen kommt gleich.

– Nicht Krankenwagen, nicht Krankenwagen, sagte der Liegende.

Das Gesicht. Felipe erkannte das Gesicht und trat näher.

– Mensch, Kemal, was machst du denn hier für'n Scheiß!

– Wir haben doch nichts gemacht.

– Ich hab's aber gesehn.

– Nee, nee, wir wollten telefonieren, da kamen die an, und geschrien: ihr nix telefonieren, Türken nix Telefon, wollt ihr Prügel, wollt ihr Prügel, feige Kanaker.

– He, unterbrach ein Polizist, das ist nicht Ihr Job, den Mann auszufragen. Ermittlungen, die machen immer noch wir.

– Ich kenn den aber, der wohnt bei mir in der Nachbarschaft.

– Trotzdem, halten Sie sich da raus.

– Wir uns nur wehren, fuhr Kemal fort, wir uns wehren, die andern viel mehr als wir, und Soldaten dabei.

– Genug jetzt, sagte der Polizist und schob Felipe fort.

– Die wollten uns totschlagen, totschlagen, rief Kemal Felipe zu.

Der Krankenwagen fuhr vor.

– Das kannst du alles auf dem Revier erzählen, brummte der Polizist.

An Kemal waren keine Verletzungen zu sehen, aber es fiel ihm schwer, den Körper zu heben. Er wollte aufstehen, aber wurde kurzerhand auf die Tragbahre gelegt, wehrte sich, bat

Felipe um Hilfe, schnell waren die Türen zugeworfen. Dem Wachmann gelang es, den Fahrer nach dem Ziel zu fragen.

– Walthari-Krankenhaus, sagte der, tippte mit dem Finger an die Mütze und gab Gas.

Ein fragender Beamter wünschte eine Aussage vom Augenzeugen Gerlach, der Name, Adresse, Beruf nannte, in wenigen Sätzen mitteilte, was er gesehen hatte, und, nach Rückmeldung bei der Zentrale, weiterzog.

Alle Menschen werden Br…

Sie kriegen alles ab, die Schläge, die Aggressionen, den Hass, die Türken fallen am meisten auf, die Zielscheibe, die Stellvertreter, sie sind zahlreich, sie sind wenige, sie sind zu schwach gegen das, was ihnen entgegenschlägt, sie sind zu wenige, wir sind zu wenige, was sind schon viereinhalb Millionen Fremde, wir müssen mehr werden, viel mehr, damit die Deutschen vielleicht einmal verstehen, wie die Welt außerhalb ihrer festen Burg aussieht, nur wir Ausländer können euch Deutschen noch helfen, wir werden euch ein wenig verausländern, aber wir müssen mehr werden, zehn Millionen, dreißig Millionen, sechzig Millionen, warum nicht so viele, wie ihr, wie eure Väter vor vierzig Jahren ums Leben gebracht haben, jeder Asylbewerber soll zwanzig Asylbewerber mitbringen, und wenn das nicht reicht, sollen Einladungen verteilt werden in allen Ecken und Hütten der Welt, und wer will, soll kommen, sie sollen sich aufmachen, die Armen aus den Straßen Kalkuttas, die Landlosen, die Arbeitslosen, die Kranken aus Recife und Santiago und São Paolo, sie sollen, wenn sie noch laufen können, alle kommen, die Frauen und Kinder aus Ghana und Obervolta, die Flüchtenden aus Zaire und Äthiopien und Afghanistan, aus Pakistan und El Salvador, aus allen Erdteilen fallen die Hungerleider millionenstark ein in die reichen Länder, sie besetzen die Flugzeuge und die Schiffe, schieben die Stewardessen und Stewards sachte beiseite und nehmen den Geschäftsleuten und Touristen die gebuchten Plätze weg und schicken sie zurück in die Hotels, sie überrennen die Zöllner und Passbeamten, die nach gültigem Visum fragen, und reißen die Grenzpfähle und Schranken aus, sie überschwemmen die breitwandigen Ankunftshallen und die stillsten Bahnhofsgebäude, voll sind die Landungsbrücken der Häfen mit zerlumpten, dünnen, frierenden Gestalten, kilometerweit die Schlangen, die keine Schlangen mehr sind, die Massen in den Supermärkten, wo sie ihren Anteil zurückholen, wo sie die Regale räumen und die Kassiererinnen auf die Stirn küssen, da sind sie vor den Sozialämtern und Ausländerämtern, in denen die Formulare längst ausgegangen sind und die Beamten an Flucht denken, und wenn die eingereisten Gäste so freundlich sind und überhaupt Anträge stellen, dann beantragen sie politisches Asyl, denn sie wissen besser als jeder Politiker, dass es keine anderen als politische Fluchtgründe gibt, weil sie ihre Armut nicht verschuldet haben, weil sie die Gesetze nicht gemacht haben, weil sie ihre Landesherren und deren Handelspartner nicht gewählt haben, sie sollen alle kommen und ihr Recht auf Leben einklagen, sie sollen kommen, die in Lebensgefahr sind, und über alle Konsulate und Behörden hinwegsteigen und in die USA strömen und nach Spanien und Portugal, sie sollen Frankreich bevölkern und Großbritannien und Skandinavien und die Sowjetunion nicht vergessen, sie sollen, wenn sie wollen, in das Land der deutschen Unschuldslämmer eindringen, die immer noch meinen, an den gegenwärtigen Verbrechen nicht beteiligt zu sein, nur weil sie vor kurzer Zeit selbst die unfasslichsten Verbrechen begangen haben, hierher, in diese Straßen rund um den Adenauerplatz sollen die Fremden kommen mit ihrem ganzen Stolz und alle Wachleute und Polizisten überflüssig machen und nicht nur die Telefonzellen blockieren, sie sollen die Fußgängerzonen verstopfen und die Kaufhäuser einnehmen, den verbotenen Rasen betreten und die Bannmeilen, an den Autobahnen kampieren und vor den Großmarkthallen, sie sollen einmal ihr Recht einklagen, einmal Angst und Schrecken und Einsicht verbreiten allein mit ihrer Anwesenheit, mit einer unübersehbaren Landnahme, sie sollen ihre Welt hereinholen in diese eingebildete erste, Angst und Schrecken und Einsicht, ach!, selbst wenn sie in Massen über die Grenzen strömen, was wird es nützen, die Reichen werden noch perfektere Befestigungsanlagen bauen um ihre Villen und Vorratskeller und Kühlhäuser, jeder bessere Deutsche wird sich bewaffnen, wird jeden Abend den Schäferhund trainieren, Minenfelder und Todeszäune werden das Land durchziehen, und die armen Fremden werden sich auf die halbarmen Deutschen stürzen, Städte und Dörfer werden in Kriegszonen aufgeteilt werden, die Polizei wird mit Wasserwerfern nichts mehr ausrichten, Panzer werden auffahren, ein Mann im Düsenjäger genügt, um den Konvoi mit Schiffen voll Flüchtlingen zu versenken, ein guter Schütze im Cockpit, um ein paar Jumbos abzuschießen, es wird furchtbar werden, wenn die Verdrängten auferstehen, der Aufstand des Südens, die Rache des Nordens, und die große Mehrzahl der Deutschen, der Europäer wird, da kannst du phantasieren wie du willst, die gerechte

Teilung, die große Verbrüderung verweigern und weiter die Herzen stereophon mitfühlend schlagen lassen, alle Menschen werden Brüder, ha!

Ein ziviler Prozess

Besser laufen als in einem Gerichtssaal sitzen. Besser einen müden Fuß vor den nächsten müden Fuß setzen als den unverständlichen Regeln einer Verhandlung ausgeliefert sein. Es ist erst ein halbes Jahr her, da hat Felipe einen deutschen Gerichtssaal von innen gesehen. Im ersten Moment ist er überrascht. Die Eingangskontrolle harmlos. Im Saal keine Polizisten, kein Kruzifix über der Richterbank, nicht einmal das Porträt eines Staatsoberhaupts. Der bis in Kopfhöhe holzgetäfelte Raum ist nicht unfreundlich, nur wenn die Sonne verschwindet, wird das Holz bräunlich und düster. Als einziges Wahrzeichen der Justiz hängt über den Köpfen der Zuschauer eine Uhr.

Erst als die Richter auftreten und die Ärmel ihrer Roben wie schwarze Fittiche ausbreiten und dann auf die Bank sinken lassen, beginnt ein sanfter Schmerz hinter den Schläfen. Der Fall Felipe Ramón Gerlach Hernandez steht nicht auf der Tagesordnung, und doch frisst der Schmerz sich fest. Die Gesetze, nach denen hier Urteile gesprochen werden, können als verhältnismäßig demokratisch gelten, das weiß Felipe, aber er wird das Gefühl nicht los, im Revier von Raubvögeln zu sitzen. Er steht nicht vor den Richtern, nicht einmal als Zeuge. Er braucht nichts zu sagen, er darf nichts sagen. Er sitzt auf der Zuschauerbank, der freiwillige Begleiter eines Zeugen, und wittert die Gefahr. Ein Schnabel hackt an der Leber herum. Erst den Magen, den Bauch, dann die schmackhaften Teile des Körpers. Deine Vorurteile, Felipe! Die Gewaltenteilung, im Namen des Volkes, im Zweifel für den Angeklagten, und wer ist denn angeklagt, du nicht und deine Freunde nicht. Ein Zivilprozess, kein Anlass für Befürchtungen.

Es geht um einen Streit zwischen Deutschen. Eine Organisation für die Verteidigung von Menschenrechten hat den Vorwurf an eine Gruppe ausgewanderter Deutscher gerichtet, auf ihrem Gelände, mitten in Felipes Land, in Valdagena, Gefängnisräume und Folterkammern gebaut zu haben und dort der Geheimpolizei die dreckige Arbeit zu ermöglichen. Die Deutschen von Valdagena sind entrüstet, wollen den Vorwurf verbieten lassen und beteuern vor diesem Gericht ihre Unschuld. Ein Streit um die Wahrheit auf einem Fleck Erde drüben, ausgetragen in einem kleinen europäischen Gerichtssaal.

Am Zeugentisch Mario, der Felipe gebeten hat, ihn zu begleiten und auf die Genauigkeit der Übersetzungen zu achten. Mario versucht aufrecht zu sitzen. Auf der Fahrt zum Prozess hat Felipe ihm gesagt, versuch gerade zu sitzen, nicht so gebückt, die Deutschen achten auf so was, die Richter bestimmt auch, die Haltung, die Krawatte, die Tonart deiner Sätze, darauf kommt es an. Mario ist klein, das ist ein Nachteil. Als Beruf kann er nur Student angeben, das ist der zweite Nachteil.

Mario möchte nicht erinnert werden und muss sich erinnern und ist gezwungen, die Stationen seiner Verfolgung vor drei schwarzen, unbeweglichen Figuren in der verlangten Kürze zu schildern. Er beschreibt den Weg zum Fundo Valdagena, die Brücken, die Kontrollen, die Gespräche der Wachen. Für Felipe ist jeder Satz ein Beweis, dass auch Mario auf dem Gelände der fraglichen Siedlung gequält worden ist. Die Richter blicken starr und gelangweilt auf den Zeugen hinab, als imponiere ihnen das alles nicht. Die Zwischenfragen Routinefragen.

Der älteste der Richter lässt den Blick gemächlich vom Fenster zu den Zuschauern wandern und durch diese hindurch zur Wand. Als liefe da ein Film, so konzentriert stiert er auf die Wand. Es ist aber nur die Uhr da. Die Uhr arbeitet für ihn, vielleicht hofft er schon auf die Mittagspause, auf Vertagung, auf Verjährung, ein lästiges Verfahren weniger. Nein, der Richter ist nicht zu durchschauen. Er gibt mit seinem Blick nur eins zu verstehen: Das ist alles nicht beweiskräftig, mein Junge. Denn Marios Aussagen haben einen Makel. Er hat den Ort und das Gelände, das er identifizieren kann, nicht mit eigenen Augen gesehen. Die Wachleute und die Folterer hatten ihn mit einer Augenbinde blind gemacht. Sie wollten keine Augenzeugen. Sie wussten schon, sie würden kein tausendjähriges Reich zustande bringen. Sie kalkulierten schon ihre Bestrafung ein, sie sahen sich in künftigen Mordprozessen auf der Anklagebank und gingen mit den Opfern, die sie leben ließen, vorsichtig um. Sie verklebten ihnen die Augen mit Pflaster und Klebstreifen, sie drückten ihnen Spezialbrillen auf die Nase, sie sperrten die Augen hinter Binden und Kapuzen, sie erschwerten jede Beweisaufnahme.

Die Richter haben kein großes Vertrauen in einen blinden Zeugen. Der kann nur von Geräuschen und Gesprächen berichten. Von Blicken aus Augenwinkeln, als die Binde verrutscht war. Wenig beweiserheblich, murmelt der Vorsitzende.

Aber Mario ist nicht der einzige Zeuge. Er ist der siebte oder achte. Ein Detail passt zum andern, unabhängig voneinander stellen die blind Gemachten ein klares Mosaik zusammen, sagt der Anwalt.

Der Zeuge scheint zu spüren, dass er nicht für voll genommen wird, dass die Richterbank alles für eine Mischung aus Zufällen und Phantasien hält. Felipe merkt, wie schwer es Mario fällt, gerade zu sitzen und gleichzeitig seine Aussage zu machen. Auf die Frage, in welcher Sprache seine Folterer gesprochen haben, richtet er sich auf und spricht mit klarer, rascher Stimme, ohne dem Dolmetscher genügend Zeit zum Übersetzen zu lassen.

– Wach auf, du hast den ganzen Tag geschlafen! Das brüllten sie. Dabei haben sie mich die ganze Nacht nach der Ankunft keine Minute schlafen lassen. Sie haben mich aufs Bett gefesselt, sie haben mir keine Decke gegeben, es war sehr kalt in der Zelle. Wenn ich einzuschlafen begann, weckten sie mich sofort, sie quälten mich stundenlang, indem sie mich immer wieder wach machten, und am Morgen schrien sie mich an: Wach auf, du hast den ganzen Tag geschlafen! Das war die Begrüßung, diese Sprache war's!

Als der Dolmetscher fertig ist, winkt der vorsitzende Richter ab.

– Niemand, sagt er, bestreitet, dass Sie Folterungen ausgesetzt waren. Doch über diesen Aspekt hat das Gericht nicht zu befinden. Das Gericht möchte einzig und allein von Ihnen wissen, ob Sie tatsächlich in diesem sogenannten Foltergefängnis waren und ob Sie Beweise dafür nennen können, dass sich dieses auf dem Gelände der deutschen Siedler in Valdagena befindet.

Der Richter, Felipe beobachtet ihn, das füllige, korrekt gescheitelte Gesicht, die wulstigen Lippen, die müd freundlichen Augen, die disziplinierte Stimme, der Richter scheint keine Vorstellung von Folter zu haben. Er verwechselt die Gemeinheiten, die am ersten Tag und zwischen den Verhören üblich sind, mit Folter. Er wehrt ab, er möchte kein Wort davon hören, er möchte von Grausamkeiten nichts wissen. Er ist froh, darüber nicht befinden zu müssen. Ein Auschwitz, ein Majdanek, das reicht fürs 20. Jahrhundert. Die Fortsetzung der Menschenqualen in der Gegenwart, die Vermehrung der zu jeder Brutalität fähigen Polizisten, die Ausbreitung der Konzentrationslager und Gestapokeller um die ganze Welt, das geht über sein Vorstellungsvermögen. Das darf nicht sein. Das entzieht sich den Tatbeständen. Das ist nicht Gegenstand des Verfahrens. Der vorsitzende Richter kann nicht ganz verhindern, dass die Zeugen Andeutungen über ihre schrecklichen Erlebnisse machen. Er will es vielleicht gar nicht. Andeutungen müssen erlaubt sein. Vielleicht hält er sich für menschlich, weil er den Opfern, die nach vielen Jahren einmal laut und öffentlich sprechen und anklagen dürfen, nicht sofort das Wort abschneidet.

– Uns interessiert, fragt der Richter hinunter, ob die Männer zum Beispiel, die Sie angeschrien und aufgeweckt haben, untereinander deutsch sprachen.

– Nein, sagt Mario, die nicht.

Es fehlt nicht viel, und die Schwarzgekleideten zeigen ein zufriedenes Lächeln. Sie lehnen sich zurück. Sie haben keine Fragen mehr. Ihre Gesichter nehmen einen entspannteren Ausdruck an. Nur der dritte Mann verändert seine Miene nicht, er hat noch kein Wort gesagt, keine Frage gestellt, er blickt seit über einer Stunde unbewegten Gesichts durch den Saal, auf die Zuschauer, auf die Wand mit der Uhr und aus den Fenstern. Seine Augen klappen in regelmäßigen Abständen wie automatisch zu und sofort wieder auf.

Der Anwalt der Menschenrechtler befragt den Zeugen.

– Einmal habe ich gehört, sagt Mario, wie zwei Agenten

des Geheimdienstes sich unterhielten. Der eine wollte von dem andern wissen, wie groß die Entfernung sei von Valdagena bis zur Hauptstadt.

– Und?, fragt der Vorsitzende.

– Fünfhundertachtzig Kilometer, hat der andere gesagt.

– Deutlicher, wirft der Anwalt ein, kann der Beweis nicht sein für jeden, der eine Landkarte lesen kann.

Der Vorsitzende wird unruhig.

– Können Sie das an Eides statt erklären, dass der Name Valdagena fiel und die Entfernung? Fünfhundertachtzig Kilometer?

– Ja, sagt Mario verwundert, ich habe es doch gehört. Felipe rätselt, was in den Köpfen dieser Herren vorgeht. Sie machen den Eindruck, als hielten sie es sich persönlich zugute, dass die deutsche Rechtsprechung die gerechteste der Welt sei. Obwohl Felipe sich lieber vor einem deutschen Gericht verantworten möchte als vor irgendeinem seines Kontinents, staunt er über die Gönnerhaftigkeit, hinter der die Überheblichkeit so schlecht versteckt ist. Zu Hause, in einem südamerikanischen Gerichtssaal, hätten die Richter ihre Arroganz offen ausgespielt, hier aber tun sie bei jedem Zucken des Mundes, bei jedem milden oder abschätzigen Blick noch so, als gehe es ihnen allein um die Objektivität der Sache. Die Objektivität spricht gegen den Zeugen. Warum soll der Geheimdienst des Diktators ausgerechnet auf dem Gelände einer deutschen Farm tätig sein, werden die Richter denken. So schwach kann die Diktatur nicht sein, dass sie mit deutschen Auswanderern kooperieren muss, um ungestört diese schrecklichen Folterungen durchzuführen. Absurd. Selbst wenn diese deutschen Siedler rechtsradikale Neigungen haben. Im Übrigen ist es kaum vorstellbar, dass ein Deutscher foltert oder Beihilfe dazu gibt, heutzutage, nach allem. Das hat es seit den Nazis nicht mehr gegeben und das wird es nicht mehr geben. Die Wahrheit, und nichts als die Wahrheit. Verständlich, wenn die Zeugen, die solche Leiden hinter sich haben, in ihrer Empörung einen Sündenbock finden wollen. Was aber spricht so zweifelsfrei dafür, dass der fragliche Ort wirklich Valdagena ist, es könnte ja auch ein Ort zehn Kilometer weiter sein. Die Kilometerangaben bei solchen Entfernungen, da kann man sich doch nicht drauf stützen. Man muss aufpassen. Die Folter ist schlimm. Aber die Gefolterten haben kein Sonderrecht, andere zu verleumden. Man muss aufpassen, dass sie kein politisches Kapital schlagen aus ihrer Verfolgung. Ihre politische Farbe ist ja bekannt. Vorsicht.

Der Prozess, das begreift Felipe jetzt, ist den Richtern nicht gleichgültig. Er ist ihnen unangenehm. Sie trauen ihren Landsleuten nichts Böses zu, selbst wenn die viele tausend Kilometer entfernt sitzen. Sie möchten nicht an die Verbrechen rühren, die ihr Weltbild antasten könnten. Oder stehen nur die üblichen, die verborgenen Interessen dahinter? Unsichtbar sind die Drähte, an denen gezogen wird, mit denen gespielt wird. Vielleicht sitzt im Beratungszimmer der Richter die hohe Politik mit am Tisch. Die Diplomaten sind nicht so faul, wie sie tun. Die Händler haben Beziehungen. Was wiegt der kleine Mario gegen die Außenhandelsbilanz? Was weiß ein kleines Licht wie Felipe, welche Telefongespräche von Parteizentralen aus geführt werden? Nein, die Richter sind unabhängiger, als du denkst. Was weißt denn du?

Die Richter werden nervös. Warum werden sie nervös? Nach Marios letzter Bestätigung sind die gönnerhaften Züge aus ihren Gesichtern weggewischt. Der dritte, der Unbeteiligte, bewegt plötzlich die Hand und scheint etwas zu notieren. Felipe nimmt das als gutes Zeichen.

– Haben Sie, fragt der Anwalt, außer den Gesprächen noch andere Geräusche gehört?

– In der Nähe war ein Motor, der die ganze Zeit über arbeitete.

– Was für ein Motor?

– Ein starker Motor, vielleicht ein Generator.

Der Anwalt entlockt Mario weitere solcher Einzelheiten, die Felipe völlig unbedeutend erscheinen. Später erklärt er, dass alle diese Details genau zu den Beschreibungen der Örtlichkeiten durch die anderen Zeugen passen. Das Mosaik sei längst komplett, auch Marios Aussagen bestätigten die Beteiligung der Valdagena-Deutschen.

Der Anwalt dieser Partei steht auf, streckt den Oberkörper wohlig in der Robe und macht sich daran, Marios Aussagen zu entkräften. Wenn er so geschwächt worden sei, wie er behaupte, dann könne seine Wahrnehmungsfähigkeit gar nicht so diffizil gewesen sein, dass er mit Gewissheit zum Beispiel fünfhundertachtzig Kilometer gehört habe, warum nicht vierhundertachtzig oder siebenhundertachtzig. Und wie er, in seiner gewiss bedauerlichen Lage, noch das Geräusch eines Motors vom eigenen Schädelbrummen unterscheiden könne.

Mario beherrscht sich.

– Ich erspare Ihnen, sagt er, die Beschreibung dessen, was ich mitgemacht habe. Ich habe das aufgeschrieben, weil ich nicht darüber sprechen möchte. Jedenfalls nicht hier. Sie können das nachlesen. Aber ich erspare Ihnen nicht das Nachdenken darüber. Es gab Momente genug, leider, in denen meine Wahrnehmungsfähigkeit geschärft war wie nie. Wenn der Schmerz nachließ. Wenn man mich nicht schlafen ließ. Wenn ich aufwachte nach kurzem Schlaf. Lesen Sie, was es heißt, tagelang

Stromstößen ausgesetzt zu sein an allen Körperteilen, dann werden Sie nicht mehr solche Fragen stellen.

– Der Herr Rechtsanwalt hat eine zulässige Frage gestellt, Herr Zeuge.

Mario schweigt.

Erst auf der Rückfahrt wird Felipe die Beklemmung los. Es geht den Rhein entlang, der Zug nimmt die Kurven gemächlich. Felipe möchte dem Freund gern die Loreley zeigen, aber er kennt sich nicht gut aus, fast jeder Felsen könnte der Loreleyfelsen sein.

– Wir müssten mal mit dem Schiff fahren, schlägt er vor, dann verpassen wir die Frau mit dem goldenen Haar bestimmt nicht.

– Mit dem Schiff? Von mir aus, sagt Mario, aber nie wieder zum Gericht.

Im stillen Meer der Nacht

Die Sperrstunde war in Kraft. Vor einer Gaststätte mit offener Tür, aus der eine Serviererin winkte, verabschiedeten sich Gäste lärmend, knallten Autotüren zu, einer haute auf die Hupe und gab Vollgas. Immer seltener beobachtete Felipe wankende Gestalten auf dem Weg nach Hause oder zu einem der Dutzend Lokale, wo der blaue Montag noch bis 3 oder 5 Uhr verlängert werden konnte.

Nach der Schlägerei und dem Abzug aller Sirenenfahrzeuge herrschte eine beinah dörfliche Ruhe im Revier. Die Stille war ein besserer Teppich als der ewige Lärm. Wenn in der tiefen

Nacht, in den letzten drei Stunden des Dienstes die Abendgeräusche allmählich versanken, dann atmete Felipe auf, dann wanderte er wie erlöst auf seinem vorgeschriebenen Weg. Das Trommelfell entspannte sich, es brauchte nicht immer wieder neue Schallwellen zu sortieren nach den Kategorien gefährlich, verdächtig, harmlos, es brauchte keine Kraft mehr aufzuwenden, um dem unaufhörlichen Schalldruck standzuhalten.

Die Ohren waren in Europa empfindlich geworden. Jeder Lärm versetzte dem Organismus einen kleinen Alarmzustand und bohrte im Gedächtnis. Das Knallen der Schüsse, das Echo der Schüsse von damals hatte das Gehör verletzt. Früher hatte ihn der heftigste Stadtlärm nie gestört. Der Lärm, das Leben! Selbst wenn er in der Nähe eines Presslufthammers Kaffee trank oder am Flughafen warten musste.

Aber in Europa fühlte er sich schnell bedroht und angegriffen, wenn Motoren in Fahrt kamen, wenn Baggerschaufeln aufeinanderkrachten, wenn Rasenmäher liefen, da witterte er Feindschaft, da suchte er die Flucht. In den Straßen der Stadt tagsüber, die endlose Kette der hetzenden, lärmenden Autos und Lastwagen, der Mopeds und Motorräder, nach wenigen Minuten war ihm das alles schon zu viel. Oft jagte noch ein Flugzeug über die Stadt, oder ein Hubschrauber gab von oben kräftigen Schalldruck hinzu. Ehe ihn die Furcht befiel, an die Wand, in die Ecke, auf die Steinplatten gedrückt zu werden und hilflos dazuliegen oder sich verstecken zu müssen, suchte er schnell eine ruhige Straße. Fußgängerzonen wurden plötzlich Flächen der Erholung, nur weil sich die Ohren und die Lungen für einige Augenblicke erholen konnten, und Cafés erwiesen sich als die besten Verstecke.

Das war ein Vorzug des Nachtwächterjobs: Er konnte dem Tageskrach ausweichen. Wie angenehm die immer leiser werdende Nacht, wie erleichternd der erste Augenblick völliger Stille! Nichts war tröstlicher als dieser erste Moment, wenn die letzten Straßengeräusche nach und nach verlöschten. Wenn ein Geräusch aus der Stille hervortrat, aufbrach und näher kam, ein Automotor, Hundebellen, fremde Schritte, war es fast willkommen, und es war ebenso angenehm, wenn es wieder in sich zusammenfiel und eine neue wohlige Pause entstand. Die Zeit stand still.

Die Nacht wurde von keinem Lärm durchlöchert. Nur der Wind zu hören, das leise Blätterrauschen und der Takt des eigenen Schritts. Weder müde noch wach, nicht eilig und nicht langsam, tat der Körper die Arbeit des Laufens von selbst. Der Gehende war Herr über die Zeit. Das Laufen als Stillstand. Bewegung im Fluss der Dinge, und plötzlich der Wunsch, in der Stille sich einzubürgern. Sich einnisten in den schmerzlosen Minuten. Die Zeit anhalten und einbürgern bei ihr. Fester verbinden mit Anke, in Deutschland ansässig werden und einbürgern aus lauter Liebe. Nein, so weit wollte er nicht gehen, das wäre Landesverrat. Doch es kam immer öfter vor, dass er den Wunsch nicht unterdrücken konnte, mit ihr einen Anfang zu machen, mit ihr ein Kind zu zeugen. Ein Kind aufziehen in einem Land, in dem keine Schüsse fallen. Aber dann? Eines Tages, die Entscheidung zur Rückkehr, in einem Jahr, in drei, in fünf Jahren spätestens werden die Koffer gepackt, was ist dann mit ihr, wird sie mitkommen, das Kind an der Hand? Und wird er es wollen, dass sie ihm folgt?

Er wusste sich nichts zu raten. Ein Schritt vor, und die Sekunden rückten weiter, und noch einen Schritt, und die Uhren liefen wieder an, vorwärts der Schritt, jeder Schritt vorwärts, jeder Schritt vorwärts aus Trotz, jeder Schritt eine Bewegung gegen die Vertreibung, ein Fluch gegen die Ausgangssperre, das nächtliche Ausgehverbot zu Hause ist immer noch in Kraft, zwischen 23 Uhr und 5 Uhr morgens auf deinen alten Straßen, jeder Schritt ein Protest, eine Demonstration der tausend, der vierzigtausend Schritte jede Nacht.

Er wünschte sich, im Laufen alle Verbote zu übertreten, allen Versuchungen zu widerstehen. Mit jedem Tritt kam Bewegung in die Welt. Er lief an einem Briefkasten vorbei und hätte gern einen Brief eingeworfen, Luftpost. Daneben eine Telefonzelle, er hätte gern ein paar Worte durch die Kabel auf dem Grund des Atlantischen Ozeans geschickt. Er sah, wie unter seinen Schritten die Kontinente zusammenrückten, er musste nur weiter laufen und weiter, um das andere Ufer zu sehen, das näher rückende Ufer Amerikas, er musste nur weiter laufen und weiter, um die große Kontinentalverschiebung rückgängig zu machen.

Mit den einsamen Schritten setzten die Stimmen wieder ein, die Stimmen aus dem Land der Ausgangssperren, die Gespräche von gestern und vorgestern und übermorgen, die tausendmal geführten Debatten, mal vorsichtig, mal heftig, die bis ans Ende der Nächte geführten Wortgefechte, die in allen Winkeln der Emigrierten ausgetragen wurden, aus dem stillen Meer der Nacht direkt übertragen in die Ohrmuscheln.

Eine Ohrfeige

– Es gibt nur eine Wahl, sagt Pedro, entweder weiter versauern oder zurück. Ich hab mich entschieden, Felipe.

– Warum jetzt?

– Ich hab die Schnauze voll.

– Warum jetzt? Wir haben doch schon tausendmal darüber gesprochen, dass wir die Schnauze voll haben.

– Ich halt's einfach nicht mehr aus, das Warten. Ich hab lang genug gewartet. Ich weiß schon nicht mehr, ob es sechs oder zwölf oder fünfzehn Jahre sind, die ich warte und immer weiter abwarten soll. Ich werd verrückt bei dieser Warterei.

– Das sagst du auch schon seit ein paar Jahren.

– Aber ich kapsel mich immer mehr ab, das wirfst du mir doch auch dauernd vor.

– Aber du bist sowieso fast nur mit unseren Leuten zusammen, Pedro.

– Das ist doch kein Trost auf die Dauer, unser Getto. Wir brauchen alle Kräfte dafür auf, dass wir ein bisschen Geld zusammenkriegen zum Leben, und merken schon nicht mehr, wie uns der Mut wegsackt. Rührselig werden wir, pass auf. Ein Folklore-Leben ist das, das hast du doch selbst gesagt, Felipe. Abends mit bitteren, leisen Liedern schicken wir die Gedanken zurück, nach Hause, die kurzen Jahre der Freiheit bekommen ihren Glorienschein, ob wir wollen oder nicht, und die Landschaften zu Hause versinken immer tiefer in den Farben von Ansichtspostkarten, wir hoffen aufs Volk und warten auf den Bankrott der Mörderbande. Wir machen Broschüren, in denen auf jeder Seite zehnmal das Wort Kampf vorkommt, und nun fängt das Volk tatsächlich da und da zu kämpfen an – und wir? Wir setzen uns jeden Tag immer weiter hier fest und haben zu tun, so viel zu tun, unsre Pläne, unsre Jobs, unsre Liebschaften.

– Und deshalb willst du gehn?

– Wir haben uns schon zu gut integriert hier, wir sind die edlen, die guten Ausländer, wir sind ordentliche Bürger. Wir haben Vorwände. Ich will keine Vorwände mehr.

– Zurück, das ist Selbstmord.

– Das ist kein Selbstmord, Felipe!

– Hast du doch selbst gesagt.

– Ja, früher. Als die ersten rübergingen, vor zwei, drei Jahren, da hab ich das auch gesagt. Aber wir haben uns geirrt, es war kein Selbstmord. Sie sind einfach untergetaucht, sie arbeiten im Stillen. Und immer mehr machen sich auf, einzeln oder zu zweit. Und sieh sie dir an, die sich entschlossen haben, die Freude in den Augen!

– Und das Risiko, die Angst in den Augen! Hör doch mit der Romantik auf! Illegal über die Grenze, in einem Polizeistaat unter fremdem Namen, von den Mördern und Folterern mal nicht zu reden. Keine Arbeit bei der Arbeitslosigkeit, verbotene Organisationen, das ist doch kein Kinderspiel.

– Hab ich auch nicht behauptet. Aber seit wann bist du gegen das Risiko? Sollen die Arbeiter, die Armen, die kleinen Leute das Risiko allein tragen? Soll ich nicht da sein, wo man mich braucht? Nur weil es gefährlich ist? Nur weil es verboten ist?

– Wir können auch hier was tun. Wir tun hier doch auch was.

– Ja, jeder an seinem Platz, ich weiß. Aber diese brave Regel kenne ich schon ein bisschen zu lange. Ich will keine Info-Abende mehr, keine ewigen Dritte-Welt-Appelle. Ich muss wieder dahin, wo der Kampf ausgetragen wird.

– Du sprichst immer von Kampf. Sprich doch mal von dir.

– Ich spreche die ganze Zeit von mir. Ich will mich wieder einmischen, hellwach sein, aufmerksam, nützlich.

– Also doch ein Therapieprogramm gegen die Unlust an Europa.

– Quatsch.

– Warum denn nicht. Das wär doch legitim. Du hast immer schon mehr auf den Koffern gesessen als ich. Vielleicht beneide ich dich sogar. Ich hab zu viel Angst, das weiß ich. Ich wüsste nur gern, wohin deine Ängste so plötzlich verschwunden sind. Ich werd den Verdacht nicht los, dein Entschluss, das ist nur eine Flucht, raus aus diesem toten Europa, mit seinen Himmeln voll Atomraketen, raus, egal, was kommt.

– Flucht kannst du alles nennen. Wer flieht denn mehr, du, hier, kaltgestellt in einem fremden Land, ins Kostüm eines kleinen Hilfswächters geflüchtet, oder ich, weil ich einfach nach Hause will?

– Okay, aber warum gerade jetzt?

– Ich will dir was erzählen, Felipe. Neulich hab ich so eine Werbeanzeige gesehen für einen Whisky, und die hatte folgende Überschrift: Das Leben ist zu kurz, um Kompromisse zu schließen. Das hab ich verstanden. So viel Deutsch kann ich. Das hab ich als Ohrfeige verstanden, eine Verhöhnung, verstehst du? Das Gemeine ist, dass sie recht haben, die Werbetexter. Sie haben mich ertappt. Ich lebe hier mit lauter schlechten Kompromissen, Sprachlehrer für Geschäftsleute und Touristen, lebe von der Hand in den Mund. Meine Lage, wir haben ja tausendmal drüber gesprochen. Mir wurde auf einmal klar, wir gehen hier dauernd diese Whisky-Kompromisse ein, wir leisten bald gar keinen Widerstand mehr, wir haben bald keine umwerfenden Ideen mehr, wir werden jeden Tag schwächer. Merkst du nicht, wie sie uns verhöhnen hier? Eh sie mich hier verspotten oder festbinden oder rausschmeißen, geh ich, freiwillig, das hab ich überlegt in den letzten Tagen. Die können hier auch ohne mich Spanisch lernen.

Rondo 5

Ja, im Flugzeug hab ich gesessen, heut Morgen, im Flugzeug, das ein Bus war, den ich gesucht hab nach endloser Lauferei. Finster draußen, das Flugzeug im Steilflug nach oben, und dann hör ich die spanische Sprache wieder, immer lauter und lauter. Ich stehe ganz vorsichtig auf, hebe den Kopf und spähe nach allen Seiten. Das Flugzeug, ein Großraumflugzeug, ist voll besetzt, alles unsre Leute, denke ich. Ich will sie begrüßen, die bekannten, die halbbekannten, die unbekannten Gesichter. Aber es reißt mich jemand auf meinen Sitz zurück, eine alte Frau, die mich an sich zieht und mir etwas ins Ohr flüstert. Das Leben, sagt sie, ja, so war es, das Leben ist die Erlaubnis, den Tod kennenzulernen. Woher, überlege ich sofort, kenn ich den Satz? Das Leben ist die Erlaubnis … Die Frau streicht mir über die Haare. Diese Geste widert mich an, die faltige Hand auf meinem Kopf. Aber ich habe nicht die Kraft, aufzustehen und mir einen anderen Platz zu suchen. Die Angst wird immer stärker, unter lauter Toten zu sitzen. Schreck und Schrecksekunden. Irgendwann wage ich wieder, den Kopf über die Höhe der Rückenlehnen zu heben, über die weißen, die verdächtig weißen Tücher hinweg. Das Flugzeug ist noch größer geworden, riesige Ausmaße, eine fliegende Halle, die sich immer noch erweitert, unendlich weit und voll besetzt. Wir sind schon über dreihunderttausend, flüstert jemand hinter mir. Es ist Pedro, glaub ich.

Denkmal

Mit einem Mal war die Dunkelheit vom zuckenden Blaulicht aufgeschlitzt. Auf keine Überraschung mehr gefasst und im Gehen träumend, stieß Gerlach auf Leute mit Mänteln über der Nachtkleidung. Es gab etwas zu bestaunen. Nichts deutete auf einen Brand oder Verkehrsunfall. Die Neugier zwang den Wachmann, sein Revier zu verlassen. Da, im Mittelpunkt aller Blicke ein Panzer der ausländischen Macht, mit der Frontseite und der Kanone im Mauerwerk eines älteren, dreistöckigen Hauses festgefahren. Polizisten und Soldaten mit Bauhelmen liefen aufgeregt herum, Sanitäter lehnten lässig an ihrem Wagen. Die Schaulustigen wussten Bescheid. Ein Soldat, sagte ein älterer Mann, habe den Panzer vom Kasernengelände entführt und über Zäune und Büsche und Straßen, kein Haltegebot und keinen Streifenwagen achtend und dann doch in die Enge getrieben, bis in die Hauswand gesteuert. Der Bursche sei dann aus der Luke getorkelt und habe den Polizisten heulend einen Mädchennamen zugerufen, den Namen seiner Freundin. Die Leute kannten schon das Motiv. Einer wusste zu erzählen, der Soldat habe Streit gehabt mit ihr und sei dann mit dem Panzer losgefahren, um ihr seine Liebe zu beweisen und sich wieder mit ihr zu versöhnen.

– Ist das das Haus der Freundin?, fragte Felipe.

– Neenee, hier wohnen keine Mädels. Nur Alte und ein paar Türken.

Der Held des Tages, er hatte das falsche Haus getroffen. Er war schon abgeführt, in Handschellen.

Durch weggebröckeltes Mauerwerk konnte man das dunkel gebräunte Mobiliar eines Schlafzimmers erkennen. Die Betten waren aufgewühlt, eine Decke hing bis zum Fußboden, ein Stuhl umgefallen. Ein Geheimnis war aufgebrochen, die Leute nahmen Anteil. In ihren Gesichtern war kein Gaffen, eher der leise Schreck, es hätte auch mich treffen können, mein Schlafzimmer von einer Kanone aufgerissen, ich im Nachthemd, im Schlafanzug nackt vor allen Nachbarn, und wenn der Kerl zwei Meter weiter …

Zwei alte Frauen neben Felipe sahen stumm hin und schüttelten immer wieder den Kopf. Die Fassaden waren in Gefahr, die Welt baufällig, sie hatten es immer gewusst, sie hatten es schon einmal mitgemacht, sie hatten den Krieg und seine Trümmer noch nicht gänzlich vergessen. Einen winzigen wahren Augenblick waren sie daran erinnert worden, nun blickten sie schockiert und dankbar auf die Szene. Ein älterer Mann schimpfte pausenlos auf den Soldaten, den Verrückten, den Saufkopf, und doch war aus seinen Worten zu hören, wie er ihn bewunderte, den Mut des Kerls, ein Draufgänger, mit dem Panzer zur Freundin!

Felipe nahm alles auf wie ein Foto, bis er genug hatte vom blitzenden Polizeilicht. Er hatte hier nichts zu schaffen und ging weiter.

Der Panzer passte gut in diese Gegend, in der die Stadtverwalter ein Haus nach dem andern verkommen und abreißen ließen, weil sie eine Bereicherung davon erwarteten, im Wohngebiet nah der Innenstadt ein Autobahnkreuz und ein elftes oder zwölftes City-Parkhaus zu bauen. Das Gelände war schon tüchtig freigeschlagen und kahl, ein Aufmarschgelände, ein Paradeplatz für Bagger, Zementtransportwagen und Tieflader mit Stahlmatten. Der Panzer hatte noch gefehlt. Vor dem Bagger kam der Panzer. Es wäre ein schönes Zeichen von Wirklichkeitssinn, von Humor, das Panzerfahrzeug als Denkmal in der

Hauswand stehen zu lassen, wenigstens für ein paar Wochen. Aber sie fingen jetzt schon an, alles abzusperren und aus der Unfallstelle eine Baustelle zu machen. So schnell wie möglich wird man den denkwürdigen Schandfleck beseitigen. Mit kämpferischer Geschäftigkeit werden sie in ein paar Stunden anrücken, die guten Deutschen, und ganz schnell alles wieder in eine enttäuschende Ordnung bringen, das Gesicht wahren, die Löcher stopfen, die Reihen schließen und weiter, weiter voran.

Nachtstück 5

Nein, wir stiegen in verschiedene Fahrstühle ein, du wolltest aus irgendwelchen Sicherheitsgründen nicht mit mir fahren. Es ging lange abwärts. Die Stockwerkziffern waren durcheinander, außerdem versagte ihre Beleuchtung, keine Auskunft wo und wohin, es ging immer weiter abwärts, hinein in die Angst. Endlich hielt der Kasten, ich stürzte hinaus, und gleichzeitig kamst du mit dem andern Fahrstuhl an. Ich bin nicht sicher, ob du es warst, es war vielleicht ein älterer Mann, weißhaarig beinah, der fasste mich wie du an der Hand, und wir liefen, stürmten durch eine fremde Stadt, durch Fußgängergewühl.

Geh nicht

Geh weiter, aber geh nicht dahin zurück, wo dich die Panzer vertrieben haben, die rasselnden Boten der Veränderungen. Nein, geh lieber nicht zurück wie Pedro. Du wirst es nicht wiedererkennen, dein entstelltes Land, du wirst dir die Augen reiben in den neuen Fußgängerzonen mit vollgestopften Schaufenstern, die blankgeschrubbten, glasglänzenden Adenauerplätze wuchern auch dort, nur das Elend hinter den Fassaden wächst greller und schlimmer. Vielleicht wirst du noch ein paar Gesichter wiedererkennen, aber in den Gesichtern eine neue Armut entdecken, wenn es stimmt, was alle Augenzeugen berichten. Geh nicht zurück, du wirst nur entmutigt werden, wenn du siehst, wie sie die Menschen verändert haben. Sie haben ihnen nicht nur die Arbeit genommen, nicht nur Bettler und Straßenhändler und Prostituierte aus ihnen gemacht, nicht nur den Mittelstand in die Not und Bauern in den Selbstmord getrieben und nicht nur denen, die noch Arbeit haben, so wenig Geld gelassen, dass sie nicht einmal mehr den Bus zahlen können zur Fabrik. Das wäre ja noch das Übliche, das schrecklich Normale. Auf diese Armut wärst du gefasst, darauf wüsstest du noch zu reagieren. Aber wenn du zurückgingst für einen Besuch, für länger, für immer, wirst du dich vorbereiten müssen auf etwas Neues, auf Gesichter, die nur zeigen, wie allein sie sind, wie erschrocken, in eine Gesellschaft von Wölfen geworfen zu sein, wie ausgelaugt vom Konkurrenzkampf um ein bisschen Brot, wie müde von der Anstrengung fürs Überleben. Deine geselligen, sorglosen Landsleute, aufgehetzt sind sie gegeneinander, Spielbälle eines verrotteten Marktes sind sie geworden. Die Raffgier ist etabliert als oberstes Gebot, und wer sich nicht daran hält, ist verloren und soll verloren sein. Und den Schock darüber siehst du überall, haben Matilda und Andreas und alle erzählt. Das ist die neue Armut, die die Machthaber wollen. Das ist ihre Absicht, auch die letzten sozialen Beziehungen und Sicherungen dem Markt zu unterwerfen. Die Schulen verkauften sie an die Bankiers, die staatliche Altersversicherung an die Versicherungshaie, die Gesundheit machten sie wieder vom Bankkonto abhängig. Sie führen die freie Marktwirtschaft konsequent zu Ende als Mittel zur Spaltung, zur Zerschlagung aller gemeinsamen Anstrengungen, sie wollen das Volk zerstören und abschaffen und zu einer unpolitischen, müden Masse von Verbrauchern machen. Willst du wirklich dahin zurück, wo es dir verboten wird, dich freundlich und solidarisch zu zeigen, wo jede Art von Gemeinschaft und Hilfe unter Verdacht genommen wird? Willst du wirklich dahin, wo du deine vertraute Kultur lange suchen musst? Wo du weit laufen musst, um die zu finden, die noch weiter denken als an ihre hungrigen Kinder und etwas zu tun wagen gegen die Trägheit und Entpolitisierung? Was willst du in einem Land, das zum Schrottplatz der Waren der Welt geworden ist? Geh nicht zurück, du wirst dich belogen fühlen wie ein aufgeklärter, dummer Europäer, der zum ersten Mal herüberkommt und an jeder Ecke Amerikas auf das stößt, was er in Europa nicht mehr sehen mag. Geh nicht zurück, du wirst wieder auf die Bande der Fleißigen und Listigen, auf die deutschen Herren mit Ausdauer und Gewalt und dem Riecher für Macht treffen, den gut organisierten deutschen Filz in Landwirtschaft, Handel und Industrie. Geh nicht dahin, wo du es wieder mit schießenden Großgrundbesitzern, Saboteuren und Peitschenknallern zu tun hast, mit den eroberungstüchtigen Deutschen, die Bürgermeisterposten und Vereinsposten besetzen und Schulen und Ärztekammern und Handelskammern kontrollieren, die ihre

Finger in jeder Torte haben, die Unberührbaren, die von allen Regierungen geschont werden und die nun auch nicht mehr zufrieden sind. Geh nicht zurück zu deinen verwandten Feinden. Geh lieber zurück zu den entfernten Freunden, falls du dich traust. Traust du dich dahin, wo das Gedächtnis an bessere Zeiten zu finden ist, der Wunsch nach frischen Ideen, der Widerstand gegen die Politik des Hungers und der Maschinengewehre? Wem wirst du den Arm um die Schulter legen? Geh nicht, vielleicht kommst du in die Verlegenheit, dass jemand sagt: Wir brauchen dich. Geh, auch wenn sie dich nicht gleich brauchen. So wichtig bist du nicht. Geh nicht. Es gibt keine Heimkehr, es gibt nur eine Rückkehr in die Fremde. Geh nicht. Geh doch. Vielleicht einmal zur Probe, auf Besuch, in dringenden Familienangelegenheiten, nein, denn selbst wenn du dich ins Konsulat traust, selbst wenn ein blinzelnder Herr dir Milde signalisiert, selbst wenn er dir nach wochenlangen Verhandlungen einen Pass zuschiebt, selbst wenn der Pass alle richtigen Stempel enthält, selbst wenn du, alle Gefahren im Kopf, dich ins Flugzeug wagst, selbst wenn dich die Geheimpolizisten zu Hause schonen und die Terrorbanden auch, selbst wenn dich keiner aus dem fahrenden Zug stößt wie Arturo, selbst wenn sie dich nicht unmittelbar vor dem Rückflug abfangen und gleich neben dem Flughafen erschießen wie Claudio, selbst wenn du heil und zitternd wieder landest in Frankfurt Main, selbst dann kann die Todesstrafe für deinen Familienbesuch noch kommen, dann halten dich die deutschen Polizisten fest und sagen, Beispiele kennst du genug: Lieber Herr Gerlach, mit Ihrem Besuch haben Sie erstens gegen das Asylgesetz verstoßen, und zweitens ist bewiesen, dass Sie unbehelligt in Ihrem Land sich aufhalten konnten, also brauchen Sie kein Asyl mehr, verlassen Sie unser Land sofort, binnen dreißig

Tagen. Sie grinsen und liefern dich deinen Mördern wieder aus. Nein, es geht nicht, der legale Weg geht nicht. Geh nicht. Sei froh, du brauchst dich heut nicht zu entscheiden. Dank den Mördern, dass sie dir nicht verzeihen und dir wenigstens diese Entscheidung abnehmen.

Rollen lassen

Es ist ganz einfach. Anke hatte die Lösung gefunden und lächelte. Sie zog sich aus.

Ganz einfach, ich lieb ihn, ich werd ihn verlassen. Oder umgekehrt, ich verlass ihn, weil ich ihn liebe. So klar muss man denken können, so hübsch paradox! Oder so herum: Ich verlasse dich, weil du mich nicht verlässt.

Jede Begründung ist stichhaltig. Mit allen könntest du drohen. Aber warum ihn zu einer Entscheidung provozieren?

Mit den Stiefeln, den Jeans, dem Pullover fielen die Gewichte des Tags von ihr ab. Die Kleidungsstücke blieben am Boden liegen. Sie musterte ihren Körper, sie blickte auf Brüste und Arme und Hüften hinab. Sie war nicht darauf aus, ihre Makel zu suchen, der Körper war ihr heute nicht fremd. Die Bräune des Sommers lag noch warm auf der Haut.

Endlich liegen und strecken, die Tage sind zu lang. Was sind das für Nächte, mit einem Nachtwächter als Liebhaber! Mehrmals in der Woche kam er am frühen Morgen geschlichen und legte sich müde an ihre Seite oder zog sie mit sanfter, traumnaher Lust aus dem Schlaf. Aber sie musste, seit sie wieder Arbeit hatte, um sieben die Arme unter die Dusche strecken, während der Nachtwächter, der müde Bock, dem Tag entgegenschnarchte. Es gelang ihr nicht, böse auf ihn zu werden. Aber sie bereute es, ihm diesen komischen Job nicht ausgeredet zu haben. Der Nachtwächter drehte seine Runden. Der Nachtwächter ging fremd mit der Nacht.

Eine kratzende Eifersucht stieg in ihr auf. Sie redete sich ein, er brauche sie, jetzt. Wirkte er nicht ganz verloren heute? Welche Bilder hat er vor Augen? Bedauert er, nicht bei dem Begräbnis gewesen zu sein? Oder ist er erleichtert? Er tut so, als hätte er keinen Grund zu trauern. Aber die tote Mutter zieht seine Gedanken zurück, in die Heimat, in die Kindheit. Die Mütter ziehen an den Söhnen. Er ist doch kein Sohn mehr. Er hat es nicht nötig, gezogen zu werden. Nein, er wird nicht gezogen, er ist stark genug.

Sie konnte nicht einschätzen, ob er wirklich zurückwollte, zurück in das immer weiter wegrückende Zuhause, zurück zu den Freunden, zu einer rauen Tätigkeit im Widerstand, zurück in die lebhafteren Städte, zurück auf den Streifen Land zwischen Gletschern, Wäldern und dem gewaltigen Meer, das er nie vergaß bei seiner Aufzählung. Heute schien wieder alles offen. Er hat noch nicht viel verraten, aber es war ihm anzumerken, seit heute rumorten die Rückkehrgedanken wieder in ihm. Als sei es nun leichter zurückzugehen. Als sei mit der Mutter ein Hindernis verschwunden.

Anke stellte den Wecker und machte das Licht aus. Sein Land will er wiederhaben, was Sinnvolles tun, nicht als Nachtwächter versauern, welche Wahl hat er denn noch? Sie lag auf dem Rücken und fasste ihre Brüste. Er ist verrückt, er will ein Kind von mir. Er will sich an mir festhalten, sich in Europa fortpflanzen. Ich will nicht der Vorwand dafür sein, dass er hier bleibt. Ich will kein Kind, das ihm die Entscheidung abnimmt.

Er muss selber wissen, wie es weitergeht. Ich werde ihm kein Argument gebären. Er soll sich entscheiden, ohne Rücksicht auf mich. Braucht er mich? Ja, ich helfe ihm, seine Wankelgefühle zu behalten, seine Unentschiedenheiten. Damit muss Schluss sein. Also doch ihn verlassen. Aber er wird kämpfen um mich, er wird flüstern, er wird mich rumkriegen, denn ich wünsche derzeit keinen andern als ihn.

Mit den Fingerkuppen strich sie langsam über die Brüste, immer langsamer und sanfter, bis sie antworteten und die Haut sich spannte. Die Haut verlangte weitere, festere Berührungen. Anke nahm die Hände zurück, sie wollte sich nicht erregen, jetzt nicht, lieber warten, warten. Sie fragte sich, ob sie ihm schon zu gefügig geworden sei. Er hielt sie für unkompliziert. Es war ihr noch nicht gelungen, ihm diesen Glauben zu nehmen. Du bist anders, sagte er immer wieder, die deutschen Frauen, die ich vorher kannte, waren anstrengend und gespalten, erst schroff emanzipiert, dann erschreckend zahm, als wüssten sie nicht, was sie wollten, als liefen sie immer unglücklich einer falschen Rolle hinterher, und dann schnell ins Bett und schnell die Probleme auf den Frühstückstisch gebracht. Wenn Frauen anstrengend sind, hatte sie erwidert, dann sind die Männer doppelt anstrengend, ihr wisst immer nur einen Abend lang, was ihr wollt, und haltet am nächsten Morgen schon wieder das Maul und wollt eure Ruhe haben. Anstrengend, das Männerwort. Sie wollen es bequem haben mit uns, wir sollen weich und flauschig und pflegeleicht sein, kratzfest und stabil. Wehe, wir zeigen uns lustlos. Wehe, wir sprechen von dem, was sie auch alle haben, Probleme, Ärger, Ängste. Die Feiglinge.

Vielleicht hatte Felipe recht, vielleicht gab sie sich weniger anstrengend als viele Frauen. Vielleicht war sie halbwegs gefestigt, gemessen an den Studentinnen mit ihren noch tapsigen

Gefühlen. Vielleicht hatte sie ihren Stolz nicht verloren. Sie legte Wert auf ihre Herkunft. Sie war froh, keine höhere Tochter zu sein, kein Erbe in Aussieht, keine geschiedenen, keine ehrgeizigen Eltern. Die jüngste Tochter eines Eisenbahners, der den Vorsatz hatte, bis zum Tag seiner Pensionierung pünktlich und ohne Unfall den Fahrplan einzuhalten, zwei Jahre hatte er noch vor sich. Zu Hause war er kein griesgrämiger Minutengeizhals. Rollen lassen, rollen lassen, war die Parole. Und wenn er Ärger hatte, brummte er: Fahren musste, egal, wer hinter dir sitzt. Vorn in der Lok saß er, ohne ihn, den Oberlokführer Anton Hennig, lief die Maschine nicht an. Die Maschine lief an. Auch der Vater ein Nachtschichtarbeiter. Die Männer, immer draußen. Anke wollte, dass es weiterging. Sie wollte keinen langen Aufenthalt. Sie mochte nicht lange still stehen und warten. Rollen lassen, rollen lassen. Sie ließ sich nicht so schnell aus den Gleisen werfen. Mit der rechten Hand fuhr sie über die Rippen, über das Bauchfell und trommelte mit drei Fingern auf der Haut, bis ein wohliges Echo den Rücken hinaufstieg. Sie umkreiste den Nabel und legte die Hand zwischen die Schenkel. Felipe. Was wollte sie von Felipe? Sollte sie uneigennützig tun und ihn verlassen oder ihn wegziehen lassen, weg auf einen anderen Kontinent, weg zu anderen Frauen? Nein, nein, nein. Bloß keine dramatische Figur sein und erst recht keine lächerliche. Warum für ihn die Entscheidung treffen, warum das Opfer bringen. Das Opfer, was für ein Unsinn. Warum eine Entscheidung, wenn wir gar keine brauchen. Rollen lassen, rollen lassen, es kann noch ein Weilchen so weitergehn. Mehr als jeder andere hat er mich eingewickelt mit Zärtlichkeit, heiß und hungrig und satt gemacht, ich werde ihn nicht einfach ziehen lassen, solange er mich erregt, der Kerl. Die Haut wird heiß, wird heißer, es geht nicht zurück, wie feucht, wie nass, ich will ihn, ich will mich, ich. Was will ich, ja, das will ich, nicht abhängig sein, von ihm nicht abhängig sein, wie abhängig bin ich schon von ihm, von seinem traurigen, zornigen Blick, seinen ratlosen Augen, von seinen Streichelkünsten, von diesem Schwanz, diesem da, diesem. Rollen lassen, rollen. Ich, könnt ich, einfach mit ihm fliegen, in ein fernes fremdes Land fliegen, als wären wir verbunden, für immer, für länger, für eine kleine Zeit, was hindert mich, ich, ich trau mich nicht, nicht raus aus meinem deutschen Nest, ich bremse, ich bleibe, nicht rollen lassen, rollen lassen, ich liebe mich, halt ein, braves Lokomotivführertöchterlein, erst weiterfahren, wenn das Signal grün zeigt, wo soll das hinführen, wo lässt du dich hinführen, lass dich, lass ihn, grün das Signal, vergiss ihn, vergiss ihn nicht, er wird verschwinden, du wirst es überleben, auch du, du wirst heulend am Flughafen stehen, und der Geliebte schwimmt ab durch die Lüfte, kaum hast du die Hand fallen lassen, die winkende, diese da, fallen in deinen Schoß, lauern die jungen Männer auf dich wie Kater vor deiner Tür, sie warten, bis du dein Bett frei gibst, bis sie dich bespringen dürfen, du kannst dir den nehmen, den Schönsten, oder diesen, den Stärksten, oder den, den Klügsten, oder den, ja den, den Zärtlichsten in den Rücken krallen, an die Schenkel packen, du bist nicht allein, allein mit der großen freien Auswahl, der Einsamkeit dazu, ja, gib dich, vergiss dich, ja, gib, schwimm fort mit allen, ja, schwimm allen davon, wohin du willst, zu dir, zu dir, ja, hinauf und hinab, ja, stürz in die Höhen und heb dich, heb dich hinab.

Nur ein Juwelier

– Leo acht, bitte melden! Leo acht, bitte melden! Leo acht!

Gerlach erschrak. Er hatte vergessen, dass er an der Sprechleine ferner Gesprächspartner hing, die ihn jederzeit anherrschen konnten. Im Gedankenschlaf war er längst aus allen Uniformen desertiert und nicht mehr gefasst darauf, mit militärischer Stimme angesprochen zu werden. Leo acht! Die Zentrale rief. Er tat seine Pflicht und meldete sich als Leo acht.

– Alarm im Objekt Eins Sechs Vier, Kirchgasse! Sofort zum Alarmort! Alarmverfolger unterwegs! Ende.

– Objekt Eins Sechs Vier. Verstanden. Ende.

Objekt Eins Sechs Vier, das Gedächtnis des Wachmanns arbeitete zwei Sekunden lang, ja, das war Juwelier Falk, Kirchgasse Ecke Stollstraße.

Ein Juwelier, nur ein Juwelier! Einen Augenblick lang hatte er befürchtet, die Freunde, die Ellerbrock-Einbrecher seien schon unterwegs und hätten einen Fehler gemacht, die Anfänger. Im Laufschritt Richtung Kirchgasse wurde er wach und locker, die Sympathie mit den Einbrechern erheiterte ihn. Er ging so weit, allen anderen Geschäftsleuten, Bankdirektoren und Bürochefs eher einen Alarm zu wünschen als dem Steuerberater Kurt Ellerbrock. Bis zur Aktion dort in der Beckstraße waren noch anderthalb Stunden Zeit. Alles lief nach Plan, Felipe lief nach Plan und Befehl. Laufschritt, marsch! Nur ein Juwelier! In den Beinen stieg die Schwere nach oben. Endlich jaulte der Sirenenton ihm entgegen und wies den Weg zum Haus Kirchgasse 21.

Über die Fußgängerzone raste ein Auto heran und bremste vor dem Geschäft. Die Kollegen Vogelsang und Neumann sprangen heraus.

– Was gesehn, Felipe?

– Nein, Vogelsang.

Sie näherten sich der Eingangstür, prüften das Gitter und die Frontscheibe, die unbeschädigt war. Vogelsang, der Meister der Wachleute, der Alarmverfolger, der bei jeder Alarmmeldung sofort in den Wagen sprang und nach dem Rechten sah, hatte schon eine Vermutung.

– Sieht nach Fehlalarm aus, Paul. Los, hinten rein!

Auch am Hintereingang war das Gitter ordentlich verschlossen. Trotzdem mussten die Wachmänner das Objekt von innen inspizieren, Einbrecher können auch durchs obere Stockwerk oder durch den Keller zu den Juwelen vordringen. Gerlach zog den Schlüssel, aber Vogelsang war so bei der Sache, dass er den Hilfswachmann nicht beachtete und den Schlüssel hervorfingerte, den er aus der Zentrale mitgebracht hatte. Das Gitter klemmte nicht, sie brauchten nicht über Mauern und Mülltonnen zu turnen. Immer noch quälte der Jaulton die Ohren. Vogelsang schlich mit gezogener Pistole voran und schaltete das Licht ein. Er stieß die Tür zur Werkstatt auf, vorschriftsmäßig drückte er sie bis ganz an die Wand, um sicher zu sein, dass sich niemand dahinter versteckte. Dann ein Personalraum, auch hier Licht an, Tür weit auf, kein Mensch. Weiter ging es, durch den Gang bis zu einer Tür, die in den Laden führen musste.

Gerlach blieb, der Rangfolge entsprechend, hinten. Vogelsang befahl ihm mit einer Geste, an der Tür zu bleiben, und nahm mit der linken Hand der rechten die Pistole ab. Er schüttelte die rechte Hand ganz kurz, lockerte sie, es sah aus, als hätte er Angst vor einem Krampf, dann gab er die Pistole schnell wieder in die Schusshand zurück. Felipe dachte, er wird nervös, er ist alt, wenn etwas passiert, ich weiß warum. Vogelsang öffnete die Tür, schaltete das Licht ein. Die Neonhelligkeit nahm dem Einbrecher die letzte Möglichkeit zum Verstecken. Die beiden Männer tappten, immer noch vorsichtig, in den grell ausgeleuchteten Ladenraum. Der Sirenenton kam jetzt unerträglich nah von zwei Seiten, vom Hintereingang und von der Ladenseite. Vogelsang und Neumann bückten sich routiniert, obwohl sie nicht mehr an Einbrecher glauben konnten. Aber sie glaubten an die immer gültige Parole: Man kann nie wissen. Sie merkten nicht, dass sie spielten. Der Einbrecher in der Falle. Sie umstellten systematisch die möglichen Verstecke hinter Ladentheke und Vitrinen, sahen sich noch einmal lauernd um, nickten sich zu, und dann stellte Vogelsang den Alarmton ab.

Die Stille fiel über die Männer wie ein Schlag.

– Fehlalarm, sagte Vogelsang.

– Wie immer, sagte Neumann.

– Wieder so ein Scheißkerl gegen die Scheibe getorkelt, meinte Vogelsang.

Er warf einen kameradschaftlichen Blick auf die Pistole und steckte sie wieder ein.

Enttäuscht? Felipe ließ von der Frage ab. Er mochte nicht frech sein gegen Vogelsang, von dem er wusste, dass er nicht schießwütig war und James-Bond-Typen im Wachgewerbe nicht ausstehen konnte. Mit weißen Haaren stand er da und meldete mit einer beinah gütigen, freundlichen Stimme der Zentrale den Fehlalarm. Die Vorschrift verlangte eine kurze Inspektion der Innenräume. Die drei Männer musterten die Vitrinen. Auch die Schubfächer sahen unberührt aus.

Felipe wischte den Schweiß von der Stirn, den Schweiß vom Laufen und den Schweiß der Aufregung. Die Männer bewegten sich mit Respekt zwischen dem glänzenden Schmuck, den Ketten und Uhren. Silber und Gold verstärkten das Licht.

Das geduldige Gold, stumm hinter Glas, funkelte in die Vergangenheit zurück. Felipe starrte auf die hochgeschmückten Hälse, die samtenen Körperteile, Attrappen ohne Kopf und ohne Brust. Die Guillotine hat funktioniert. Sie arbeitet sauber. Sie ist in Betrieb. Wie viele Hälse. Wie viele Hälse hat es gekostet, bis diese paar Gramm Gold aus Mexiko, aus Minas Gerais, aus Johannesburg ihren Weg durch die Jahrhunderte machen konnten, ausgegraben und ausgewaschen, gemischt und geschieden, geraubt, geschmolzen, geschmiedet, geraubt, geschmiedet und bezahlt mit Mehrwertsteuer, hineingehandelt in die Vitrinen und Tresore des Juweliers Falk. Das Berggold, das Waschgold auf den Halsstümpfen. Aus schwarzem Samt die Hälse. Die Trauergemeinde, vollzählig. Die Hälse gestreckt, als wehrten sie sich gegen würgende Ketten. Ketten, Ringe, Armbänder, Uhren, das ganze silberne und goldene Zeug, Felipe hatte eine bittere Abneigung gegen das alles, es sah ihm nach Blut aus, Beutestücke der ewigen Sieger. Wie hungrige Schweine lechzen sie nach Gold, das haben die Indianer schon vor beinah fünfhundert Jahren gemerkt. Und sie können nicht aufhören damit, die Europäer, die Reichen, sie riechen das Blut nicht mehr, wenn sie Gold wittern, sie trampeln mit geschlossenen Augen über Leichenhaufen, wenn es um ihre krisensicheren Anlagen geht, wenn sie ihre Gattinnen mit Edelmetall aufwiegen, wenn sie die Barren Unze für Unze in die Safes schaukeln, lechzend, ja lechzend.

– Na, Kollege, sagte Paul Neumann, plötzlich dicht hinter Felipe, da möcht man schon mal zupacken, was?

Vogelsang guckte streng herüber, als dürfe man einen solchen Gedanken auch im Scherz nicht aussprechen. Auf keinen Fall im Dienst.

– Kein Bedarf, sagte Felipe trocken.

– Ich hab schon Pferde kotzen sehn.

Felipe lachte.

Vogelsang schaltete die Alarmanlage wieder scharf. Die drei gingen zurück durch den Hintereingang, verschlossen jede Tür zweifach, löschten die Lichter. Am Auto stehend, schickte Vogelsang Neumann allein zurück und rief die Zentrale.

– Hier Leo zwölf. Leo elf ist auf dem Rückweg, und ich geh mal mit Leo acht mit, Kontrollgang.

Er klemmte das Funksprechgerät wieder in die Jackentasche.

– Ich geh mal zu Fuß, Stadtmitte, da erwischt mich der schnelle Neumann sofort, wenn's brennt. Na, wo geht's lang, Leo acht?

Sachdienlicher Hinweis 4

Die Täter hatten den Plan im Kopf. Täter 1 legt Leiter an, öffnet Fenster, steigt ein. Täterin 2 folgt. Täter 3 bewacht den Hof. Täterin 4 wartet im Auto. Die beiden Einsteiger wissen, wo der richtige Aktenschrank steht, sie knacken das Schloss und transportieren die Ordner durch das Fenster über die Leiter hinunter. Täter 1 und Täterin 2 hatten tagelang geübt, wie man Leitern rasch auszieht und lautlos anlegt, wie man geschlossene Fenster von außen öffnet und am Ende wieder unauffällig verschließt. Werkzeug und Leichtmetalleiter lagen im Auto. Handbohrer, Drahtschlinge, Schraubenzieher, Kitt, Lacktöpfchen und Pinsel hatte Täter 1 in der Jacke, die im Flur hing. Handschuhe und Wollmütze waren jedem zugeteilt. Die Spielregel: Nicht die Minuten zählen.

Kontrollgang

Das hatte noch gefehlt, ein Kontrollgang! Felipe schritt neben Vogelsang einher und versuchte, seinen Schrecken zu verbergen. Ruhig bleiben! Was kann er schon wollen, außerdem ist es noch nicht drei. Zeig dich diensteifrig, das ist die beste Tarnung. Das Reisebüro Richter war an der Reihe, und Felipe steuerte prüfenden Blicks darauf zu, machte an Schlössern und Gittern gründlich und rasch die nötigen Griffe und gab den Okay-Spruch an die Zentrale durch.

– Der Schlüssel hängt nicht gut hier, sagte Vogelsang.

Er meinte den Kasten für den Schlüssel, mit dem der Wachmann seine Kontrolluhr bediente, und der in halber Höhe viel zu auffällig angebracht war.

– Ja, der war auch schon mal geklaut, abgerissen.

– Muss ich melden, dass wir den mal versetzen. Oder dass die auf Zettel umsteigen.

Vogelsang machte Notizen. Er war bei der Sache, er schien nicht mal einen gefälligen Blick auf die Bikini-Bilder und das Plakat von den Niagara-Fällen zu werfen.

Vogelsang fror. Es war nicht kalt, aber er fror unter seiner dicken Jacke. Das war Felipe schon in der ersten Nacht aufgefallen, als er von dem Alten angelernt wurde. Er hatte ihn damals gefragt, ob er krank sei, und darauf nur die mürrische Antwort bekommen: Ich hab mich ans Frieren gewöhnt, ich kann gar nicht mehr anders. Erst in der dritten Nacht hatte er das Rätsel erklärt und vom Krieg erzählt, von der Marine, vom Absaufen im eiskalten Atlantik, ein ganzes Schlachtschiff, die «Bismarck», das größte Schiff der Kriegsmarine säuft ab und Vogelsang mit, zweitausendfünfhundert Mann tot und gut hundert gerettet, der Matrose Vogelsang gerettet, mit Schlaflosigkeit geschlagen nach dem Krieg, auch Nachtschicht half nicht, erst als Nachtwächter laufend, gegen das Frieren laufend und sich des festen Bodens unter den Füßen versichernd, konnte er wieder Schlaf finden gegen Morgen. Seinen Bericht hatte er dem neuen Kollegen bereitwillig und ausführlich gegeben, als hätte man ihm geraten, sein schreckliches Erlebnis nicht zu verstecken, sondern möglichst oft zu erzählen. Er hatte jedoch ohne innere Bewegung gesprochen, wie von einem ganz anderen Vogelsang. Aber ein Satz hatte Felipe getroffen. Einmal im Krieg gewesen, hatte der Alte gesagt, da hast du nachts immer das Gefühl, da ist noch was, wenn du nicht aufpasst, passiert noch was, musst wach bleiben auf Teufel komm raus. Seit diesem Satz empfand Felipe Sympathie mit dem alten Nachtwächter. Er hatte wenig mit ihm zu tun, begegnete ihm meistens nur abends kurz in der Zentrale oder auf den Straßen, wenn der Wagen des Alarmverfolgers den Weg von Leo acht kreuzte.

– Ach, gehn wir hier rum, sagte Vogelsang, Beckstraße, Berliner.

So schnell fiel Felipe kein Vorwand ein, die Beckstraße zu umgehen. Unwahrscheinlich, dass die Freunde bei Ellerbrock schon angefangen hatten. Aber was wollte Vogelsang ausgerechnet in dieser Straße, ausgerechnet um diese Zeit? Bloß keinen Fehler machen. Er musste den Alten mit einem Gespräch ablenken, wenn er ihn schon nicht von der Route abbringen konnte.

Sie bogen um die Ecke in die Beckstraße ein. Vogelsang ging nach Vorschrift im Zweimeterabstand von der Hausecke, als rechne er selbst in dieser verhältnismäßig hellen Straße mit dem Unmöglichen, dem kleinen Räuber mit Knüppel. Hinter der Ecke überraschte sie nur ein umgestürzter Abfallkorb. Zerquetschte Plastikbecher, Zigarettenschachteln, Reklamepapiere,

Flaschen, Plastiktüten, alles lag wie eben erst zerstreut neben einem orangefarbenen Behälter, der von einem Laternenpfahl abgerissen war.

Felipe blieb stehen.

– Vandalen, murmelte Vogelsang, diese Vandalen!

Er schien mit dem Impuls zu kämpfen, alles aufzusammeln und wieder in den Behälter zu stopfen.

– Soll'n wir's wieder reintun?, fragte Felipe.

Vogelsang blickte ihn überrascht an, so viel Loyalität zur öffentlichen Ordnung hatte er von dem jungen Hilfswachmann nicht erwartet.

– Ach was! brummte er, wir sind doch keine Straßenfeger. Ich mach mir doch wegen diesen Schweinen die Hände nicht schmutzig. Diese Vandalen, das hat's früher nicht gegeben!

Das war ein Stichwort. Felipe fragte, was denn früher so anders gewesen sei, wie seine Arbeit vor zwanzig, vor dreißig Jahren abgelaufen sei.

– Viel weniger ist da passiert, sagte er. Und solche Schweinereien, die gab's einfach nicht. Viel weniger Überfälle, weniger Diebe und Aufwand. Aber eine Pistole hab ich schon damals mitgeführt, damit war man noch nicht so pingelig.

– Wie heute.

– Wie heute. Aber ich hab genug gezittert im Leben, musst dir nur vorstellen, die Alarmtechnik war doch viel primitiver damals, und von Funksprechkontakt zur Zentrale natürlich keine Rede. Was ihr heute macht, ist ein Spaziergang dagegen. Ohne viel Technik in den fünfziger Jahren, in den sechzigern, das machte alles irgendwie direkter, verstehst du, spannender. Aber oft warst du wirklich ganz beschissen allein.

Endlich kam Vogelsang ins Reden, und Felipe versuchte das Schritttempo etwas zu beschleunigen, als sie am Haus des Ellerbrock-Büros vorüberliefen. Er spähte nach links und bemerkte nichts Verdächtiges. In den parkenden Autos saß niemand am Steuer.

– Was hilft's, fuhr Vogelsang fort, wir müssen die Stadt frei halten von Kriminellen, damals wie heute. Heute hängt viel mehr Arbeit dran, die werden ja auch immer raffinierter, die Vandalen, die Ausländer. Wir müssen sie in den Griff kriegen, abschrecken, sonst …

Er machte eine Pause, sah auf die Uhr. Er schien vergessen zu haben, dass ein Ausländer neben ihm patrouillierte, in der Uniform seiner Wachgesellschaft. Felipe hatte keine Lust, nun die Ausländerdiskussion anzufangen und das Vorurteil mit der Kriminalstatistik zu widerlegen. Vogelsang war stolz auf seine Stadt. Er war hier geboren, er hatte das zweifelhafte Glück einer Auferstehung erlebt, er hatte diese Straßen ein halbes Leben lang des Nachts durchmessen und, wie er meinte, in Ordnung gehalten, er würde hier sterben, vielleicht hatte er seinen Grabplatz schon gebucht. Hier lebe ich, hier kaufe ich, hier sterbe ich. Jedes Argument hätte er als Angriff auf sein Heimatgefühl verstanden. Felipe wollte nachsichtig mit ihm sein, aber es fiel ihm Kemal ein, Kemal im Krankenhaus, und er sagte:

– Die Ausländer machen weniger, als die Deutschen immer denken.

– Was weißt du denn schon, Junge!

Es hatte keinen Sinn. Sie liefen an einem Sex-Shop vorbei, dessen Schaufenster mit Brettern zugenagelt waren. – Die Frauen!, sagte Vogelsang, und es blieb unklar, ob er die Frauen meinte, die so oft die Scheiben eingeworfen hatten, bis der Inhaber sich hinter die Holzverschläge zurückziehen musste. Felipe wollte nachfragen, aber plötzlich hielt Vogelsang an. Zwischen zwei neueren Häusern lag ein Trümmerhaufen. Mauerreste, mörtelbesetzte Ziegelsteine, Eisenbalken, verbogene Rohre, Tapetenfetzen. Die Reste des Hauses waren von einem Bagger so zusammengeschoben worden, dass der Abtransport des Schutts zügig erledigt werden konnte. Sogar die Trümmer machten einen ordentlichen Eindruck.

– Das war's also, sagte der Alte. Ich hab hier mal gewohnt, weißt du, fast zwanzig Jahre.

Er schüttelte den Kopf.

– So sieht das aus. Einfach abgerissen, heut früh, gestern früh mein ich. Scheiße.

Felipe verstand nun, weshalb Vogelsang einen Kontrollgang vortäuschte und ausgerechnet in die Beckstraße wollte.

Sie setzten sich wieder in Bewegung, Felipe vermied den Gleichschritt, und erreichten den breiten Bürgersteig der Berliner Straße.

– Vorbei ist vorbei, sagte Vogelsang. Aber von mir aus hätten sie die Studenten drinlassen können.

– Die Besetzer?

– Ist doch besser als noch mehr Büros hier in der Stadt, dann wird's doch noch leerer hier nachts, oder? Schweigend gingen sie auf den Adenauerplatz zu. Auch beim Gang durch den Tunnel wechselten sie kein Wort. Vogelsang übernahm die Durchsage an die Zentrale. Dann mußte Felipe zur Kölner Straße.

– Also dann. Weiter so, Leo acht!

Vogelsang grinste und entfernte sich Richtung Jahnstraße, zur Zentrale zurück. Über den Platz rollte der Lastzug einer Keksfabrik.

Nachruf

Da ging er hin, Vogelsang, der unerschütterliche Deutsche, der mit neunzehn Jahren einen Schiffsuntergang überlebt hatte, der dem Feuertod, dem Erstickungstod, dem Wassertod und dem Tod durch Erschießen entkommen war in einem der schlimmeren Kriege. Der Tod saß ihm noch in den Gliedern und brachte ihn zum Frieren, aber Vogelsang kämpfte weiter, versuchte sich warm zu halten, indem er nächtelang über heimatlichen Boden stapfte, kämpfte über dreißig Jahre lang für die Sicherheit, die Sicherheit der Waren in Geschäftsräumen und Lagerhallen. Er musste verrückt sein, das Leben dafür zu riskieren. Für den ganzen Ramsch, der ohnehin gegen Einbruch versichert war. Ein leidenschaftlicher Wachmann, der angeblich nichts weiter wollte als Ruhe und Frieden. Er hätte aus dem Untergang seines berühmten Schiffs Kapital schlagen können wie die letzten Überlebenden der «Titanic», die sich für Geld mit anderen Zeitgenossen fotografieren lassen und an die Showmaster verkaufen. Nein, Vogelsang mied das grelle Licht, er versteckte sich in der Dunkelheit, er hasste Lärm und Aufregung, behielt die Ruhe in jeder Situation, ob auf dem sinkenden Schlachtschiff, bei Fehlalarm im Juweliergeschäft oder vor den Trümmern seines früheren Hauses. Das war's also, sagte er und ging weiter. Er wünschte Frieden, das war glaubhaft, denn er wollte nicht noch einmal untergehen. Ich hab Angst vorm Russen, sagte er einmal, aber bloß keinen Krieg, wir müssen den Laden hier nur in Ordnung halten, dann wird der Russe gar nicht kommen. Alt geworden im Kampf gegen das Eigentumsdelikt, hatte er es selbst nicht zu Eigentum gebracht außer zu den üblichen Anschaffungen. Trotzdem gelang es ihm, unermüdlich und treu den Blick zu fixieren auf die Sperrgitter und Alarmanlagen, auf Türen und Zäune, die fremden Besitz einschlossen. Er schien nicht einmal neidisch auf die Reichen zu sein. Auf die Hässlichkeit seiner Stadt angesprochen, sagte er, das kannst du nicht sagen, ist doch eher schöner geworden gegen früher, und wenn ich in die Kaufhäuser gehe, dann seh ich doch, dass es allen gutgeht heute, da braucht doch keiner mehr zu klauen. War Vogelsang harmlos? Ein harmloser Konsument, für den Diebstahl und Raub die größten Verbrechen auf Erden sind. Dieser Deutsche, er hätte aus dem Atlantik auftauchen können mit geöffneten Augen, aber er ist einfach an Land gekrochen und hat sich an sein Stück Heimat geklammert und weiter gedient, brav wie ein Soldat, der alte Vogelsang, hundertprozentig auf dem Posten.

Das Gespräch war nicht zu Ende. Felipe spürte die Verwandtschaft zu dem alten Nachtwächter. Einmal im Krieg gewesen, und immer das Gefühl, es wird etwas passieren, wenn du schläfst. Es trieb ihn, Vogelsang etwas nachzurufen. Er wusste nicht was. Die Angst, solch ein Nachtmensch zu werden. Verrückt wie alle Nachtwächter, die sich eingraben in die Nacht, verlieben in die Nacht und nicht mehr zurechtfinden in der Helligkeit. Verrückt wie die umnachteten Kerle, die die Menschen sortieren in Straftäter, Vandalen oder Kontrolleure. Verrückt die guten Leute voll aufgetürmter Ehrlichkeit, überzüchteter Zuverlässigkeit und hochprozentiger Nüchternheit, die auch lieber einen besseren Beruf gefunden hätten und nun, gedrillt im Sicherheitsdenken, umkippen mit all ihren Ordnungsgefühlen und eines Nachts, kirre vom Neonlicht, endlich dem Gedanken ans Mitnehmen nachgeben oder eine Frau anfallen oder eine Prügelei anfangen.

Vogelsang war so verdächtig normal. Er war verschwunden. Felipe sah ihn, sah sich, korrekt und blind, ins Verderben laufen, von den Funksprüchen der Zentrale gelenkt, vom lächerlichen Wettlauf mit den Kollegen Einbrechern und vom Zwang zum Geldverdienen besinnungslos gemacht. Den Alten aufwecken, ihn aufrütteln! Warum gerade ihn, warum nur ihn, warum nicht alle Kollegen, warum nicht alle? Alle zerknickten, matten, schlafenden Gestalten, warum nicht einmal sie alle aufwecken, angefangen bei den Hausmeisterfamilien in den Dachwohnungen über den Geschäftshäusern, dann die übriggebliebenen Innenstadtbewohner, die in den Penthäusern und Bruchbuden zwischen lauter Gewerberäumen hausen, und das sind nicht genug, warum nicht alle, alle Einwohner der Stadt und der Vorstädte sollen aus ihren Betten aufgeschreckt werden, alle Alarmanlagen, alle Sirenen, alle Glocken und Wecker klingen und klagen, alle Hupen und Pfeifen in diesem Augenblick, kleine Probe für den allseits gewünschten Aufstand oder den allseits gewünschten Untergang, schon ziehen die Leute sich hastig an und strömen zur Mitte der Stadt, der ganze Zauber eines Jüngsten Tages ist inszeniert, und die in Trab gesetzten Menschen fliehen nicht in die Bunker oder in die Wälder, nein, sie kommen erst einmal zum Adenauerplatz, die Straßen längst verstopft, die Menschen drängen von allen Seiten in breiten Kolonnen heran, folgsam und reumütig haben sie nichts Besseres vor als in die Nähe eines Hilfswachmanns zu kommen, es stehen Hunderttausende ängstlich, erregt, erwartungsvoll, und wer, wenn nicht Felipe Ramón Gerlach Hernandez, wird ihnen die große Standpauke halten über Dutzende von Lautsprechern, die Abrechnung, die Predigt aller Predigten, die Rede aller Reden, ausgerechnet er, ein hergelaufener Ausländer, wird sie mit Worten so packen und erschrecken und überzeugen, dass sie ihr Leben ändern und bekehrt werden zum Kampf gegen alles, was er für die Übel der Welt hält, und er, der gute Nachtwächter, wird den Politikern die besten Ratschläge geben und wird den Anfang machen und die Welt nach den Wünschen der Unterdrückten umkrempeln, den Erdball mit zwei Händen packen, schütteln und wieder zurechtrücken und alles neu verteilen und besser machen, allmächtiger Kindskopf!

Der kleine Schweitzer

Der erste missionarische Anfall mit elf oder zwölf Jahren, einen Winter lang will Felipe der Gute sein, der in den Urwald eindringt und die Heiden bekehrt. Anstifter ist ein Religionslehrer, der von Albert Schweitzer erzählt und seinem bestechenden Konzept, ärztliche Betreuung plus Christentum, Hilfe für den Körper und Hilfe für den Geist, mit dem kranken Körper als Pfand die Seele missionieren. Noch überzeugender aber ist das Großvaterlächeln unter dem Tropenhelm, dazu der mächtige, buschige Schnurrbart, der nichts Böses verheißt. Ohne das werbekräftige Bild, das den kindlichen Betrachter mit fotografierter Freundlichkeit erpresst, bis er ja sagt und verspricht, es ihm nachzutun, wäre er nie zu dem Entschluss gelangt, ja, ich werde Missionar. Albert Schweitzer missioniert in Afrika, Felipe Gerlach übernimmt Amerika, Amerika hat genug Urwälder und Dschungel. Er denkt an Brasilien, an die endlos dichten, an die endlos weiten Wälder des Amazonasgebiets. Die grünen, die tropischen Landschaften der Reiseberichte, die Szenerien der Urwaldbücher, die Lichtungen am Rande der Wildnis sind der ideale Ort für den missionierenden Knaben. Indios müssen es sein. In der Gegend von Osorno gibt es zwar auch Indios, aber sie sind längst in die Kirche gezwungen, eingemeindet mit den Gewehren von den Spaniern und von den Urgroßvätern niedergedrückt, gebrochen und mit der kläglichen Hoffnung auf die Jungfrau Maria verarmt, so stehen die Männer vor den Fundos in der Stadt um ein bisschen Arbeit an, und die Frauen verkaufen auf den Märkten eine Handvoll Äpfel, sie sehen alt aus, zerschlissen und müde, nicht attraktiv für den elfjährigen Missionar. Nein, er will fort von zu Hause. Er braucht die Indianer in der Ferne, weil er weg will vom Familienesstisch, weg von den morgendlichen Gebeten und abendlichen Gesängen, weg von den immergleichen und unbegreiflichen Beschwörungen Dein Wille geschehe, er sperrt sich dagegen, dass immer nur Gottes Wille geschehe und seiner nichts gilt und gedrängt wird ins Gefängnis einer kitschigen Zukunftserwartung hoch im Himmel. Er will weit weg ins Reich der Abenteuer, zu den fernen Geheimnissen. Attraktiv sind die letzten echten Indianer, tief in den Wäldern Amazoniens, wo sie störrisch ihr eigenes, rätselhaftes, vorzeitliches Leben leben. Sie locken. Dahin will er sich vorkämpfen. Er will erobern. Sie locken mit ihrer Nacktheit. Er hat die Bilder großer, nackter Frauen vor Augen, mit plastischen Brüsten, liegend oder stehend unter paradiesischen Bäumen, alte Holzschnitte in den Büchern des Großvaters. Die nackten Wilden zeigen eine ruhige Schamlosigkeit, die der Junge nicht kennt. Es liegt keine Einladung darin und keine Abweisung, nur die Frage an ihn, was mit ihm sei, was er vorzuzeigen habe. Die Frage, sie zieht ihn zu diesen sagenhaften Frauen, weit hinauf an die Nebenflüsse des Amazonas. Auf dem Atlas fährt er die günstigsten Wege ab und lässt sich an den Flussbiegungen nieder und stellt sich ein grünes Ziel vor, das Ziel ist eine Wiese mit Lagerfeuer, im braven Felipe wird ein Eroberer wach, ein elfjähriger Conquistador mit dem Schwert in der einen und dem Kreuz in der andern Hand.

Er weiß nicht, dass die Indios die Missionare längst für verrückt halten. Die weißen Männer mit dem verantwortungslosen Gott, die jahrzehntelang versucht haben, ihnen die eigene Sprache abzugewöhnen, städtische Kleidung aufzunötigen und die Frequenz des christlichen Radiosenders einzubläuen, die bringen es fertig, von einer Woche zur andern, von einem Fest zum andern zu predigen: Vergesst die Radios, denn es gibt zu viele Sender des Teufels, legt die Hemden wieder ab, holt eure alten Sachen hervor und sprecht eure Sprache wieder! Er weiß nicht, dass er von der Laufbahn eines Trottels träumt, einer von denen, die jahrelang von einem göttlichen Himmelreich schwärmen und plötzlich, nachdem sie mit ihrer Mission kräftig dazu beigetragen haben, die Kultur der Indios zu zerstören, für die Erhaltung der Reste der alten Kultur entflammen und damit ihren Gott vollends lächerlich machen. Die Kontinente verteilt, die Grundstücke verhökert, den Menschen die Widerstandskraft entzogen, Missionare nicht mehr gebraucht, höchstens als Museumswärter, Sozialarbeiter.

Zum Glück halten seine Phantasien nicht länger als zwei, drei Wintermonate vor. Er kann sich eine Flucht in die Wälder zwar vorstellen, aber nicht mit der Bibel. Wie wird das aussehen, mit der Bibel unterm Arm hinter diesen schnellen, starken Frauen und Männern herlaufen? Wie ihnen in ihrer schwierigen Sprache etwas erklären, was er selbst nicht richtig versteht und auch nicht glaubt? Er ahnt, er wird die Ungezähmten, die Eigensinnigen, die ganz anderen nicht mit Sprüchen und Altären bekehren können. Er ist ja selbst nicht einmal bekehrt, da nützt auch der ermunternde Blick von Albert Schweitzer nichts.

Und doch erreicht der eifrige Felipe etwas. Für ein paar Wochen, als er sich in die Hitze und Nacktheit des Äquatorgebiets träumt, erkauft er sich das Wohlwollen der Mutter. Braver Junge, er möchte Missionar werden, das Himmelreich verkünden, meine Erziehung trägt Früchte! Obwohl ihm der falsche Ton, der dumme Stolz missfällt, schmeichelt das Lob. Er kann sich vor den Spiegel stellen, der kleine, eitle Schweitzer, und denken, was bist du doch für ein guter Kerl, Missionar!

Freund oder Feind

Leo acht, die Zentrale im Nacken und ein leeres Revier vor sich, stieg durch die Schatten und das künstliche, glättende, nutzlose Licht. Einst sollte das Licht die Stadt sicherer machen, aber mit dem Licht kam die Sicherheit nicht. Mit den Nachtwächtern nicht. Mit den Polizisten nicht. Mit den Alarmanlagen nicht, und auch die Videoüberwachung wird es nicht bringen. Selbst wenn die Sicherheitsmenschen in ihrem Wahn so weit gehen, auch Hochspannungsleitungen und Tankstellen und Hauseingänge doppelt und dreifach bewachen zu lassen, es wird nicht helfen, weil niemand mehr weiß, wer Freund ist und wer Feind. Hin und wieder beobachtete Felipe die Gestalten, die in der Tiefe der Nacht noch unterwegs waren, jeder ein Rätsel für sich, Freund oder Feind, der da eilig in eine Seitenstraße einbog oder der an einer Autotür fingerte, betrunkner Besitzer oder doch ein Dieb. Der Hilfswachmann sah flüchtig hin, er wollte es gar nicht genauer wissen, niemals blieb er uniformdrohend stehen, nie stellte er jemanden zur Rede, das war nicht sein Job. Er musterte die Passanten, die ihm entgegenkamen, selten eine Frau dabei, fast immer einzelne Männer. Die Nacht verbündet die Einzelgänger, und doch war jeder misstrauisch bei jeder möglichen Begegnung in der weggeleuchteten Dunkelheit. Es wunderte Felipe, dass er, wenn er erkannt war als Nachtwächter, so selten zur Verbrüderung eingeladen oder beschimpft wurde, zumal um diese Stunde keiner ohne Alkohol im Kopf herumlief. Die meisten Nachtbummler nahmen Haltung an, wenn die dunkle Gestalt des Wächters auftauchte. Auch der, der ihm jetzt entgegenwankte und bei den ungünstigen Lichtverhältnissen den Wachmann vielleicht für einen Schläger hielt. Es war jedes Mal das gleiche Spiel mit der Angst. Felipe machte sich den Spaß, wie ein Verdächtiger am äußersten Rand des Bürgersteigs, an der Hauswand in unregelmäßigen, abwartenden Schritten voranzugehen und dabei den andern zu fixieren. Ein bisschen Erfahrung reichte, schon hatte er den Blick drauf, den Instinkt der Diebe und Räuber für ihre Opfer. Auch dieser Passant, der ihm langsam entgegenschritt, verriet mit seinen Körperbewegungen, dass er überfallen werden wollte. Wer Angst hat, tritt allzu entschlossen auf, schreitet ein wenig zu weit aus, gibt sich stark mit starrem Kopf, hält die Arme verteidigungsbereit und schwingt sie gegen den natürlichen Rhythmus. Der Mann kam entschlossen näher, er bewegte sich nicht von innen nach außen, sondern von außen nach innen, also verkrampft. Die Ängstlichen sind die leichteste Beute, sie bieten sich regelrecht an. Erst beim Abstand von zwanzig, dreißig Metern entdeckte der Näherkommende die Uniform, die ihn offenbar beruhigte, und schritt nun locker auf den Ordnungshüter zu. Felipe schaute ihm, wie er es gelernt hatte, zuerst auf die Schuhe, dann auf die Hände, dann ins Gesicht. Wieder ein Nachtlokalbesucher, mehr Geld in der Brieftasche, als ein Wachmann in einer Nacht verdiente. Er hätte es leicht gehabt. Es war die beste Zeit. Vielleicht der letzte Passant dieser Nacht. Ein Polizeiwagen schlich über die Kreuzung. Dann wieder Stille. Er hörte nichts außer dem Klicken im Schaltkasten neben der Verkehrsampel.

Ein paar Tote

Die Stille wie ein Netz. Wer sich klein macht, kann durch die Löcher schlüpfen. Der eigne Schritt zerreißt das Netz und knüpft das Netz, zerreißt und knüpft, der Schritt, der Tritt, das Netz. Die Löcher im grauen Geflecht wurden schwärzer.

Fast alle Schaufenster waren unbeleuchtet. Sie blendeten nicht mehr wie in den Stunden vor Mitternacht. Die müden Augen des Wächters wanderten in die düsteren Höhlen am Straßenrand hinein. Da zog ihn etwas an. Da regte sich etwas. Es war mehr darin als die ausgestellten Waren und das Dekorationsmaterial. Gesichter, in den verschieden dunklen Schattenwinkeln, leblose Gesichter. In jedem Fenster, hinter jeder größeren Glaswand lagerten, standen oder hockten wie in offenen Grabkammern die Toten, wieder die Toten. Nicht jede Nacht nahm er sie wahr in den Schaufensterhöhlen, aber oft genug in der stillsten Stunde zwischen Mitternacht und Morgen verwandelte sich die Innenstadt auf einen Schlag, einen Lidschlag in einen weitläufigen Friedhof. Ein Friedhof ohne Kreuze, ohne Totenlampen, ohne Grabsteine, ohne Namen.

Es waren nur die leblosen, nicht unfreundlichen Gesichter da, und Felipe meinte sie zu erkennen. Er hätte Auskunft geben können, wie sie in die Fenster hineingekommen waren und aus welchen ferneren Ländern sie stammten. Nein, sie hatten keine Überführungsgebühr zu zahlen brauchen, kein Flugticket und keine Schiffspassage. Sie reisten umsonst, sie reisten auf Spesen, rund um die Welt. Sie hatten ihre Plätze in den dickbäuchigen Flugzeugen. Sie machten sich dünn in den Diplomatenköfferchen. In den Containerschiffen wurden sie mitgenommen als unsichtbare Passagiere, in den Kühlschiffen für Fleisch und Bananenstauden, in den Tankern und Frachtern, sie fuhren mit den Bleibarren und den Baumwollbarren ohne Gewicht und in Millionen Kaffeesäcken. Sie hatten den Kaffee hergeschleppt oder der Kaffee hatte sie mitgeschleift, bis er gewaschen und geröstet und verpackt war. Gewaschen, bis er keine Spur mehr von dem Blut zeigte, das an ihm klebt, geröstet, bis der Verwesungsgeruch verdrängt war, und verpackt, bis er endlich glänzte in goldenen Tüten in den Regalen. Die Toten hatten sich an das Kupfer geklammert, an das Gold, an das Silber, sie rollten in den Güterwagen mit Eisen und Nickel heran, sie steckten in den bunten, billigen Textilien und in den Teppichen, und sie hatten sich verborgen in den Kunststoffen aus Erdöl. Nun ruhten sie hier in den Schaufenstern aus, wie sie in allen Schaufenstern der reichen Welt ausruhten. Sie standen zum Verkauf. Die meisten Toten lagen im Norden Amerikas und im westlichen Europa, und es waren so viele Millionen und wurden immer mehr, weil jedes Jahr mindestens fünfzig Millionen nachdrängten, die sich gerecht verteilen mussten. Für jede dieser mittleren Städte wurde das Kontingent von Jahr zu Jahr größer, sie füllten die Straßenränder und die Kaufhäuser, die vornehmen Fachgeschäfte und die billigen Ramschläden, eingesargt in den lockenden Waren und unsichtbar den Verbrauchern, die kauften und kauften, was sie kriegen konnten für ihr Geld. Sie kauften die Toten mit, ohne es zu merken, sie trugen sie in den Einkaufstüten, sie bargen sie vorsichtig im Kofferraum. Die Toten lagen in fremden Küchen im Zinn der Geschirrspülmaschinen, im Aluminiumgehäuse der Stereoanlagen, sie warteten geduldig in den Kleiderschränken und in der Tiefkühltruhe, sie streckten sich in den Kupferrohren der Heizungsanlagen und auf dem Boden der Wohnstuben, sie dösten in den Dieselmotoren.

Felipe konnte sie nun in keinem Schaufenster mehr übersehen, in jedem Verkaufsraum schienen sie zu warten auf ihre Käufer, auf ihre Hinterbliebenen. Sogar in den einfachsten Konservendosen zeigten sie sich, hinter deren aufgeklebten, bunten Etiketten das nackte, stumpfe Zinn hervortrat, das Zinn Amerikas, mit dem die dreißigjährigen Minenarbeiter auferstanden, die hustend und Blut spuckend und gebückt durch stickige Gänge krochen, mit einer hoffnungslosen Geste noch am Leben hängend, den Gewehrkugeln der streikbrechenden Soldaten entkommen und den Schlagwettern und dem Dynamit der schlampigen Sprengmeister, keuchend traten sie aus den Minen voll tropischer Hitze und eisiger Kälte und wieder Hitze, aus feuchter Luft voll Gas und Kieselstaub, der in den Lungen sich festfraß und sie langsam zerbiss, so traten die Männer ans Licht, Kokablätter mit Asche kauend, die den Hunger milderten und die Müdigkeit angenehm machten und den Geruchssinn, den Geschmackssinn und die Nerven abtöteten, bis kein Schmerz die taumelnden Körper mehr warnen konnte, die sich hinaufschleppten zu den dünnen Hütten in viertausend Meter Höhe zwischen Müll und Exkrementen zu ihren hungernden Familien, zu ihren getretenen Frauen, und sie tranken noch einmal das Wasser aus rostigen Benzinkanistern und krepierten, wie die Betriebswirte es kalkuliert hatten, mit dreißig Jahren, wie der Markt es befahl, denn billig sollte das Zinn bleiben, die Makler an den Rohstoffbörsen hatten die Preise im Griff, sie hoben schreiend die Hand, und wieder wurde ein Arbeiter stumm verscharrt, und was er ausgegraben hatte, das billige Zinn war noch kein Zinn, es war ein schwerer, erdähnlicher Staub, der aus dem Land, dem er ausgekratzt war, wie Diebesgut weggeschafft und erst im Schlund der Hochöfen ferner Länder zu Zinn verfeinert und barrenweise verkäuflich und dann erst, immer noch billig, mit Eisen gemischt und zu Blechen gewalzt wurde, Konservendosen, wohin du schaust, unentbehrlich der Zinnstaub und nichts wert wie die, die den Staub heranschafften, ein paar Jahre im Berg und dann ins Grab, auf die Friedhöfe geschoben, die Friedhöfe waren übervölkert, es mussten immer neue errichtet werden, überall. Scharen von Toten werden nachrücken, werden Platz brauchen, werden immer weniger zu übersehen sein und warten auf ihr Leben nach dem Tod in den Massengräbern der Rohstoffbörsen und Getreidebörsen. Auf den Frühjahrsmessen und Herbstmessen wurden die Toten in immer größeren Stückzahlen geordert, auf den Auftragsblocks und Lieferscheinen waren sie säuberlich verzeichnet und akkurat versteckt. Es gab ein Leben nach dem Tod, im Rhythmus der Konjunktur. Viele Millionen waren schon eingeplant für dieses Jahr, ein leichtes Wachstum stand in Aussicht, und Felipe Gerlach, der ausgezogen war, die Zahl der Elenden zu mindern, ging an ihnen vorbei und beobachtete, ob sie ordentlich in den Fenstergräbern lagen und schliefen und niemanden störten, wie der Markt es befahl.

Er lief die städtischen Friedhofswege entlang und empfand keinen Schauder beim Anblick der Toten. Sie kamen nicht aus einer fremden Geisterwelt, einem dunklen Reich der körperlosen Seelen, aus Gespensternischen oder höllischen Unterwelten. Sie machten keine Anstalten, den Passanten zu erschrecken. Sie blieben bescheiden, lautlos. Sie kamen aus dem Diesseits. Die namenlosen Toten, sie waren Felipe bekannt wie entfernte Nachbarn seiner Straße. Es war nicht schwer zu erklären, warum es sie gab, warum es so viele gab und warum sie bis in die Läden vorgestoßen waren. Er hatte ihren Weg hin und zurück, kreuz und quer um den Weltball herum oft verfolgt, hatte beobachtet, gelesen, studiert. Auch die anderen waren bekannt, die erpressen und verhungern ließen und erschießen, vergiften, foltern, abstechen. Die Namen der Täter wurden täglich gedruckt. Wer Bescheid wissen wollte, brauchte nur Augen und Ohren und Gedächtnis mitzubringen. Welches die Kehrseiten der internationalen Handelspolitik sind, welche Marktgesetze welchen Profitwünschen folgen und wo die Motive der Verantwortlichen zu suchen sind, war nicht schwer zu durchschauen, das hatte Gerlach schon den Studenten der ersten Semester beigebracht. Hier in Europa konnte man mit der Erforschung der Mechanismen des Mordens einen Doktortitel erwerben.

Dr. Gerlach schritt die Front der Toten ab. An die Nochnichttoten wagte sich seine Vorstellungskraft nicht heran, an die Elenden, die hinwegvegetierten, denen die Krankheiten aus den Körpern wuchsen, die so schwach waren, dass sie keine Energie mehr hatten, die mit jedem ihrer Schritte, mit jedem ihrer Blicke zeigten, dass ihr letztes Leben mit dem Tod verknotet war. Nein, die schmählich Krepierenden überforderten die Phantasie. Die Bilder von den Toten waren drückend genug, die Ermordeten, die nächtlichen Bewohner der Geschäfte, die Toten, für die es nichts mehr zu tun gab. Sie waren still und sie verlangten nichts, keine Feierlichkeit, keine Trauer, keine Friedhofsruhe. Sie waren einfach nur da. Sie wichen nicht vor dem Blick des Nachtwächters, der sie bewachte. Sie drängten sich nicht auf. Er war nicht ihr Freund und wollte es nicht sein. Er blieb stumm vor ihnen und winkte nicht mit solidarischen Grüßen. Er liebte sie nicht. Aber er konnte sie nicht vergessen, er wollte sie nicht vergessen, er war ihnen verwandt. Er, der Überlebende, der letzte Fußgänger der Nacht und der erste am Morgen, hätte einer von ihnen sein können, das war alles.

Rondo 6

Hör zu, ich muss dir erzählen, mein Traum heut Morgen. Ich laufe wieder und laufe die ganze Zeit, bis ich zu einem Busbahnhof komme. Ich bin ganz erschöpft und muss immer weiter laufen, ich suche die richtige Haltestelle. Es regnet, Ampellichter leuchten von weit her durch die Nacht, es ist sehr still. Ein Bus fährt vor, und ich steige ein. Das Steigen tut weh, ich krieg einen Muskelkrampf im Oberschenkel. Ein einziger Sitzplatz ist noch frei. Glück gehabt, denke ich und bin furchtbar müde. Ich beobachte, wie meine Faust auseinanderfällt, und sehe einer schlafenden Hand zu. Dann hebt mich etwas nach oben, erst werd ich gehoben, dann der Sitz, dann der ganze Bus. Der Bus ist ein Flugzeug. Ich kann keine Piste erkennen, keine Landschaft, keine Wolken unter mir. Es ist stockfinster draußen, und das Flugzeug steigt und steigt. Die Passagiere flüstern. Es wird Spanisch gesprochen, immer lauter und lauter. Ich hebe mich aus dem Sitz und drehe mich um. Voll ist das

Flugzeug, voll mit Landsleuten. Eine alte Frau neben mir zieht mich auf meinen Sitz zurück und flüstert mir etwas ins Ohr. Das Leben ist die Erlaubnis, den Tod kennenzulernen. Woher kenn ich den Satz, das Leben ist die Erlaubnis … Die Frau hört nicht auf und streicht mir über die Haare. Das widert mich an, diese Geste, aber ich habe nicht die Kraft, aufzustehen und mir einen anderen Platz zu suchen. Die Angst wird immer stärker, unter lauter Toten zu sitzen. Die Minuten vergehen mit Schrecksekunden. Dann wag ich es wieder, den Kopf über die Höhe der Rückenlehnen zu heben, über die weißen Tücher hinweg. Das Flugzeug ist größer geworden, riesige Ausmaße, eine fliegende Halle, die sich erweitert, unendlich weit und voll besetzt. Wir sind schon über dreihunderttausend, flüstert jemand hinter mir. Es ist Pedro. Ich erkenne immer mehr Freunde und Bekannte, alles Emigranten, alle winken sich zu. Ein großes Fest der Begrüßung beginnt, jeder will jede und jeden umarmen. Plötzlich dröhnt es durch die Lautsprecher, die Aufforderung zum Anschnallen. Merkwürdig, wir gehorchen alle sofort. Der Pilot gibt die Bodentemperatur an, 23 Grad Celsius. Die Stewardessen verteilen Munition, oder sind es Bonbons, ich weiß es nicht.

Unter dem Pflaster

Weiter, weitergehn, es geht von allein, vor das Bein, vorlaufen, laufen, egal wohin, wohin steht fest, fest die Route, klar der Weg, Berliner Straße, geradeaus um die Ecken, hart der Weg, mit Pflastersteinen versiegelt, mit Steinplatten verschweißt.

Hart der Weg, wie lang halten Füße das aus, Gelenke auf dem Marsch, Training, alles Training, die Härte in den Knochen, wie lange machen die Gelenke das mit, wie viele Kilometer sind nötig auf dieser Bahn, damit die Gelenke, die Ballen, die Zehen nicht schmerzen, schmerzen sie, nein, schmerzen sie nicht, was weißt denn du, sie laufen von allein, den alten Trott jede Nacht, die angepassten Gehwerkzeuge, Stehwerkzeuge, bist schon ein Gehtier, Mutation, Tutation, Amputation. Stopp, denk bloß nicht über die Füße nach beim Gehen, sonst ist es aus mit dem Gehen, sonst Stolpern, Aus und Schmerzen, weh der Weg und hart der Weg, der immer gleiche, immer neue, verwechselbare Weg. Kein Stein, keine Platte, kein Stück Asphalt sitzt länger als fünf Jahre im Boden, jeden Frühling kommen sie mit dem Pressluftmeißel oder im Sommer und Herbst und brechen auf und schachten aus und merzen aus, was von gestern, was schief, was abgewetzt, und alles wird neu gesetzt, und drüber läufst du. Kein Stein soll auf dem andern, die Erdbeben, sie kennen keine Erdbeben hierzulande, häuslich werden auf unberechenbarem Boden, brechendem, ruckendem, reißendem Boden, was wären die Deutschen für ein Völkchen, hätten sie mit Erdbeben zu leben, auf Vulkanadern und Erdspalten die Eigenheime, die Hochhäuser und Schrebergärtlein aufgereiht. Für achtzig Jahre, für hundert Jahre bauen sie die Häuser, mauern die Erbstücke für die Enkel fest und vermissen die Ruinen doch, die Sehnsucht nach großen Erschütterungen im Manneskind, sie produzieren die Beben selber, wedeln mit dem geheiligten Bebauungsplan, sie greifen zu Sprengstoff und Bagger, wenn die nach oben offene Richterskala Gewinnerwartung anzeigt. Ja, ja, neue Häuser müssen sein, auch du willst nicht in Höhlen leben, auch du magst nicht durch Pfützen und Scheiße wandeln und deine feinen Knöchel brechen, wenn du läufst und läufst. Also beschließen die Herren der Bauämter, kein Stein soll auf dem andern bleiben, solang der Etat es erlaubt, kein Stein soll auf dem andern bleiben, flöten die öffentlichen Bauherren mit sanfter Zerstörungswut, jeder Pflasterstein nach DIN-Norm gebettet, nach Baugewerbeordnung gefugt, lauf drüber, lauf weiter. Immer wieder umgepflügt werden muss die Vergangenheit, bis sie nicht mehr erkennbar ist, in jeder Saison neu geglättet und versiegelt, bis einige sich die Augen reiben und wundern, wo sie sind, ja, in der Stadt, die Stadt hat ihre Geschichte unter sich begraben, und drüber läufst du, und was alt ist, die Reste werden zu Schmuckstücken auflackiert oder in den Müll gekippt, und drüber läufst du. Tritt aus, tritt's fest, den ganzen Müll festtreten, keine Steinplatte darf wackeln, niemand darf stolpern und fallen, fallen und knallen und lallen. Hart der Weg und hart die Platten, die sauber gefugten Gehwege, und was darunter ist, das ist auch nicht von Übel, die Wurzeln der elektrischen Kabel, die Wasserrohre, Gasleitungen, die wunderbaren Lagunen der Entwässerungsanlagen. Über alles schreitest du undankbar hinweg, was wäre dein angeblich wichtiges Leben ohne die Vorarbeit der Ingenieure und der Wasserwerker. Hart der Weg, tritt ihn fest, und doch fließt das Wasser warm aus der Leitung und fließt ab, wie es soll, unauffällig, ohne Gestank, ohne Pestbakterien für eine kleine Gebühr, hart der Weg und befestigt hier über der U-Bahn. Da trieben sie Injektionslanzen in den Sand, verwandelten in Sandgestein den Sand, schlugen Stahlspieße in Erde und Sand, damit der Boden nicht wackelt, damit nichts ins Rutschen gerät, damit du hier laufen kannst ohne Sorgen und immer weiter. Lauf weiter, die Fundamente der Häuser sinken nicht ab, die Gehsteige bruchfest, schnittfest, schrittfest, lauf weiter. Unter dem Pflaster, was liegt unterm Pflaster, unter dem Pflaster der

Strand, was für ein Witz, ein blöder, unter dem Pflaster liegt alles, was du willst, lauf tiefer, ins Erdreich hinein, tiefer hinein, durch unterirdische Gärten schreiten, durch Gesteinsschichten klettern, durch Höllenwege wühlen, die Tunnel für dich immer weiter und tiefer. Du musst nur weitergehn, was ist die Erdkruste, was der Erdmantel, was Kern und Himmelshitzen, du kommst durch, wenn du willst, tiefer gehn und hinsehn, die verborgenen Schätze, da liegt ein Geschenk für dich, unter dem Pflaster am anderen, am vielbeträumten Ende der Welt, ganz tief unten Richtung Südpol, da steht ein Haus, ein Haus auf dem Kopf. Lauf weiter, wühl dich wieder in die Erdkruste hinein, nach unten nach oben, da landest du im vertrauten, regennassen Erdreich, da landest du im Keller, die Mutprobe, wie lange hältst du es aus im Finstern, dann kommst du hinab hinauf in den Hausflur und ruhst einen Moment aus auf der weißen Holzbank, erst mal ans Licht gewöhnen, dann läufst du weiter, durch leere Zimmer, die voll sind von der Grässlichkeit der Tapetenmuster, und durch brüchige Türen weiter hinauf hinab bis unters Dachgebälk, Kinderzuflucht mit der Aussicht auf die weiße Weite des Gebirges, du läufst durch das zweistöckige Haus, alles leer, gehst in den Garten, das Gesträuch gehört dir und ein Stück Haus im besseren Viertel von Osorno, das Erbe, das durch drei geteilt werden muss, was ist ein Drittel, nehmt ihr doch die beiden Stockwerke, ich begnüge mich mit Keller und Dach, was ist ein Drittel, Augusto Gerlach hat beim Brückenbau kein Vermögen gemacht, es ist nur ein Haus zu vergeben, Vaterhaus, Mutterhaus, ein Drittel Kindheit, ein Drittel Paradies, ein Drittel Hölle in Form von Steinen und Balken und Mörtel, Moder im Land, wo die Mumien herrschen, da erbst du gar nichts, da bist du enterbt, da hast du nichts zu suchen, das Elternhaus ist geschlossen und wird nur nachts zur Besichtigung freigegeben, es finden keine Empfänge statt und keine Speisungen, selbst wenn du von weit kommst, die Türen sind zu, du bleibst, was du bist, ein verlorener Sohn im Schweinestall Europa, du bist kein Sohn mehr, es gibt kein Zurück und keine Reue, und die ganze Hoffnung passt in eine Faust, es gibt nur die harten Bürgersteigplatten und das Laufen, das Laufen, bis das Rätsel gelöst ist, trägt die Erde dich oder trägst die Erde du?

Sachdienlicher Hinweis 5

Die unbekannten Täter bogen in einem roten Volkswagen Passat Variant vom Adenauerplatz in die Berliner Straße, dann in die Beckstraße ein. Das Auto hielt, der Motor wurde sofort abgestellt. Die Türen blieben geschlossen. Die vier Insassen warteten zwei Minuten und spähten die Straße entlang, die Häuser hinauf. Drei Täter stiegen aus. Täterin 4 blieb im Wagen sitzen.

Durch die Wand

Heraus aus dem Licht und hinein ins Dunkle und Warme. Die Augen schließen. Nicht mehr verstecken hinter der Abgeschlossenheit der Nacht. Nicht mehr den Aufpasser spielen. Dich fallen lassen. Schlafen. Neid auf alle, die schlafen. Die nachts nicht arbeiten müssen. Die am Abend Gute Nacht sagen können und am Morgen Guten Morgen. Neid auf die, die zusammenliegen. Die vergessen können. Die wissen, was sie morgen und übermorgen tun. Der Neid auf die Liebespaare. Nicht an die Paare denken. Wie sie sich aufeinander zu bewegen. Lass es lieber. Wenn du einmal anfängst, dir die Paarungen dieser Nacht vorzustellen. Lass es, lass es. Die Fäden, die dich ziehen. Selbst in diesen Straßenhöhlen wächst die Lust auf die Lust. Lass es sein. Lass es sein. Mit jedem Atemzug bewegst du dich hinweg. Hebst ab von deinen hellen, steinernen Wegen. Schnupperst die Geilheit hinter den Hauswänden. Stürzt hinein in den Wunsch, dich festzuhalten an einem Körper. Einem weiblichen Körper. Anke. Hör auf. Hör auf. Lauf weiter. Genug gelaufen. Nicht mehr laufen. Bei der sein, die schlafend wartet und wartet. Die du betrügst mit deinem Idiotenjob. Der du ausweichst mit deinen ewigen Nachtwächterrunden. Vor der du wegläufst jede Nacht. Mach alles wieder gut. Bei ihr. Bei ihr oder einer früheren Geliebten oder einer neuen oder doch bei ihr. Die versteht und doch nicht fügsam ist und doch sich hingibt und den Leib federnd auf deinen legt. Hör auf. Hör auf. Lauf weiter. Du bist noch auf Tour. Hilfswachmann Gerlach. Lauf, lauf weiter. Spiel weiter. Treib's weiter. Sehn dich nach der Gespielin. Nach dem Ende des ruhlosen Herumrennens und Tastens. Lauf weiter. Das Ziel der Ziele. Sehn dich hinein ins nasse Fell. Ins zupackende, zuckende Fleisch. Sie und du, du und sie. Stoßend. Saugend. Jubelnd. Erschöpft. Lauf weiter. Vergiss das alles. Jetzt nicht. Warte zwei Stunden. Zwei Stunden wirst du doch noch warten können. Berufsmäßiger Warter. Bald neun Jahre wartest du jetzt. Solltest es endlich gelernt haben, das Warten. Warum kannst du nicht mehr warten. Du wärst bereit, begierig, jetzt mit jeder Frau mitzugehn. Aber hier wartet keine auf dich. Dein Revier ist nicht die Gegend der käuflichen Frauen. Die Bahnhofsgegend liegt dahinten. Die kann man einem Hilfswachmann nicht anvertrauen. Brauchst gar nicht abzuwägen, ob du länger warten willst oder bereit wärst mitzukommen auf einen Sprung, Schuss, Schluss. Vergiss es. Vergiss das alles. Geh weiter. Müder Hund. Einfach weiter. Ja, hier um die Ecke. Immer vorwärts. Dann kommst du schon an. Und weiter hier lang. Achtung, da steht jemand. Da steht eine. Ja, eine Frau. Geh auf sie zu. Sie lächelt dich an. Eine befremdliche Schönheit. Hast du sie irgendwo schon mal gesehen. Du läufst unbeirrt an ihr vorbei. Hältst inne und gehst zurück. Das Herz klopft tatsächlich. Und sie sagt nur: Wenn du willst, aber nicht hier. Sie gibt dir eine geheimnisvolle Adresse. Hör auf mit dem Blödsinn. Die Stadt ist beißend leer. Und an keiner Ecke hast du je die fickende Engelin getroffen und du wirst sie nie treffen. Die Prinzessin, die dich aus dem trostlosen Moment aufliest und dir Schlagerworte zuflüstert. Ich wünschte du wärst da so zärtlich wild und nah. Hör auf. Hör auf. Hast dich selber eingemauert. Bist selbst dein oberster Kontrolleur. Der Kontrolleur wird jetzt gestürzt. Der Aufstand gegen den da oben tief in dir. Der Wunsch auszubrechen. Das Begehren ist stärker als die elende Beherrschung. Wie wär es, rasch in ein Taxi und für zwanzig Minuten der Zentrale entwischen zu Anke. Nein. Keine Vergewaltigung bitte. Niemals. Bist selbst dran schuld, wenn du hier allein durch die Nacht rennst im freien Fall. Hinein in die Nacht, hinein in die nagende Dunkelheit. Lauf weiter, hinein und hinein.

Nachtstück 6

Sie stand zwischen fremden Körpern, die Menschen berührten einander, und sie fühlte sich trotz des Gewimmels nicht beengt, und stickig war es nicht. Sie nahm an einer Führung teil. Immer wieder fiel das Wort Adenauer, aus den Lautsprechern von oben herab, und sie dachte, das kann nur das Adenauer-Museum sein, und im gleichen Moment griff ihr eine Hand unter den Rock. Der Griff saß, sie war verblüfft und wehrte sich nicht sofort. Als sie die fremde Hand wegschlagen wollte, war ihr schon heiß. Neben ihr kniend Felipe. Die Gruppe der Besucher sah stehend, Stühle gab es nicht, einen Film, der teils an die Decke, teils an die Wand projiziert war, der Film zeigte den alten Mann abwechselnd streng und lächelnd. Sie spielte weiter die aufmerksame Zuschauerin und reckte wie die andern den Hals. Doch dann hielt sie es nicht länger aus und warf Felipe einen einverständigen Blick zu. Sie verschafften sich Platz zwischen den Museumsbesuchern, sie balgten sich, sie fielen in Liebe übereinander her, die Zuschauer flohen, einer nach dem andern, hinweg, erschrocken und empört gackernd mit Flugsprüngen in alle Richtungen. Nur der Held des Films setzte das Programm unbeirrt fort und sprach von einem Vertragswerk. Sie fühlte sich gestört von diesem einzelnen Zuschauer an der Wand. Sie schob ihren Freund, oder schob er sie, küssend und drängend, durch den Vortragssaal, vorbei an Bronzeköpfen und an Reliquien, hin zu einer Tür mit einem roten Kreuz darauf, in einen Raum mit einer Liege. Die mahnende, schleifend singende Altmännerstimme im kölnischen Dialekt wurde leiser. Sie verstummte erst, als die beiden nackt waren. Sie trieben ihr Spiel. Sie drehten, wälzten sich von der Liege, rollten kopulierend durch den Saal, der

Altkanzler schwieg, die Besucher verschwunden, freie Bahn. Sie rollten, ohne sich wehzutun, die Treppenkurven des Museums hinab und über die Straße, wälzten Zäune und Sträucher und Bäume und Häuser und Kirchen beiseite, eine Schneise durch Rhöndorf hinunter zum Rhein, sie kamen heil über die Schnellstraße, über die Bahnlinie, sie rollten ins Rheinwasser und waren zu zweit ein Schiff und rollten weiter flussabwärts als Schiff und legten in einem Hafen an. Als sie die Augen aufschlug, knöpfte er die Hose zu. Wie ein Matrose im Puff, dachte sie. Dann stiegen sie in verschiedene Fahrstühle ein. Es ging lange abwärts. Immer die blöden Abfahrten, sagte sie laut. Die Stockwerkziffern waren durcheinander. Die Beleuchtung der Ziffern auf der Knopfleiste versagte. Keine Auskunft, wo und wohin, es ging nur immer weiter abwärts, hinein in die Angst. Als der Fahrstuhl endlich hielt, stürzte sie hinaus, und gleichzeitig kam er mit dem anderen Fahrstuhl an, aber es war nicht Felipe, es war ein anderer Mann, älter, weißhaarig beinah, der fasste sie wie er an der Hand, so liefen sie durch eine fremde Stadt. Sie, plötzlich allein, sah junge Burschen in Uniformen, wie junge Nazis gekleidet, die sich in zwei Reihen gegenüberstanden. Wer weiterwollte, musste zwischen ihnen hindurch, Spießrutenlaufen. Sie hielten große Messer in der Hand wie geweihte Kerzen und drohten damit. Aber sie verhielten sich ruhig, sie hatten ängstliche, unberechenbare Kindergesichter. Alles geräuschlos. Sie trat näher, die Messer waren aus Pappe, die Klingen mit Silberfolie verkleidet, ein Schreck der Erleichterung.

Zweikampf

Von der Kölner Straße kommend, bog der Wachmann in die Kammgasse ein, eine schmale Fußgängergasse, schlecht beleuchtet, mit wenigen Läden, an deren Ende ein Fernsehgeschäft zu kontrollieren war. Dort, dem Geschäft gegenüber, trat im schalen Licht der Tropic-Bar eine Gestalt aus der Tür, drehte sich um und wieder zur Tür, wich bis zur Straßenmitte zurück und blickte die Hausfassade über der Bar hinauf. Der Mann schüttelte den Kopf und setzte sich in Bewegung, Felipe entgegen. Der Wachmann nahm die Beobachterrolle ein, schritt ein wenig langsamer aus und entschied sich für die rechte Straßenhälfte. Der andere Mann zeigte nicht die Schwächen der Betrunkenen beim Gehen, er drückte sich an den Rand, auf seine rechte Seite, und tappte vorsichtig vorwärts. Schon fünfzig, vierzig Meter vor einem möglichen Zusammenprall hatten sich die beiden auf ihre Ausweichbahn verständigt. Das kam Felipe lächerlich vor, er lenkte die Schritte wieder ein wenig von der Häuserwand weg.

Als das Gesicht des Entgegenkommenden, zehn oder acht Meter entfernt, von einer Laterne erhellt wurde, geriet Felipe für einen Augenblick aus dem Takt. Dieser Herr um die fünfzig kam ihm bekannt vor. Das Gesicht unter dem Deppenhut der Oberklasse, die salopp karierte Bedeckung mit rundum abwärts geklappter Krempe. Das Gesicht, was war das für ein Gesicht? Ein Arzt, ein Geschäftsmann? Er kannte nicht viele dieser gepflegten, älteren Gesichter über teuer bemäntelten Körpern. Ein Zeitungsgesicht, ein Parteigesicht, der Mann musste in die Galerie der städtischen Prominenz gehören.

Der Barbesucher schien nun zu merken, dass er nicht auf einen möglichen Gegner zulief in der engen Kampfbahn

Kammgasse, sondern es mit einem ordentlichen Uniformierten zu tun hatte mit Knüppel und Sprechfunkgerät. Er lockerte die Arme und ließ Erleichterung erkennen, dass er auf keinen Angriff zu lauern brauchte und behütet seiner Wege gehen konnte.

Das Gesicht. Ganz nah, erkannte Felipe das Gesicht. Ellerbrock. Ja, das war Ellerbrock. Das Gehirn schaltete sofort. Der Landverkäufer, der Südamerikaverkäufer.

Ellerbrock hier, Kammgasse, was jetzt, der Einbruch bald, gleich, jetzt, wenn er in sein Büro, ist er informiert, wer hat ihn informiert, Verrat, Scheiße, was sucht der, was tu ich jetzt, was tun, wie weiter, ablenken, ruhig bleiben, ablenken.

Beide Männer hefteten, als sie, im Sicherheitsabstand von zwei Metern, aneinander vorbeistreiften, ihre Blicke im Halblicht aufeinander. Zehn Zehntelsekunden lang ein Zweikampf von Auge zu Auge. Keiner wich aus. Felipe starrte in ein zähes, müde gewordenes Gesicht, schlaff, ein Sackgesicht auf der Suche nach Verbrüderung, jederzeit zu einem geschäftsmäßigen Lächeln bereit. Ellerbrock, nicht gewohnt, auf offener Straße und nachts fixiert zu werden, antwortete mit einem Einverständnisblick, der rasch in einen Kumpelblick überging, mit einem erleichterten, dankbaren Grinsen. Ellerbrock zeigte, wie sicher er sich fühlte, vom Wachmann beschützt. Triumphierend schritt er vorbei, der ewige Sieger.

Das Grinsen traf. Ellerbrock wischte vorüber, das Grinsen blieb und tat weh. Ein Blick vom Herrn zum Knecht. Felipe degradiert, klein, weggestoßen und doch eingeweiht in das dreckige Geschäft. Als kleiner Verbündeter, als Komplize wurde er betrachtet. Als Leibwächter, der sich dafür bezahlen ließ, dass diesem ehrbaren Verbrecher nichts passiert auf dem Weg zu seinem Wagen. Dass dem Herrn kein Haar gekrümmt werde nach Arbeitstag und Barbesuch. Dass diesen Schreibtischmörder kein Schreck treffe auf dem Weg zur Villa, zur Dame, zu den Daunen und er sich einbilden darf, keine Feinde zu haben, nicht einmal nachts auf der Straße!

Weg lief das Grinsgesicht, und in Felipe wuchs die Wut. Kühl bleiben, an die Beleidigung nicht denken, erst einmal verhindern, dass Ellerbrock die Einbruchsaktion störte. Er musste ihn im Auge behalten. Er blieb stehen, wendete und sah, wie Ellerbrock sich mäßigen Schritts entfernte. Das Gehirn gab neue Befehle. Es befahl den Beinen, hinter Ellerbrock herzulaufen, sehr rasch, aber leise, nicht rennend. Die Beine folgten. Den Kerl im Auge behalten … nein, das genügt nicht. Die Lust auf Rache, die einmalige Gelegenheit, warum nicht das Werk der Einbrecher krönen, mit dem Knüppel diesem Schwein einen Denkzettel, das Handwerk legen ein für alle Mal. Der darf nicht, der darf nicht entkommen … die Beine gehorchen. Der Wachmann erreicht den Steuerberater. Der hört jemand hinter sich und wendet den Kopf. Die Luft still. Die Hand des Wachmanns fasst den Gummiknüppel. Der rechte Arm hebt sich mit dem Schlagstock. Die Steuerzahler schlafen. Der Steuerberater starrt auf die Uniform. Der Wachmann zögert eine Zehntelsekunde, als wolle er seinem Opfer lieber eine Ohrfeige verpassen. Die Stadt schweigt. Der Knüppel fest im Griff und halbhoch in der Luft. Der Arm steigt höher und holt aus. Der Steuerberater versucht es wieder mit einem Grinsen. Der Arm beginnt die Abwärtsbewegung. Das Grinsen gibt dem zögerlichen Fallen des Arms den nötigen, den kräftigen Schwung. Die Strenge der Nacht zwischen zwei feindlichen Augenpaaren. Der Arm des Schlagenden ist schneller als der bedrohte Kopf, der im Versuch wegzuducken nur den Hut verliert. Der Arm lässt den Knüppel schlagen, trifft den hutlosen

Kopf. Stöhnen, Hilferufe, Flucht, Passanten, Bargäste, Polizei, wo ist der Wachmann? … Der Wachmann hielt die Hand am Knüppelgriff und sah hinter dem Steuerberater her, wie er aufrecht und unverletzt der Helligkeit der Kölner Straße näherrückte. Da lief er fort ins sichere Gelände, und Felipe hingerissen und her von seinen Möglichkeiten, es ging um Sekunden, jetzt oder nie, die Tat juckte in den Fingerspitzen, ein Schlag nur, eine Warnung. Doch das Opfer wartete die Entscheidung des Täters nicht ab und floh aus der Gefahrenzone … Felipe hinterher, ihn im Auge behalten. Der Auftrag, der Auftrag muss erfüllt werden. Alle erwarten das von ihm, alle beobachten ihn. Er ist nicht allein mit Ellerbrock. Hinter ihm stehen sie, Andreas, die Gruppe, Tommi und seine Leute, der Auftrag heißt Ellerbrock, die Solidarität im Genick, die von Ellerbrock vertriebenen Indios, die ermordeten Bauern, der Auftrag heißt, die Geschundenen Amerikas erwarten etwas bei dieser Gelegenheit, sie kriechen aus ihren Papphütten, sie lugen aus den Folterkellern, sie blicken auf von den Müllbergen, dein Auftrag, sie halten ein beim Fischen nach Abfällen aus den Abflussrohren, der Auftrag, die Gelegenheit, ein Gringo, sie warten einen Augenblick, haben die Augen noch offen und fragen, was tust du, was wird geschehen, alle erwarten noch etwas oder erwarten sie nichts mehr, was täten sie gegen Ellerbrock, sie nähmen ihm Brieftasche, Mantel, Hut und Hemd und ließen ihn laufen … aber du, dein Auftrag Ellerbrock, einer muss anfangen, den Ellerbrocks das Handwerk zu legen, den Ellerbrocks und ihren Beratern, die Gelegenheit … und Ellerbrock, einmal am Boden wie ein Gangster, der weiß, dass die Rächer eines Tages kommen werden, er wartet nur auf einen wie dich … die Gelegenheit vorbei, das Opfer geht aufrecht und zügig zum Parkplatz hinüber … was ist, wenn er so verrückt ist und jetzt zu seinem Büro fährt, wie kannst du ihn aufhalten, wie kannst du die Freunde warnen, jetzt zeigt es sich, ob du ein Held bist oder ein … warten auf einen wie dich, Stellvertreter seines Kontinents, der Rächer der Enterbten, der Helfer der Gedrückten, mit dem Gummiknüppel durch westliche Länder streifend, schlagend, prügelnd für die Gerechtigkeit auf Erden, im Namen des Volkes, gerade du, wer bist denn du? Feigling oder Held, angenommen, du könntest Ellerbrock töten mit einem Schlag, was ist gewonnen, der Hydra wachsen die Köpfe neu, an den Köpfen liegt es nicht, an den Paragraphen der Verträge und an den Gesetzen liegt es, du weißt es doch … nicht den Kopf abschlagen, der wächst nach, das Herz abbeißen … wer du bist, bist zu spät, musst wieder alles den andern überlassen.

Da ging er, der eben noch greifbare Feind, während Felipe an der Hausecke in Deckung blieb, ging auf ein Auto zu, ein Mercedes-Kombi, und fuhr los, ein Firmenwagen mit der Aufschrift Hellfritz-Möbel.

Sachdienlicher Hinweis 6

Die unbekannten Täter lehnten eine Leiter im Innenhof des Hauses Beckstraße an und drangen, nachdem sie im ersten Stockwerk ein Loch in einen Fensterrahmen gebohrt und den Fenstergriff mit einer Drahtschlinge geöffnet hatten, in die dort befindlichen Büroräume des Steuerberaters Ellerbrock ein. Sie entwendeten jedoch weder Geld noch Büromaschinen, sondern stahlen mehrere Aktenordner der Firma Treuhand

America Invest, einer Tochtergesellschaft der Ellerbrock Unternehmens Treuhand Gesellschaft. Die Täter hinterließen weder Werkzeuge noch Fingerabdrücke. Sie tarnten den Einbruch sehr geschickt, sie machten sich sogar die Mühe, das in den Fensterrahmen gebohrte Loch mit Kitt wieder zu verschließen und mit Lackfarbe zu überpinseln.

Alles okay

Felipe Gerlach lief, nachdem er in der Kammgasse seine Spur wieder aufgenommen hatte am Fernsehgeschäft Stratmann, so schnell wie er nie gelaufen war von einem Objekt zum andern und gab, ohne genauen Blick auf Türen und Gitter, sein «Alles okay» an die Zentrale durch. Er hastete durch die Straßen mit pochendem Schädel und wusste keinen seiner Gedanken zu fassen. Die Blamage, das Glück, beinah den Falschen erwischt, einen Möbelmenschen, einen Unschuldigen. Und doch versuchte er in seinen Selbstgesprächen Ellerbrock, der gar nicht Ellerbrock war, für die missglückte Dummheit verantwortlich zu machen. Er kam nicht hinweg darüber, dass dieser Mensch ihn provoziert hatte, beleidigt und den Stolz verletzt. Er schob dem Beinah-Zusammenstoß politische Begründungen hinterher und konnte den Tötungswünschen keinen Einhalt gebieten, die um alle Ellerbrocks kreisten. Seinen Hass widerlegte er mit Beschwörungen der Aufgaben des Intellektuellen, und die Beschwörungen einer sachlichen Widerstandsarbeit wurden untergraben von den Bildern der Leichenberge auf den Gedächtnisfotos, in den Schaufenstern, in den säuberlichen

Zeilen der Tafeln mit den Aktienkursen, und dieses Kreisen und Wenden und Stürzen wollte nicht aufhören, bis ihm einfiel, dass er die Wachmann-Uniform freiwillig angezogen und damit allen Leuten zu erkennen gegeben hatte, auf welcher Seite er stehe.

Der Ordnungshüter kam schwitzend am Adenauerplatz an. Die Uhr stand auf vierzehn nach drei. Ein Auto fuhr vor einer Ampel leise an. Müdes Licht fiel aus den Laternen. Der Uhrzeiger rückte weiter. Viertel nach drei! Felipe hatte die Einbrecher vergessen. Er hätte Schmiere stehen sollen, jetzt. Er rückte weiter, spürte den Schweiß zwischen Haut und Hemd, weiter im Uhrzeigersinn. Die Beckstraße passte nicht in seinen Begehungsplan. Aber der Umweg musste gemacht werden, egal, ob die Zentrale ihn erwischte. Er war zu spät. Er eilte, aber er durfte nicht auffallen. Er merkte, er wollte ertappt werden bei einem Dienstvergehen. Den Wellenkontakt zur Zentrale stören, die Nabelschnur zu den ewig kontrollierenden Instanzen kappen. Auf einmal wusste er, warum er diesen Ellerbrock gebraucht hatte, der nicht einmal Ellerbrock war. Er wollte keinen anderen treffen als den Wachmann Gerlach. Wollte nicht, dass alles immer so weiterlief wie die vorgeschriebene nächtliche Route mit vorgeschriebenen kleinen Änderungen. Nicht krank und deutsch werden vor lauter angeblichen Notwendigkeiten. Einen Beweis wollte er, dass er nicht mehr der brave, der gute, der zuverlässige Philipp ist, ein Schlag nur, damit Polizisten und Richter dem kleinen Asylanten den weiteren Lebenslauf diktieren!

Das kannst du einfacher haben, murmelte er.

In die Beckstraße einbiegend, sah er drei Gestalten eilig in einen Kombiwagen steigen. Das Zuschlagen der Türen war kaum zu hören. Das Auto fuhr leise an, dem Wachmann entgegen. Auf dem Beifahrersitz machte einer ein diebisch verkniffenes Gesicht und eine Handbewegung, die leicht zu deuten war. Die Siegerpose. Felipe sah dem verschwindenden Auto hinterher und überlegte, ob es das Gesicht des Burschen war, der ihn am frühen Abend, vor ein paar Stunden angesprochen hatte. Er lächelte und drückte das abgeschaltete Funksprechgerät noch tiefer in die Tasche. Für Sekunden hatte er das Gefühl, in der Zukunft zu leben und seine Niederlagen hinter sich zu haben.

Alarmbericht

– Was machst du schon hier?, fragte der Kollege Dornberg, als Felipe in der Etage der Secura erschien und vor dem Funkraum der Zentrale, den er nicht betreten durfte, ohne Gruß anhielt. Das Sprechgerät, die Schlüsseltasche und das Revierbuch packte er stumm auf das Klappbrett zwischen den Türpfosten, das die Grenze markierte.

– Was soll das?, fragte der Kollege noch einmal, ist doch kein Dienstschluss oder was?

– Stimmt, sagte Felipe, noch zehn Minuten.

Dornberg wartete auf eine Erklärung. Er war weisungsbefugt, er konnte jeden Wachmann zur Rede stellen. Felipe durfte ihn nicht zum Zug kommen lassen.

– Gib mal einen Zettel rüber, Dornberg. Na, gib schon.

– Was passiert? Alarm?

Felipe schüttelte den Kopf. Leo fünf rief die Zentrale, rief Dornberg weg. Felipe nahm ein Formblatt für die Alarmberichte und überflog die Fremdwörter vor den Doppelpunkten: Alarmzeit, Genaue Ortsangabe, Eintreffzeit, Vorkommnis, Zeugen, Meldung Polizei, Eintreffzeit Polizei.

Dann wendete er das Blatt und schrieb auf die Rückseite: Hiermit kündigt der Hilfswachmann Gerlach Hernandez sich selbst mit sofortiger Wirkung. Die Wörter sich und selbst strich er aus und setzte Datum und Unterschrift hinzu.

– Gib das dem Chef, sagte er laut zu Dornberg, der mit Leo fünf beschäftigt war, und ging hinüber zum Umkleideraum.

Hastig wechselte er die Oberkleidung, und als er am Raum der Zentrale vorbeikam, lag sein Zettel noch auf dem Klappbrett. Er nahm das Papier an sich, überlegte, ob er es sorgfältig falten oder zerknüllen sollte, schob es in die Jackentasche, grüßte und verschwand.

Im Westen geht die Sonne auf

Der Tag sprang in die Fugen, in den Backstuben waren die Lichter an, und er lief weiter, endlich ohne Uniform und Knüppel am Bein. Es war der Scheitelpunkt der Morgenfrühe, an dem die Lufttemperaturen nicht weiter fallen. Die Sonne gab noch kein Zeichen von Helligkeit, aber es glimmten die ersten Geräusche auf. Mopeds mit den Zeitungsboten knatterten um die Ecke. Die Neuigkeiten von gestern, auf die Felipe sonst am Morgen versessen war, sie lockten ihn nicht. Der ans Laufen gewöhnte Körper lief wie von allein, und es war Felipe so leicht, dass er, ausgesöhnt mit sich selbst, zu neuen Plänen flog. Du hast die große freie Auswahl, sagte er sich, hundert

Möglichkeiten stecken in dir, und neunundneunzig darfst du verschenken!

Aus einem Lastwagen lud ein Mann plastikverschweißte Milchkartons ab. Der Motor sägte die Stille. Felipe hätte gern einen Liter Milch gegriffen und im Laufen getrunken, aber ohne Messer war es aussichtslos, an die Packung und an einen Schluck zu kommen. Er ging schneller. Er fühlte sich beweglich, das Blut war in Fahrt, alle Sinne intakt, tausend Möglichkeiten! Es war ihm, als hätten die Straßen ihre Richtung verändert. Das war ein anderes Laufen, frei, frei wie nie im Morgengrauen, auf jemanden zu, erwartet werden von fern, als gäbe es ein Ende der nächtlichen Sprachlosigkeit.

Ein Polizeiwagen rollte näher heran, aber er hielt nicht, zwei Gesichtchen guckten Gerlach an, als wollten sie nach dem Ausweis fragen. Sie fuhren weiter. Kaum hatte er die Uniform ausgezogen, war er schon wieder verdächtig, ein mieser kleiner Ausländer, fast ein Verbrecher, weil er morgens um vier von der Arbeit kam, schon waren sie wieder zur Stelle. Sie verschonen mich, dachte er, obwohl es ihre beste Stunde ist, morgens um vier vereinigen sich die Polizisten und Geheimpolizisten aller Länder zur weltweiten Razzia, die Stunde der Haussuchungen und Verhaftungen, raus aus dem Schlaf und rein in die Zelle. Aber es ist auch unsere Stunde, die Landbesetzung in der ersten Morgendämmerung, so fing es einmal an, in der bösen Kälte den Karren geschoben voll Decken, Matratzen und Brettern und Zelten, durch den Zaun mit fünfzig, siebzig Leuten, weißt du noch, und dann sofort die Fahne aufgespannt und in der ersten Sonne die Bretter zusammengenagelt, ein Dach, eine Hütte für die ohne Hütte, ja, so fing es an, weißt du noch? Mit wem sprichst du?

Er trat durch die Wohnungstür, schlich ins Bad, dann

zurück über die zärtlich knarrenden Dielen in das Zimmer der Schlafenden. Sie regte sich nicht. Als er die Kleider abwarf, fiel sein Blick auf die Weltkarte an der Wand. Im Morgendämmer waren die grünen, die braunen, die blauen Kartenflächen grau, der Kontinent ein Faustkeil. Die Umrisse tanzten vor den Augen und kippten, als er sich zum Bett hin bückte und die Beine auf gleiche Höhe mit dem Kopf brachte. Anke seufzte im Schlaf. Er legte die Fingerspitzen an ihre Schulter und flüsterte das Abschiedswort: Hier bin ich.

Editorische Notiz

Die Erstausgabe erschien 1984, als Taschenbuch kam der Roman 1987 heraus.

Parallel zum Roman entstand das Hörspiel «Die zehnte Nacht am Alexanderplatz», produziert von WDR und SWF 1984, Regie Friedhelm Ortmann.

Rezensionen

«Eine Kombination von assoziativer Bildhaftigkeit, von Serien subjektiv gefärbter Momentaufnahmen mit brillant pointierten und durchgespielten kritischen Reflexionen, hierin den ‹Nachtwachen› des schwarzen Romantikers Bonaventura vergleichbar.» *(Neue Zürcher Zeitung)*

«Friedrich Christian Delius' zweiter Roman ‹Adenauerplatz› ist ein Nachtbuch über Deutschland und zugleich eine Reise durch die ganze Welt in sieben Stunden. Die Reise findet im Kopf statt, während die Füße immer um den Adenauerplatz und durch die angrenzenden innerstädtischen Straßen einer westdeutschen Provinzgroßstadt laufen. …

Der da läuft, ist ein Kopffüßler; seinen Körper hat er verliehen und unter der Uniform eines Hilfspolizisten verborgen, gegen deren Identifikationsansprüche er sich wehren muss. Schritt für Schritt kämpft er um seine Identität, denkt – seine Runden drehend – Schicht für Schicht seine und unsere Vergangenheit, seine und unsere Gegenwart herbei. Die Stechuhren der bewachten Gebäude laufen, die Zentrale wartet auf seine Alles-okay-Meldungen, und mit Felipe läuft der Tod, dem er nur knapp entronnen ist. …

Ein ganzer Katalog neuester Sachlichkeit ist in den Roman eingeschmolzen. Die Vereinsamung und Verwüstung unserer Städte, die Ängste und die Fremdenphobie der Deutschen und andererseits ihr heimlich-heilsames ‹Verausländern›; der Widerwille gegenüber Alten und Kranken, die ‹Angst der Achtzehnjährigen vor dem Tod› als Motiv, den Wehrdienst zu akzeptieren; das schmutzige Geschäft der westdeutschen Anlageberater mit südamerikanischem Weideland, Rinderkauf als sofort abzugsfähige Betriebsausgabe, die Analysen von industrieller Tierhaltung, Rohstoffausbeute, Missionsgeschichte und Zuckermarkt; die Initiationsriten der Zehnjährigen im Fast-Food-Restaurant und schließlich das Nachdenken über die Hoffnungen der Linken und deren vergebliche Bemühungen, sich ‹mit fünfzig Millionen Verhungerten jedes Jahr› solidarisch zu fühlen. Ich habe lange keinen deutschsprachigen realistischen und politischen Roman gelesen, der so vielschichtig erzählt und scheinbar mühelos so viel Welt in eine ganz einfache, vom Rhythmus der Kontrolluhren bestimmte Handlung hineinholt.» *(Herbert Wiesner, Lesezeichen)*

«Ein Verkehrsknotenpunkt ist dieser Adenauerplatz, ein Verknüpfungspunkt auch für den Roman. Im Monolog der Trauer über das Vergangene, die vertanen Chancen, die gescheitere, wieder rückgängig gemachte Landreform in der Heimat (Chile mag hier das nichtgenannte Beispiel sein) und in dem Zorn auf die Öde, die fade Wohlhabenheit der neuen Heimat, wie sie der Adenauerplatz in Marmor und Stahl repräsentiert, verbinden sich die Motivkreise des Romans: das Elend zweier Kontinente. …

Ein Gesellschaftsroman, wie ihn der Titel verspricht, in dem Menschen verschiedenster Klassen, Temperamente, Lebensalter zueinander in Beziehung gebracht werden, wie Figuren auf einem Schachbrett, einander schlagend, schützend, überspringend, die sorgfältige Auslegung eines Handlungs- und Motivgeflechts, die Aufdeckung der Wirklichkeiten hinter den Fassaden, die poetische Nachbildung des Uhrwerks, das sich hinter dieser Welt bewegt, ein Gesellschaftsroman ist ‹Adenauerplatz› nur bedingt. Alles das, was einen solchen Roman ausmacht, kommt bei Delius als Handlungshintergrund vor und macht doch nicht die eigentliche Handlung aus, ist erzählte Wirklichkeit und dringt doch nie bis in die Wirklichkeit der Erzählung vor.

Nein, die unbestreitbare Dynamik des Textes, sein leidenschaftliches Feuer, kommt aus einer anderen Quelle: seiner Rhetorik. Das Übermaß an Rhetorik, die über Seiten hin sich stürzenden Sätze, ausgetüftelt nach allen Regeln dieser schönen Kunst, ist der Tod des Romans und gibt doch gleichzeitig dem Text sein echtes Pathos, seinen großartig-barocken Prunk.

Hier wird nicht mehr erzählt, hier wird atemlos, mitreißend – gepredigt. Predigt – das klingt abwertend, und es muss daran erinnert werden, was Predigten einmal waren, wie im Mittelalter die Menschen zu Tausenden herbeiströmten, um einen Mann des Wortes zu hören, einen Meister Eckhart, einen Franz von Assisi, einen Berthold von Regensburg, einen Thomas Münzer. Predigten – das war Literatur, eine große, vitale Literatur, die in das Leben der Gesellschaft eingriff, lange bevor ein Buchstabe gedruckt werden konnte.

Delius' Buch, ich wage diese These, steht in dieser Tradition. Es ist eine solche Predigt, die sich der Mittel des Romans bedient. Dies ist die eigentliche Kühnheit des Buches, das macht diese Prosa glanzvoll und schwierig zugleich.» *(Benedikt Erenz, Die Zeit)*

Friedrich Christian Delius

geboren 1943 in Rom, in Hessen aufgewachsen, lebt heute in Berlin. Mit seinen zeitkritischen Romanen und Erzählungen, aber auch als Lyriker wurde Delius zu einem der wichtigsten deutschen Gegenwartsautoren. Seine Bücher wurden in 18 Sprachen übersetzt. Bereits vielfach ausgezeichnet, erhielt Delius zuletzt den Fontane-Preis, den Joseph-Breitbach-Preis sowie den Georg-Büchner-Preis 2011.

Im Februar 2013, aus Anlass des 70. Geburtstags des Autors, hat der Rowohlt Verlag eine Werkausgabe in Einzelbänden begonnen.

www.fcdelius.de

MIX
Papier aus verantwortungsvollen Quellen
FSC® C019821

Das für dieses Buch verwendete FSC®-zertifizierte Papier *Lux Cream* liefert Stora Enso, Finnland.